文春文庫

# カインは言わなかった

芦沢 央



文藝春秋

目次

# カインは言わなかった

赤い。

手のひらから床へと目が動く。

鮮やかな赤の中心から伸びた、まだらに汚れた包丁の柄《え》。

――何だろう、これは。

包丁を手に取ったことも、その刃先を相手へ向けたことも、耳元で聞こえた小さな呻《うめ》き声さえも覚えている。

それなのに、目の前の光景が上手く認識できない。

倒れている。動かない。血が出ている。ものすごく、たくさん。

こんなことが本当のはずがない、と考えながら、濃い血の臭いに吐き気を覚え、人間がこんなに簡単に死ぬわけがないと思いながら、柄に指を伸ばす。早く抜かなければ、早く生き返らせなくては。浮かんだ言葉に手が止まった。

耳の奥で空気の塊《かたまり》が膨らんでいく。音が消える。膜ができる。それを突き破るように、甲高い耳鳴りが響く。細く、長く、鋭く。

——誰か。

首が軋《きし》みながら動いた。

すぐそばで倒れている男の名前が浮かんで愕然《がくぜん》とする。

こうなっても、自分の内側の中心には、この男がいるのか。

全身から力が抜けていく。周りの空気が沈むような重力を感じて、耐えきれずにその場にしゃがみ込む。骨から筋肉が剝《は》ぎ取られたかのように、腕が、脚が、頭がひどく重い。

すべては無駄になったのだ、と思った。

これまで、必死にしがみついて足掻《あが》き続けてきたことが、すべて。

胸に強い圧迫感を覚える。それが、絶望なのか安堵《あんど》なのかは、自分でもわからなかった。

# HHカンパニー公演「カイン」

## ――バレエ評論家　檜山重行《ひやましげゆき》

〈薄暗い舞台の両脇に、二人の男が立っている。

スポットライトが当たっているのは片方のみ、もう一人の表情は影に沈んで輪郭すら捉えられない。

彼の心中には、どんな感情が渦巻いているのか。

推し量ることしかできない観客を誘《いざな》うように響き始める太鼓の音。その規則的な重低音は鼓動を連想させ、否応なしに闇の奥に立つ男に視線が縛りつけられる。

男の名は、カイン。

旧約聖書において、「人類最初の殺人者」として描かれる男だ。

誉田規一《ほんだきいち》率いるHH《ダブルエイチ》カンパニーは、二〇〇五年の設立当初からクラシック・バレエとコンテンポラリー・ダンスを融合させるアプローチで意欲作を次々と発表してきたが、今作はその集大成とも言える作品である。

「カインとアベル」のエピソードに材を取り、舞台上には藤谷豪《ふじたにごう》氏の油彩画「アベル」を配置。あたかも異なる表現を戦わせるような緊迫した空間において、大きく四つの場面が展開される。

カインとアベルが交互に神に捧げものをする、ダンスバトルを想起させるヴァリエーション。

その中で増幅された高揚感が、カインが捧げものを拒絶されたことで歪み、暴走していく。拮抗する破壊衝動と抑圧――やがてその均衡が崩れた瞬間、起こる悲劇。

動揺を隠して戻ったカインを迎える群舞《コール・ド・バレエ》は徐々に罪を浮かび上がらせていき、決定的な断絶を経て、官能的なパ・ド・ドゥが新たに生まれ始める。

ダイナミックな跳躍や回転に感嘆させられる冒頭も見事だが、何より特筆すべきなのはカインがアベルを殺害する瞬間の迫力だ――〉

# 第一章　降板

## 1　嶋貫あゆ子

目を開けると見慣れた天井が現れて、夢か、と思った瞬間に息が漏れた。

嶋貫《しまぬき》あゆ子は微《かす》かに身震いしたが、どんな夢だったのかは少しも思い出せない。

思い出そうとするか、忘れたままにしておくか、数秒迷っているうちに右足が痺《しび》れていることに気づいた。首だけを持ち上げると、甥っ子の頭が足の付け根にのっている。なるほどこのせいか、と思ったものの、起こしてしまうのも忍びなくて首を戻した。

今は何時なんだろう、と寝転がったまま枕元を手で探る。スマートフォンを引っ張り上げたところで機内モードにしていたことを思い出した。左手で目をこすり、右手で機内モードを解除しながら、昨日は結構粘られたなあ、と反芻《はんすう》する。

同居している姉から三歳の甥っ子の世話を頼まれることは珍しくなかったし、寝かしつけを担当したことは何度もあるが、普段、布団で寝ている大翔《ひろと》はベッドだと興奮してなかなか寝ないのだ。

二十二時を過ぎてもウトウトとさえしないので、仕方なくあゆ子は先に眠ったふりをした。しばらくして、ようやく静かになったと思った途端にスマートフォンが短い振動音を立てた。しまった、と思ったときには遅い。すぐさま大翔の『なにしてるのー？』という声が飛んできた。

大学の友人の名前と、卒論という単語だけ確認して慌ててスマートフォンを伏せ、『ごめんね、何もしてないよ』と言いながら機内モードに切り替えた。再び寝たふりをすると、さすがに大翔ももう眠かったのか、眠る体勢に戻ってくれる。そのまま、とにかく完全に寝つくまではじっとしていようと寝たふりを続けているうちに、やがてあゆ子も本当に眠ってしまったのだった。

暗転していた画面をタップして、ロック中の待ち受け画面を表示する。〈5：04〉という数字を目にすると反射的にあくびが出た。目尻に滲《にじ》んだ涙を拭い、いくつか並んだ通知の中に〈藤谷誠《まこと》〉という名前を見つける。

あゆ子は思わず飛び起きたくなるのを寸前でこらえた。大翔の頭の下からそろそろと足を引き抜いていく。幸い大翔は身じろぎをしただけで目を覚まさず、あゆ子は部屋の端まで移動してからもう一度スマートフォンの画面に顔を近づけた。

一件目は電話、二件目はメッセージだった。

指先が忙《せわ》しなくスマートフォンのロックを解除する。頬がにやけているのが自分でもわかり、思っていたより不安だったのだなと自覚した。

誠からしばらく公演に集中したいから距離を置かせてもらいたいと言われたのは、ひと月前のことだった。

距離を置く、という表現に一瞬だけひやりとしたものの、もっと自分を追い詰めたいのだと続けられて本当に言葉通りの理由なのだと理解した。だが、理解すると今度は、その内容にひやりとした。

大丈夫なの、という言葉が出そうになって、慌てて飲み込んだ。大丈夫なわけがない。大丈夫じゃない方へ進もうとしているのだから。そうわかるからこそ、何も言えなくなった。

誠がＨＨカンパニーの次の公演「カイン」の主役に抜擢《ばってき》されたと聞いたとき、正直なところあゆ子はそれがどれだけ重大事なのかわかっていなかった。主役という響きには興奮したけれど、誠くらい上手で一生懸命なら当然だとほとんど親バカのように考えたくらいだ。

いくら上手で一生懸命でもチャンスをつかめない人はごまんといて、ＨＨカンパニーの公演の主役というのがかなりの大事《おおごと》なのだとわかったのは、「カイン」のキャストが正式に発表されて急に誠の周辺が騒がしくなってからだった。

ダンス雑誌の取材を受けたことはこれまでにもあったが、テレビやラジオに出演するのは初めてだった。自分が普段見ている情報番組に誠が映ったときには、出演するコーナーが始まる前からテレビの前で待機していたにもかかわらず驚いた。芸能人相手にトゥール・ザン・レールという空中で二回転する技を披露し、今のは何をやったんだと訊かれて解説している誠は、芸能人になったみたいだった。

誉田規一という芸術監督の名前だけは、誠とつき合う前から耳にしたことがあったが、どれほどすごい人なのかは知らなかった。尋ねると誠は、他に名前を知っている芸術監督は、と問い返してきた。あゆ子が言葉に詰まるのを待ってから、ニヤリと笑う。つまりは、バレエ関係者でもない一般人ですら名前を知っているほどすごいってことだよ。

ボリショイのプリンシパルが誉田さんに振りを付けてもらうために来日したとか、新国立の大きいハコで一週間の公演をやってもチケットが即日完売するとかの方がわかりやすいかな、とも誠は続けた。それであゆ子も、誉田規一が「世界のホンダ」と自動車の会社になぞらえて讃えられていたニュースを薄《う》っすらと思い出した。

七つも年上の誠が見ている世界が大学生の自分よりもずっと広いものであることに違和感はなかったが、誠と同い年の姉にそう言うと呆れられた。何言ってるの、社会人と学生の違いとかそういうレベルじゃないでしょう。社会人になって何年経ったって普通なら一生関わりがないような世界にいるのよ、あんたの彼氏は。あんた、そんなんで大丈夫なの?

大丈夫なの、という問いは、あゆ子から誠へも何度も投げかけたものだった。「カイン」の練習が始まるや否や、元々贅肉などほとんどついていなかった誠はさらに痩せ、もはや窶《やつ》れているようにしか見えなくなったからだ。

最初は『大丈夫じゃないよ』と眉を下げていた誠は、やがて『大丈夫だよ』と口にするようになった。かと思えば最近上手く眠れないんだと虚《うつ》ろな目をして言ったり、堰《せき》を切ったように練習中にあったことを話し続けたりもした。

知ってる? 第二次大戦では戦場での兵士の発砲率って二十パーセント以下だったんだよ。人間は同族である人間を殺すことに本能的な忌避感があって、たとえばみんなで一斉に撃つような、自分が撃っていないことがバレないような状況ではほとんどの人が撃たないか、わざと外すんだ。それがベトナム戦争の米軍では九十パーセント以上まで上がったんだけど、何でかっていうと――

誠は、目を見開いたあゆ子の顔すら見ず、ほとんど息継ぎもせずにまくし立てた。

『誉田さんがやろうとしてるのは、その米軍で行われていた訓練の再現なんだよ。殺人兵器を作ろうとしているんだ』

サッジンヘイキ、とあゆ子は実感が湧かないままに復唱した。誠は『異常だよ』と唾を飛ばして吐き捨てる。

『軍隊でそうだったように、合宿でもろくに寝かせてもらえないんだ。夜中にいきなり起こされて怒鳴られて、マネキンに貼り付けた豚だか鳥だか牛だかの肉に本当に包丁を突き立てさせられるんだよ。肉を切る感触が手に伝わってきて、少しでも躊躇《ためら》うとまた怒鳴られる。そのまま水も飲めずトイレにも行けずに延々と繰り返させられて、汗を拭おうにも手には何の肉のものだかわからない脂がついていて、だけどそのうちにそんなことも忘れて顔を拭ってしまうものだから顔まで脂まみれになって——』

『それ大丈夫なの』

思わず遮《さえぎ》る形で口にすると、誠は一瞬何の話をしていたのかわからなくなってしまったような顔になった。その表情に、あゆ子もまた、自分が何を考えて何を言ったのかわからなくなる。

誠は『だけど、異常な訓練をするから尋常じゃない舞台が出来上がるわけだから』と唇を引き締め、とにかく食らいついていくしかないよ、と自分に言い聞かせるように続けた。

だが、それからも誠は会うたびに同じやり取りを繰り返すようになった。

眠れない、ひたすら人を殺すことばかり考えていると気が狂いそうになる、正直どうして誉田さんが俺を主役にしたのかわからない——青白い顔で言われれば、あゆ子は、大丈夫なのと尋ねることしかできない。

どう考えても大丈夫なはずなどないのにそう口にしてしまう自分が歯がゆくて、少し休めないのと尋ねたり、カウンセリングを受けられる病院を調べて提案したりもしたが、誠がうなずくことはなかった。休んだら役を降ろされるだけだよ、俺がこうなっているのは誉田さんの思惑通りなんだから治療したら台無しじゃないか。

実のところ、距離を置きたいという誠の言葉に従っていいのかはわからなかった。本当に、こんな状態の彼を一人にしていいのか。そんな訓練を続けていたら、どうにかなってしまうんじゃないか。

だが、アベルを殺してしまったときのカインには寄り添って励ましてくれる人なんていなかったんだよ、と熱に浮かされたような口調で言われると、反対することもできなくなった。そこまでして誠が成し遂げようとしているものを邪魔することだけはしたくない。

結局、誠の言う通りに距離を置くことに決めてからも、本当にこれでよかったのかという思いは拭えなかった。案外すぐに連絡が来るかもしれないと自分に言い聞かせたが、そのまま三日が過ぎ、一週間が過ぎ、半月が過ぎてようやく、このままもう公演前に連絡は来ないのかもしれないと思うようになったのだった。

一件目の電話は〈22：34〉――機内モードに切り替えてすぐだったのかと思うと、電話に出たら大翔が完全に起きてしまっていただろうとわかるのに、誠の声を聞けなかったことが残念になる。

——でも、誠から連絡をくれたってことは、後で一回くらい電話しても許されるのかもしれない。

そう考えるだけで胸が躍るのを感じながら、着信履歴画面を閉じてメッセージアプリを開いた瞬間だった。

〈カインに出られなくなった〉

短い文面に、あゆ子は息を吞む。

——え？

一瞬、何が書かれているのかわからなかった。

カインに出られなくなった——誰が？

着信履歴画面を開き直し、微かに震える指で発信する。スマートフォンを耳に押し当てながら、下唇を嚙《か》んだ。

一体、何があったというのだろう。あんなに頑張っていたのに。もしかしてどこか怪我でも——

『おかけになった電話は電波の届かない場所に――』

耳元から聞こえてきた機械音声に、愕然としてスマートフォンを離す。

メッセージアプリをもう一度開き、メッセージの横の時刻を確認した。

〈22：52〉――六時間前。

あゆ子は鼓動が急速に速まっていくのを感じながら、再び誠に電話をかけた。すぐに先ほどと同じ機械音声が響いてきて、動揺しているうちに留守電の合図が鳴る。瞬間、メッセージを残すかどうか迷ったものの、言葉が出てこなくて慌てて切った。

どうして、何が、どうすれば――まとまらない思考が一気に押し寄せてきてパニックになりそうになる。

居ても立ってもいられなくなって立ち上がり、リビングへ出たところで足が止まった。

――誠は今、どこで何をしているのか。

まだ五時過ぎなのだから普通に考えれば寝ているはずだと思うのに、なぜ電話が繋《つな》がらないのか、という疑問も浮かんできてしまう。単に充電が切れてしまっただけなのか、それとも――そこまで考えて、その先の可能性が思いつかないことに気づいた。

あゆ子はリビングをうろつきながら、改めて文面に目を落とす。

〈カインに出られなくなった〉

これは、降板になったという意味なんだろうか。――もしそうだとしたら、それは、どういう状況で起こることなのか。

手にしていたスマートフォンで〈降板〉と入れて検索すると、怪我、病気、不祥事という不穏な言葉が次々に現れた。あゆ子は拳を唇に押し当てる。

真っ先に考えられる理由は怪我だろう。公演まであと二日に迫った今、誠がどうしても踊れないほどの怪我をしてしまったんだとしたら。

ＨＨカンパニーの公式ホームページを開いてニュースの欄に視線を滑らせたが、最新の更新は三日前、団員のインタビューが雑誌に掲載されたことについての告知で、キャスト変更に関する情報はどこにも見当たらなかった。

一体何が起こっているのか、誠はどんな思いで電話をかけてきたんだろう——そう思うと胸が苦しくなる。鼻の奥に鋭い痛みが走り、こみ上げてきそうになる何かに慌てて鼻を押さえた。〈大丈夫？〉と打ち込み、すぐに消す。大丈夫なわけがない。だけどだったら、何と言葉をかければいいんだろう。

とにかく連絡を受け取ったことだけは伝えたくて、〈どうしたの、何かあった？〉と打って送信する。自分の送ったメッセージが表示されてから、昨日電話に出られなかったことを謝っていなかったと気づき、〈昨日は電話に気づけなくてごめんね。甥っ子の寝かしつけをしてて〉と続ける。二つの文面が並んだのを見て、こんなことよりももっと伝えるべき言葉があるはずなのに、ともどかしくなった。

どうしたらいいかわからないままに部屋へ戻って着替え、コートを羽織って玄関へ向かったところで、どこに行けばいいのかわからないことに向き合わざるを得なくなる。

最寄り駅がJR中央線の荻窪《おぎくぼ》駅だということは知っているが、彼の家まで行ったことはなかった。なぜなら、誠は同じHHカンパニーの尾上和馬《おのうえかずま》とルームシェアをしているからだ。

そもそも、誠と出会ったきっかけが尾上だった。尾上はあゆ子の高校の同級生、しかもクラスメイトの多くが地元の岩手県内で進学か就職をした中で上京した数少ないメンバーの一人で、数カ月に一度やっていたプチ同窓会の際にHHカンパニーの公演に誘われたのだ。

ただし、当の尾上は今回は出演する予定はないという話だった。だったら何を観に行けばいいのよとあゆ子は笑ったが、子どもの頃にバレエを習っていたという子が『行きたい行きたい！　あゆ子も行こうよ！』と言い出したため、何となく同行することになったのだった。

その公演で誠が演じていたのは、いわゆる道化のような役だった。全身が顔まで含めて銀色で、とにかく舞台上にいる間中コミカルな動きをし続けていた。一見ただひょうきんなだけにも思えるけれど、あまりに激しい動きが続くことで徐々に不安になってくる。何がこの人をここまで駆り立てるのだろう、と。

登場するのは前半のみだったのに、最後まで観ても一番印象に残ったのが彼だった。

終演後の打ち上げに呼ばれ、そこで尾上からルームメイトだと役名と共に誠を紹介されたときは驚いた。舞台上での印象とはまったく違ったからだ。

一杯目くらい酒にしようよ、とあゆ子たちに迫る団員の隣に座って店員を呼び、ウーロン茶をください、と言った誠はどこまで意図的なのかわからないほど自然で、穏やかな人に見えた。

あゆ子は声のトーンを落として、一緒に行った友達に『もっと怖い人かと思ったね』と耳打ちした。『え？』と友達が目をしばたたかせる。

『何言ってんの、めちゃくちゃ楽しそうな人だったじゃない』

『でも……何か怒ってなかった？』

あゆ子が戸惑いながらそう口にした瞬間、誠があゆ子を見た。

あゆ子は耳たぶが熱くなるのを感じてうつむく。的外れな感想を口にしたりして失礼だったかもしれない。

『ごめんなさい、よくわからないのに適当なことを言って……』

『どこでわかった？』

かぶせるように言われて顔を上げると、誠は真剣な表情をしていた。

そして、問われるまま舞台の感想を答えているうちに打ち上げが終わり、帰り際に連絡先を訊かれたのだ。

二人で会うようになり、やがてつき合うようになると、尾上は自分の元同級生でもあるんだからと家に誘ってくれたが、誠はルームシェアを始める際に決めた「互いの客人を家には連れてこない」というルールを曲げようとはしなかった。

——やっぱり、連絡が来るのを待つしかないんだろうか。

あゆ子は履きかけていたショートブーツから足を引き抜き、けれど思いきれずにもう一度足を伸ばす。

と、そのとき背後で物音がした。振り向くと、姉がリビングに出てくるところだった。

あゆ子はほとんど反射的に姉に駆け寄る。

「お姉ちゃん、あのね」

手に持っていたスマートフォンを姉の方に向けてから、分厚い寝間着を重ねて着込んだ姉の姿に、姉は熱を出していたのだったと思い出した。

「あ、ごめん、体調はどう？」

スマートフォンを引いて顔をのぞき込む。昨晩よりも顔色が良くなった姉は「うん、ありがとう」と微笑んでキッチンへ向かった。

「おかげでだいぶ楽になった」

「熱は？」

「もう平熱」

姉は冷蔵庫から昨日あゆ子が買ってきておいたビタミンドリンクを取り出し、その場で飲み始める。「回復早いね」とあゆ子が感嘆すると、姉は「寝込んでいる暇がないからね」と言って空にした瓶をシンクに置いた。「だけどさすがに昨日はきつかったから大翔を見てもらって助かったよ」と続けて、「で？」とあゆ子を振り返る。

「何か話？」

あ、うん、とあゆ子はスマートフォンに誠からきたメッセージを表示し、姉に差し出した。

「これが昨日の夜にきていたんだけど気づかなくて」

姉が画面に視線を向けるのを待ってから、「今慌てて彼に電話してみたんだけど繋がらないの」と続ける。

「カインって、あんたの彼氏が主役をやることになっている舞台だっけ」

「うん、なのに出られなくなったって……何があったのかもわからないし、あんなに頑張ってたのに、怪我とかだったらどうしようって私」

「落ち着きなさい」

ぴしゃりと言われて我に返った。

姉はあゆ子を真っ直ぐに見据える。

「まだ早朝なんだから連絡がつかなくてもおかしくはないでしょう。それに、彼はあなたの同級生とルームシェアしているのよね？　だったら、どうしても彼に連絡がつかなければ、そっちに連絡してみることだってできるじゃない」

「あ」

「ね？　大丈夫だからまずは落ち着きなさい」

私立高校で教員をしている姉に諭す口調で言われると、それだけで本当に気持ちが落ち着いてくるから不思議だった。

「……とりあえず、尾上に連絡してみる」

あゆ子は小さくつぶやき、連絡帳から尾上の名前を呼び出してメッセージを作り始める。

〈ちょっと誠さんの携帯、電池が切れちゃったのか繋がらないんだけど、できたら私が連絡を取りたがってるって伝えてもらえないかな？〉

「朝のうちに送るつもりなら、朝早くにごめんねくらいは入れなさいよ」

すかさず姉の声が飛んできて、冒頭に〈朝早くにごめんね〉と付け足してから送信した。予想外に数秒のうちに既読がついて、起こしてしまったんだろうかと今さらながらに申し訳なくなる。

やはりもう少し待ってから送るべきだっただろうか、と思ったところでスマートフォンが短く鳴った。ハッと見下ろすと尾上から返信がきている。

飛びつくように開き、視線を落とした。

〈悪い、俺昨日は友達の家に泊まったから家にいないんだよ。何か急用？〉

――これは、どういうことだろう。

あゆ子は再び姉にスマートフォンを渡した。

「尾上は知らないのかな」

降板の話を知っているのなら、こんな返答にはならないはずだ。だが、同じバレエ団にいて、同じ舞台に出演するというのに、何も知らないなんてことがあり得るんだろうか。

「あるいは、降板ではないか」

姉が、低く言った。

あゆ子は姉を見る。

「でも、だったら〈カインに出られなくなった〉って……」

「役を降ろされたとかではなくて、単に彼が個人的な事情で出られなくなったっていう可能性は？」

「個人的な事情って？」

「それはわからないけど、何かどうしても外せない用ができてしまったとか」

姉の言葉に、あゆ子はきっぱりと首を振った。

「それはないと思う。誠が公演よりも優先する用なんて思いつかないよ」

姉は、そうね、とうなずいた後、「まあ、単に公演の直前で弱気になっているだけかもしれないしね」と声のトーンを切り替える。

「もしそうだとしたら、あんまり大事《おおごと》にしちゃうとかわいそうだし、もう少し様子を見てみたら？」

あゆ子は、送ってしまったメッセージに視線を戻した。姉は大丈夫よ、とあゆ子の肩を叩《たた》く。

「今のメッセージには連絡がつかないとしか書いてなかったし、とりあえず何でもないとでも言っておけば」

「……そうだよね」

あゆ子は小さく顎《あご》を引き、〈ごめんね、何でもないの。しばらく連絡待ってみます〉と打って尾上に送信した。

すぐさま〈今日も朝からリハがあるから、会ったら連絡するように伝えておくよ〉という返事がきて、あゆ子もすぐに〈ありがとう〉と返す。

次の瞬間、あゆ子の部屋から「ママー！」という大翔の大声が聞こえてきた。姉が「どうしたー？」と同じトーンで言いながら部屋へ入っていくのを、あゆ子はキッチンの横から眺める。

「ママ！」

大翔のはしゃぐ声に、ふいにみぞおちがざわつくような感覚を覚えた。服の上から押さえるようにつかむと、違和感のような落ち着かなさは、輪郭が曖昧なままに濃くなる。

──本当に、これでよかったんだろうか。

「あゆちゃん、おはよー！」

部屋から出てきた大翔に飛びつかれ、あゆ子はみぞおちから手を離して大翔を抱きとめた。ふわりとした柔らかな髪の毛が頬をくすぐり、腕一杯に広がる温かさにホッとする。

それでも、胸の奥の落ち着かなさは消えなかった。

## 2　尾上和馬

スタジオのドアが開いて誉田規一が現れた瞬間、尾上和馬は咄嗟《とっさ》に目を伏せていた。床に等間隔に直立した数本の脚が視界を占める。それ以外には何も見えず、音も聞こえないというのに、誉田がゆっくりと首を横に動かしたのが気配でわかった。

突き刺すような視線が自分の上を通り過ぎるのを待ってから、尾上は口の中に溜まった唾を喉の奥へ押し込む。

——すみません、藤谷さんは電車が遅れているみたいで。

べたついた舌の上に乗った言葉をなぞるように考えた。やはり、それが一番ましな理由だろう。公演二日前のこの時期に、よりによって主役の藤谷がリハに遅刻する理由——寝坊は論外だ、体調不良も管理不足を問われるだけだろう、事実の通り連絡さえないことを伝えてしまえば最悪役を降ろされることもあるはずだ。

尾上の脳裏には、今朝、嶋貫あゆ子から送られてきたメッセージが浮かんでいた。

〈ちょっと誠さんの携帯、電池が切れちゃったのか繋がらないんだけど、できたら私が連絡を取りたがってるって伝えてもらえないかな?〉

そして、それに対して何か急用かと尋ね返した自分。

〈何でもないの〉という返信にホッとしたことで、何かあったのかもしれないと考えていたことを自覚した。

何かあったとしてもおかしくないと、自分がどこかで考えていたことを。

昨日のリハ中、藤谷は全身で息をしながら膝頭を両手で押さえて立ち上がろうとし、バランスを崩して再び床に倒れ込んだ。

すかさず誉田が、その襟首をつかんで力ずくで引き起こす。

『何が見える』

誉田は、問うというよりも言い放つような声音で言った。四つん這《ば》いの体勢になった藤谷が、一拍遅れて顔だけを持ち上げる。

『おまえの目には、今何が見える』

誉田はもう一度、今度は藤谷の眉間に指を突きつけるようにして言った。藤谷の顔に戸惑いの色が浮かび、その目が寄り目になる。まるで、誉田の指先に書かれている答えを探ろうとするかのように。

数秒後、藤谷は頬を引きつらせて誉田の顔を見た。薄く開いた唇が微かにわなないてから閉じる。

『何が見える』

誉田は急《せ》かすように繰り返した。藤谷の喉仏が上下するのが離れた場所からも見える。せめて何か言えばいいのに、と尾上は思った。このまま黙り続けていても怒られるだけだ。答えたところで違うと怒られるだろうが、それでもとにかくこの時間は終わるのに。

そう考えながらも、尾上は藤谷が何も答えないだろうとわかっていた。なぜなら、いつも藤谷は誉田に問い詰められると黙り込むからだ。そしてそのまま、ただ見えないシャッターを閉じて嵐が行き過ぎるのを待つ。そして、その防御に徹することを決めた姿勢が余計に誉田を怒らせるのだ。

藤谷の傍らに立ったアベル役の蛯原《えびはら》が不愉快そうに顔をしかめたのが見えて、自分は今どんな顔をしているのだろうと尾上は思った。

観察しろ。自分がどういう感情のときにどういう表情をするのか。どういう仕草をするのか。誉田の声が蘇《よみがえ》り、壁面の鏡へ目を向ける。予想よりも無表情に近い顔が映っているのを認識した途端、自動的に唇が引き結ばれた。

神妙にも取り澄ましているようにも見える顔つきから視線を外すと、誉田の腕が滑らかな弧を描きながら下ろされるところだった。

尾上は藤谷の顔を確かめ、息を詰める。

藤谷は、唇を薄く開いたまま、ぼんやりと宙を見ていた。これまでのように考えている振りをしながら黙り込んでいるのではなく、本当に答えを探ることすら放棄していることが明らかな顔。光のない虚ろな目には何も映っておらず、周りに張り巡らされていたシャッターすら剝がれ落ちてしまっている。

これは、と尾上は誉田を見た。これはちょっと、さすがにヤバいんじゃないか。だが、誉田は藤谷を見据えたまま、口を開く。

『殺せ』

その瞬間、何も聞こえていないかのように見えていた藤谷は、飛び出すように立ち上がった。そのまま躊躇いなく蛯原に飛びかかる。

蛯原が自身をかばうように腕を持ち上げるのと、藤谷が蛯原にぶつかるのが同時だった。

目を剝《む》いた蛯原が後方に吹っ飛び、その脇に勢い余った藤谷が転がっていく。

尾上は手のひらにざらついた感触を覚えた。いつの間にか粟《あわ》立った肌を撫《な》でさすっていたことに気づく。

――何だ、これは。

本当に一瞬の出来事だった。あまりに異様な動き、作為を感じさせない迫力。

これが目的だったのか、と思った。

これを引き出すために、誉田は藤谷にきつく当たり続けたのか、と。

藤谷もまた、たった今自分がしたことに驚いているように手のひらを見つめていた。

頰がみるみる紅潮していく。

『誉田さん、俺……』

今度こそ認めてもらえると確信している表情だった。公演まであと三日。もう間に合わないかと思ったけれど、何とか間に合った。これで、期待に応えることができる。そんな安堵と感動が滲んだ声音。

だが、次の瞬間、誉田は首を振った。

大きくため息を吐き、『違う』とつぶやく。ダメだ、そうじゃないんだ。苛立つというよりも疲れ果てたように言葉を重ね、もう一度ため息をついた。

『俺が間違っていた』

藤谷の顔が、期待に満ちた表情のまま固まる。そこから表情が抜け落ちていくのを見続けることができずに、尾上は目を逸《そ》らした。

結局、昨日のリハはそのまま終わった。

そして、尾上は藤谷にかける言葉を見つけられずに、藤谷とルームシェアをしている家ではなく、友達の家に泊まったのだった。

「カインの振りを覚えている者」

突然、誉田の声が耳に飛び込んできた。

その意味を理解するよりも早く、尾上は周囲を見渡す。

何人かと目が合った。その表情に戸惑いの感情をとらえて、自分だけではないのだと微かに安堵する。それでも何人かは誉田の方を見て手を挙げていて、尾上も慌てて手を挙げたところで、ようやく誉田の言葉の意味を理解した。

——つまり誉田は、たった今、藤谷を降板させて代役を選ぶ決定を下したのだ。

なぜ今、藤谷がこの場にいないのかを誰かに問うことすらせずに。

「宮木渡辺岸涌井、二幕の頭」

誉田が呪文のように名前を繋げて言った。

呼ばれた面々が弾かれたように背筋を伸ばす。誉田は、彼らがスタジオの中心に並ぶのも待たずに右手を上げた。すかさず、アシスタントが曲を流す。

特にメロディラインはないシンプルな太鼓の音だ。ドン、ドン、ドン、という急かすように響く音の中で、誉田が「ファイブ、シックス」とだけつぶやいた。セブンとエイトは各人が頭の中で数え、うつむいて立つ四人の周りの空気がすっと引き締まる。

だが、そのまま誰も動かないまま太鼓の音だけが流れ続ける。この後たっぷり4×8カウントの間を置いてから顔を上げる振付だからだ。

おそらく今並んでいる面々はカウントを数えながらもこの先の振付を脳内で確認していることだろう。そして、藤谷がこれまでどんなことで誉田から注意を受けていたかを思い出そうとしているはずだ。

そういう意味では、今回のオーディションは明らかに後になればなるほど有利だ。思い出す時間が長く取れるし、何より、これから誉田が誰に長く踊らせるかを見ることで誉田の望む答えのヒントが得られるのだから。

4×8カウントが終わり、四人が一斉に顔を上げ始める。渡辺だけ少し早いか、と思った途端、パン、と誉田が強く手を叩いた。

全員がハッとした顔を誉田に向ける。それでも、やめていいと言われていない以上は続けるべきだと考えたらしい岸と涌井がピルエットを始めると、「もういい」と誉田が言い放った。

岸と涌井もピタリと回転を止めて足を床に下ろす。

「田辺森野島木下」

誉田は第一グループを一顧だにせず、別の四人を呼びつけた。第二グループとして歩み出ていく面々の表情は硬く強張っている。今ので誉田が何を判断したのかわからないのだから当然だろう。

顔を上げるタイミングは三人が合っていたのか、それとも渡辺が合っていたのか。誉田が手を叩いた段階でやめるのが正解だったのか、続けるのが正解だったのか。続けるのが正解だったとしたら、岸と涌井は何を間違えたのか。

すると次の瞬間、誉田が「アラセゴン・ターンから」と蛯原に向けて指示を出した。

蛯原が小さく肩を揺らしながら短く返事をすると、空気が微かにざわめく。

——アベルの振りの後ということは、今度は先ほどとは打って変わって初めから激しい振りになる。

グループによって課題を変えているのは、公平を期すためなのか、あるいは何らかの意図があるのか。

蛯原がスタジオの上手《かみて》側で軽やかな回転を始めるのを眺めながら、尾上は忙しなく下唇を舐《な》めた。目線だけを第二グループへ向けると、誰もが先ほどよりもさらに緊張した面持ちをしている。

——とにかく、グループによって課題が違う以上、この場で誰が何を言われるかにこだわったところで意味がない。

それよりは、これまでのリハの中で藤谷がどんな注意を受けてきたかを思い出した方がいいはずだ。

予備動作を入れるな、力を制御するな。誉田が繰り返し口にしてきた言葉が浮かび上がる。

要は、振付のように見せるな、ということだろう。踊りとして定められた動きではなく、衝動のままの原始的な動きに見せる——そのくせ、振付に勝手にアレンジを加えることは許されない。腕を動かす速度から脚を上げる高さ、首の角度まで、すべて決められた動きを再現しなければならないというのに、なぞるべき線の存在を悟らせてはならないのだ。

そして何より難しいのは、シーンによって踊り方を根本から変えなければならないということだ。第一幕においてはクラシック・バレエの基本に忠実に踊り、第二幕ではスポットをつけずに踊る。スポットをつける——回転する際に視点を一点に定めることはクラシック・バレエの基本中の基本で、そうして視点を定めるからこそ何回転しても目を回すことなく軸を保っていられるのだというのに。

「型」をあえて狂わせ、歪ませていくことで異質さを描き、アンコントロールな感情、秩序の世界からはみ出していく恐怖を演出する。

言葉にしてしまえば簡単なことのようだが、同じ舞台において同じ踊り手が両方の振りを踊るというのは生半可なことではない。

「次、深山西田鈴木郷田」

第二グループは、右腕を抱えるようにして床に転がったところで制止された。

その間、たった三秒。

これだけの動きで何がわかるのだろうという疑問と、それでも誉田にはわかるのだろうという納得のようなものがほとんど同時に浮かぶ。

何が基準なのか、ポイントがどこにあるのかはわからない。だが、誉田にはきっと何か明確なものが見えているのだろう。

そして、これからその誉田の視線が自分の踊りに注がれるのだ。

これまでは、とにかく誉田の目に留まらないようにすることしかできなかった。なぜなら、「カイン」の群舞においては目に留まること自体が失敗であるからだ。目立たず、均一に、無個性に。そこに徹することで誉田の作り上げる舞台の一部になれることを誇りに思ってきたつもりだったが、やはりそれが心のすべてではなかったのだと思い知らされる。

――もし、誉田が、周りからはわからないその絶対的な尺度で自分を見出してくれるなら。

尾上は、先ほど誉田が『カインの振りを覚えている者』と口にしたときに衝撃を受けたことを思い出していた。

正確には、衝撃を受けようとしたことを。

自分はどこかでこうなることを予想していたのではないか。だからこそ昨晩は家に帰らず、嶋貫あゆ子から連絡を受けても何があったのかと深く訊こうとはせず、藤谷の遅刻をフォローする言葉を考え続けたのではないか。

「篠田飯嶋高橋尾上」

ぐ、と内臓が縮こまるのがわかった。誉田が小さく唇を開き、息を吸い込む動きが妙にくっきりと見える。

「殺せ」

ひゅっと喉が小さく鳴った。

まぶたの裏に、藤谷が蛯原に飛びかかる姿が浮かぶ。――違う。あれはダメだと誉田が言ったのだ。だとすれば少なくとも、あれとは違う答えを見せなければならない。

いや、その前に今すぐ考えて決めなければならないのは、この課題ではどの振りから始めるのが正解なのかということだ。アベルから遠ざかる動きか、座り込むところか、立ち上がるところか、それとも、勢いよくアベルに踏み込んでいくところをいきなりやった方がいいのか。

だが、それ以上考える間もなく誉田のカウントが響き始めた。

「ファイブ、シックス」

セブン、エイト——咄嗟に尾上は座り込む。視界の端に勢いをつけて前方に踏み込む高橋の姿が見えた瞬間、しまった、と思った。慌てて立ち上がったところで、「次」と誉田が背を向ける。

その、自分ではない人間の方へ向いた見慣れた姿を目にした途端、どっと後悔が押し寄せてきた。

——俺は一体、何をやっているんだ。

先ほどからの流れからして、誉田が一グループに長い時間を与えないことくらい予想できたはずだった。だとすれば、高橋のように最初に殺害シーンを持ってくるべきなのは明らかではないか。

せっかく印象に残るチャンスだったのに。

ここで、カイン役を手にできれば、人生が変わったかもしれないのに。

「殺害シーン」

誉田が第五グループに与えた課題に、噛みしめた奥歯がギリギリと軋む音を立てる。

――ずるい。

どうして、第五グループにだけ前のグループと同じ課題が与えられるのか。これでは明らかに第五グループが有利ではないか。

案の定、第五グループは全員が冒頭から踏み込む動きを披露した。それ以上見ていられなくて顔を背《そむ》ける。

――どうしてだ。

なぜ、自分には運がないのか。それとも、そもそも誉田は初めから注目している人間を第五グループに集めていたのか。

「やめろ」

誉田が顔の横で手を払いながら言った。

その、まるで鬱陶《うっとう》しいものを目にしたかのような動きに、また別の落ち着かなさがこみ上げてくる。

あるいは逆で、誉田は第五グループの面々がどうでもいいからこそ同じ課題をやらせたのだろうか。――もしくは、いきなり踏み込む動きをするのは間違いだった？

誉田が、ゆっくりと音響装置へと歩き始めた。響き続けていた太鼓の音があっさりと止み、スタジオに静寂が落ちる。

身じろぎをしたらその音さえも聞かれてしまう気がしてこらえると、きちんとポジションを取っていない足がより意識された。誉田がこちらを振り向きさえしないまま出入り口へと向かう。

ガチャ、というドアノブが下ろされる音に合わせて踵《かかと》を合わせると、誉田はドアを大きく開け、無表情で振り向いた。

「今日のリハは中止する」

え、という声が喉の奥でつかえる。実際に声に出したのは今回のオーディションに男性ダンサーの中で唯一参加しなかった蛯原だけだったが、誰もが戸惑っているのは気配で伝わってきた。

リハが中止というのはどういうことだろう。今のオーディションはどうなったのか。そもそもオーディションですらなかったのか。本当に公演二日前のリハを中止するつもりなのか。

思考がぐるぐると巡り、足が動かない。

「早く出て行け」

誉田が顎でしゃくるようにしてドアの外を示した。ドアの最も近くにいた木下が数歩進み、立ち止まる。振り返った木下に、誉田が「荷物を忘れるな」と言い放った。

木下は顔を歪めながら伏せ、バーの下へ駆け寄って水とタオルを拾い上げる。その動きに促されるようにして他の面々も荷物を抱え込み、出入り口へと向かった。

尾上も後に続きながら名残惜しくスタジオの鏡を見る。つい先ほどまで自分が映っていた場所――もっとちゃんと踊れていれば。

やはり誉田は藤谷を待つことにしたのだろうと思うと、叫び出したくなるような悔しさがこみ上げてきた。

実のところ、業界内の評価はその踊り手がどれだけの実力を持っているかには比例しない。

あの誉田規一が注目し、主役を与え、徹底的に鍛え上げ、太鼓判を押した。そのことにこそ意味があり、それだけでワンランク上の存在として一目置かれることになるのだ。その後はたとえ同じことをしても、評価が変わってくる。

逆に言えば、そういう飛び道具のようなきっかけがなければ、永遠に顧みられない可能性の方が高いのだ。どれだけ技術を磨き上げ、表現力を高めて勝負をかけようにも、チェックさえしてもらえない踊り手がどれほどいるか。

だからこそ、誰もが今日手を挙げた。挙げることができた。覚える意味も必要もなかった振りを覚えていたからだ。

それなのに、誉田はそれでも藤谷にこだわるというのか。

つま先が、スタジオの外へ出る。自分から出て行かなければならないのが残酷に思えた。まだ諦める気持ちになど少しもなれていないというのに——

「尾上は残れ」

ドン、と大きく心臓が跳ねた。

全身に電流が走ったように指先までが痺れる。

——え？

尾上は、目を見開いて誉田を見た。誉田は苛立たしそうな表情をしている。尾上は周囲を見回しかけて、周囲の視線が自分に突き刺さっているのを感じた。何でこいつが、という思いが塊となってぶつかってくる。

そのことで、遅れて思考がついてきた。

自分が、誉田規一のＨＨカンパニーの主役に抜擢されたのだということ。

——まさか、こんなことが起こるなんて。

失敗したと思っていた。自分はチャンスを潰してしまったのだと思っていた。

だが、他でもない誉田が、自分を見出してくれたのだ。

「はい」

答える声がかすれる。足元が急に柔らかくなったかのような浮遊感を覚えた。他の団員たちの前を通り、一人、スタジオへと戻る。

尾上の身体がスタジオへと入った途端、誉田がバレエピアニストに向かって「今日はもう帰っていい」と低く言った。

尾上がドアを振り返ると、顔を引きつらせた高橋と目が合う。高橋が顔を伏せながらドアノブに手をかけた瞬間、

「そうだ」

誉田が何かを思い出したような声を出した。

パッと、スタジオの外にいる全員が顔を上げて誉田を見る。

「明日のゲネは予定通りやる」

誉田はそれだけを言うと、あとはもう何にも興味がないというように踵《きびす》を返した。そのまま、優雅と言っていいほど穏やかな足取りでスタジオの奥へと進んでいく。

その姿を目で追っていると、背後でドアが閉められる音が普段より激しく響いた。

## 3　松浦久文

流水音には、いくつものノイズが混ざり込んでいる。

風の音、車の走行音、自動販売機のモーター音──それぞれが音の中で絡み合い、時に声高に、時に隠れるように色を変える。

ともすれば聞き逃してしまいそうになるその一つ一つに耳をすませながら、松浦久文《まつうらひさふみ》はゆっくりと音聴棒の先をずらしていく。ある音は輪郭を濃くし、ある音は音の波の中に溶け込んで消える。松浦が捉えるのは、その変化だ。

これは、違う。これも、違う。

慎重に選り分けていくと何も残らなくなり、その結果を引き受けてから次の管へと移る。両目をつむり、片耳を塞ぎ、たった一つの耳で音の奥へと分け入っていく。探している音が、ここにあるのかどうかはわからない。

たしかなのは、それでもこの家のどこかでは漏水しているということだけだ。

気になる音の影を見つける。息を潜めて後を追う。当たりだ、と思った瞬間、けたたましい電子音がすべてをかき消した。

松浦は耳から剝がした手を作業着のポケットへ伸ばす。画面に表示された妻の名前に、ほんの一瞬親指が泳ぎ、そのことを否定するためにすばやく画面をタップした。

「はい」

『ごめんね、今大丈夫』

妻の言葉は疑問形を取っているものの、電話に出たという時点で話せるはずだと確信しているようだった。実際、松浦の返答を待たずに、あのね、と続ける。

『俺が間違っていたって言ったらしいの』

誰が、とは松浦は尋ねなかった。

ただし代わりに、何に対して、と短く問う。

『わからない』

妻の答えも短かった。そのことに妻自身が焦《じ》れたように、『でも謝ったっていうのよ』と語調を強める。

『あの男が』

ふいに視界が一段暗くなるのを感じ、見上げると太陽に雲がかかったところだった。

「そうか」

松浦は低く答えた。その声は自分の耳にもそっけなく響き、もうひと言何かを言うべきな気がして「どこで知ったんだ」と訊く。電話の先で言い淀む気配を感じて、訊かなければよかったと思った。それほど訊きたいわけでもなかったのだから。

『……パソコンで』

妻は後ろめたそうに言った。松浦は再び、そうか、と答える。

妻がパソコンと言うとき、それは常にインターネットのことを意味した。妻は毎日、誉田規一について検索している。HHカンパニーについての新情報がないかを調べ、そこに所属している団員たちのSNSを巡回し、元団員が綴るブログをチェックする。

だが、妻は、別のことを調べていたらたまたま目についた、という言い方をする。人から聞いたのだと言うこともある。そうしたときも松浦は、そうか、と答えるが、脳裏にはリビングのパソコンの前でマウスを握りしめている妻の姿が浮かんでいる。

『昨日の練習でね、主役の男の子に向かって言ったらしいの』

妻がそこで言葉を止め、吸うというよりも喘《あえ》ぐように空気を飲んでから続けた。

『俺が間違っていたって』

先ほども聞いた言葉を繰り返されただけなのに、なぜか先ほどよりも衝撃を受ける。

あの男に、非を認めることができたのか。

そう考えて、そうか自分はそこに衝撃を受けているのかと自覚した。

『あのときは、結局一度も謝らなかったのに』

妻が、自分の言葉に急き立てられるように声を震わせる。

『穂乃果《ほのか》には一度も謝らなかったのに』

数週間ぶりに聞く名前に、松浦はまぶたを下ろした。

自分自身は、おそらく数カ月以上口にしていない名前。

口にすれば、それだけで何かが決壊するのがわかっていた。長年呼び続けていた名前を、発する口が、聞き取る耳が、覚えている。

だから、周到に準備してからでなければ口にできなくなった。溢《あふ》れ出してしまわないように堤防を築き、身構えてからでなければ。

妻もきっと気づいているのだろう。

けれどそれでも、時折決壊させずにはいられない。そしてそれはおそらく、正しいことなのだ。

松浦の娘がＨＨカンパニーのスタジオで熱中症で倒れて亡くなったのは、今から三年前の夏だった。

その日は土曜日で仕事は休みだったが、松浦は昼間から外出していた。

高校時代の友人が同窓会を企画したいと言い出し、その打ち合わせのために集まることになったのだ。

話はすぐにまとまった。数年前に同窓会を開催した幹事が当時の資料や連絡先の一覧を持参してきていて、それをベースにすれば特に困ることもなさそうだったからだ。

日にちだけ決めてしまうと他に話し合うようなこともなく、そこからは普通の飲み会になって互いの近況や政治ニュースについて話しているうちにランチの閉店時間になった。

まだ十七時だったため、当然のように店を変えて飲み直そうという話が出たが、一人が翌日から出張なのだと言って抜け、もう一人が嫁さんに怒られるからと言って抜けると興が醒めた。まあ、どうせまた来月会うわけだしな、という幹事のひと言で解散が決まり、松浦が帰宅したのは十八時過ぎだった。

妻から、昼過ぎには戻るはずだった穂乃果がまだ帰ってきていないのだと告げられて最初に考えたのは、相変わらず過保護だなということだけだった。

『夕飯の支度だってしないといけないのに』とぼやく妻の言葉を『もう穂乃果も二十七だぞ。飯くらい自分で適当に何とかするだろ』と受け流すと、妻は『私が困るのよ。食べるのか食べないのかはっきりしてくれないと』と不機嫌になった。

松浦は空気が重くなり始めるのを感じ、猫のメルを抱き上げて『じゃあ、どうするのかだけでも聞けばいいんじゃないですかねえ』と語りかける。するとメルが相槌《あいづち》を打つようにタイミングよく鳴いたため、妻も毒気を抜かれたように『そうね』とスマートフォンを手に取った。

松浦は『メルはもう飯食ったか』と猫の顔を覗《のぞ》き込む。身をよじって逃げられ、そう言えば煙草臭いままだったと気づいて洗面所へ向かった。手洗いうがいをすると、汗も流したくなってきてそのままシャワーを浴び始める。

ミントが入ったシャンプーとボディソープを使ってひと息つき、手早く全身を拭いてトランクス一枚のままリビングへ戻った。エアコンの斜め下に数秒立って身体を冷やし、冷蔵庫から缶ビールを取り出して蓋を開けたとき――廊下にいた妻が、悲鳴と怒声の間のような声を出した。

スタジオの中で倒れていたという穂乃果が発見されたきっかけは、妻が執拗《しつよう》に鳴らし続けた電話の音をエントランスにいたスタッフが聞きつけたことだった。更衣室から長々と鳴っては切れ、また長々と鳴る着信音に、何か急用なんじゃないかと考えたスタッフが、一応声だけでもかけておこうかとスタジオ内の様子をうかがったのだ。

既に意識不明で痙攣《けいれん》を起こしていたという穂乃果はすぐに救急搬送され、その時点で妻の元へも連絡が来て松浦も病院に駆け付けたが、そのまま意識を取り戻すことなく翌朝死亡した。

穂乃果はスタジオで亡くなったにもかかわらず、誉田規一が責任を問われることはなかった。なぜなら、その日は練習が休みで、穂乃果がスタジオにいたのは自主練習のためだったとされたからだ。

誉田は、穂乃果のことは前日に役から降ろしていた、自主練習の指示も出していなかったと主張し、代役に決まった団員もそう証言した。

だが、松浦も妻も、穂乃果からそんな話は聞いていなかった。穂乃果本人がつけていた練習日誌にも、そんなことはひと言も書かれていなかった。

練習中にされた注意や穂乃果自身が気づいたことが棒人間のイラストと共に描き込ま

れたノートには、時折日記のように穂乃果の思いが書き込まれていた。

〈どうしてバレエなんて始めてしまったんだろう。適性も才能もないのになぜ続けてしまったんだろう。

なんで私はこんなに弱くてずるくてつまらない人間なんだろう。

こんなもののために今までの人生を費やしてきてしまって、もう取り返しがつかない。

私のせいでみんなが迷惑している。

もう消えてしまいたい〉

穂乃果が主役として出演するはずだった公演は、穂乃果の葬儀が終わり、松浦の忌引きが明けたタイミングで始まった。

公演のタイトルは「for Giselle」。

「恋人に婚約者がいたことを知って死んだ踊り好きの少女ジゼルが、妖精ウィリになり恋人アルブレヒトを死の舞踏へ誘う」というクラシック・バレエの古典「ジゼル」の性別をすべて逆にした誉田規一オリジナルの演目だ。

恋人の裏切りを知って死んでしまい、妖精ウィリとなるのがアルブレヒト、死の舞踏を踊らされるのがジゼル、さらに「ジゼル」においては死ぬまで踊り続けることを課されるものの、ギリギリのところで夜明けと共に助かるが、「for Giselle」では本当に死ぬまで踊り続けさせられる。

見所はウィリの集団となった男性ダンサーたちによる一糸乱れぬ群舞、そして力尽きるまで踊り続けさせられるジゼルの壮絶なソロで、そのジゼル役に抜擢されたのが穂乃果だったのだ。

松浦が意識的に考えないようにしていたその公演に、妻が一人で行ったらしいと知ったのは、一週間ぶりの仕事から帰ってきてすぐだった。

妻は泣きながらパンフレットを握りしめ、地団駄を踏んでいた。

突きつけられるようにして見せられたパンフレットには、誉田規一のインタビューが載っていた。

〈着想のきっかけは、「ジゼル」で「踊りたくもないのに踊らされる」役を演じる男が現実は踊りたくてバレエを続けてきてバレエダンサーになった男であるというねじれたメタ構造が皮肉だなと思ったことなんです。そこから、元々踊りが好きな少女として登場するジゼルの方が死の舞踏に追い込まれるとしたら、と考えました。踊りが大好きな人間が、踊り続けさせられる中でどんどん踊りを憎むようになっていくって、面白いじゃないですか〉

何が面白いのか、松浦には少しもわからなかった。

妻は叫び声を上げながら、松浦からパンフレットを奪い取った。ページを引きちぎり、こんな男死んでしまえばいい、と吐き捨てて髪の毛を掻きむしった。

松浦が何気なく開いたパソコン上に〈for Giselle　評判〉という文字を見つけたのはその翌日だ。

どんな結果が出れば妻は慰められるのだろう、と松浦は考えた。傑作だと讃えられている方がマシなのか、それとも、駄作だと断じられている方がいいのか。

結果は、そのどちらでもなかった。

穂乃果の死が「本物の死の舞踏」として話題にされるようになっていたのだ。

公演中に穂乃果の亡霊を見た、という噂もインターネット上で流れ、その噂はジゼル役を恨めしそうにじっと見ていたというものから、男性ダンサーによる妖精ウィリの群舞に一人だけ女性が混ざっていたというもの、ジゼル役の踊りに重なるようにしてもう一人の女性が同じ振りを踊っていたというものまであった。

そして、それらの噂が拡散していくことで「for Giselle」はある意味で〈伝説の舞台〉になっていった。

やがて、松浦が仕事から帰ると、リビングには穂乃果のアルバムやＤＶＤが散乱しているようになった。

松浦の視線がその上へ動くのを待ってから、妻はその一つ一つをテレビに映してみせた。

まだトゥシューズも履いていなかった頃の穂乃果のチュチュ姿、はにかみながら踊る発表会の記録、楽屋で泣きべそをかいている顔、得意げに足を高く上げてポーズを取っている写真、何やら難しそうな動きを成功させて満面の笑みでカメラに近寄ってくる動画。

改めて見ても、穂乃果はバレエ教室の中でずば抜けて上手だった。

そして、とても楽しそうだった。

妻は、自分で作って自分で盛りつけた料理を残して流しに落とし、あの日あなたが飲み会になんて行かなければ、と松浦を詰《なじ》った。私はお昼過ぎにはもうおかしいと思っていたのよ。そのときにあなたと同じ会話をして穂乃果に電話をしていたら、穂乃果は助かっていたかもしれない。あなたが家にいてくれたら。

そう吐き出してすぐに、ごめんなさい、と泣き崩れた。違うの、あなたが悪いんじゃないの。ごめんなさい、そんなこと本当は少しも思ってなんかない。

いいんだ、と松浦は妻の背中を撫でた。

本心だった。むしろ、本当に妻がそう思えたら、とさえ思った。

気づけば、妻は誉田規一について、HHカンパニーについて、調べ続けるようになっていた。インターネット上やバレエ雑誌をチェックし、どんな小さな記事でもメディア露出でも必ずスクラップした。今、誉田規一は何をしているのか。今度はどんな舞台をどのように作るつもりなのか。団員のSNSを巡回して稽古の内容を調べ、新作が発表されれば観に行き、その評判にも目を通す。

そうしていることを恥じるように隠しながら、けれど時折、すべてを松浦と共有しようとした。

私たちが見張らないと、というのが、妻が使う言葉だった。

あの男は結局何も反省していないのよ。穂乃果が死んだことに何の責任も感じていないし、だからこれからだってまた同じことを繰り返すかもしれない。だから私たちが見張らないと――

そして妻は見張り続けてきたのだ。

三年間、ずっと。

『このためだったのかもしれない』

電話の先から、妻の噛みしめるような声が聞こえた。

「このため?」

松浦は聞き返しながら、スマートフォンを耳と肩に挟み、空いた手で地面に突き刺さった音聴棒を引き抜く。シャベルを手に取り、穴のすぐそばにゆっくりと押し込んだ。

『だって、ずっと見張ってきたから、こうやって気づけたわけでしょう』

土は、思いのほか柔らかかった。

松浦はシャベルから足を外して浮き上がった土を脇に流し、広がった穴の横にシャベルの先を当てる。

『見張っていなかったら、知ることもなく過ごしてしまっていた』

「ああ、そうだな」

『もし、あの男が自分の非を認めて反省するようになったんだとしたら』

シャベルの先に、固い感触が当たった。シャベルを戻し、それまでよりも少し慎重に土を取り除いていく。

『穂乃果にも、謝る気になっているかもしれない』

土が重みを増した。濡《ぬ》れている。

予想は確信に変わる。

『だから私、もう一度あの男に会いに行ってみようと思うの』

変色した土の中心をすくい上げた瞬間、内側から水が溢れ出してくるのが見えた。

# 4　皆元有美

ここ、壁の薄さとか大丈夫かなあ。

壁に耳を押しつけてそうつぶやいた男の肩を、女が「ちょっと、やめてよ」と小声で言いながら叩いたことで、皆元有美《みなもとゆみ》はその会話の意味を理解した。

「大丈夫ですよ、こちらの物件は分譲マンション仕様ですし」

有美は意識的に微笑みを浮かべて言ってから、「それに角部屋ですからこちらの面に家具を置いてしまえばほとんどお隣の音は気にならないと思います」と続ける。会話の意味が伝わっていないと考えたらしい女が男に目配せをし、男が慣れた仕草で女の頭に手を置いた。女がくすぐったそうに首を縮めてはにかむ。男の指が女の髪を混ぜ返すように動くのを眺めていると、爪が限界まで深く切られた藤谷豪の長い指が脳裏に浮かんだ。

浮き出た鎖骨をさする長い指。その、どこか官能的な動きに目を奪われていると、豪は煩《わずら》わしさを隠そうともせずにため息をついた。

『何でだか俺がつき合う女の子って、みんな心が弱いんだよね』

みぞおちから下が縮こまるのを感じた。顔が強張るのを、反射的な笑みがごまかす。自分は今、とてもひどいことを言われたのだとわかるのに、気づけば有美は『豪は優しいから』と媚《こ》びていた。

『優しいかねえ』

豪はどうでも良さそうに相槌を打つ。耳の裏が熱くなるのを感じた。口が勝手に『優しいっていうか、話をよく聞いてくれるでしょう』と言い直す。

『だから、自分を丸ごと受け入れてもらえるような錯覚をして寄ってきちゃう子が多いんじゃないの』

男慣れしてない子とか、人づき合いが苦手な子とかさ、とあえて蔑《さげす》んでみせることで自分とは切り離した話にしようとするのに、そういうことではないのだとわかってもいる。

きっと、どんな子でも豪といれば弱くなる。精神的に不安定になる。豪は人の話なんて少しも本気では聞いていない。相手を受け入れる気なんてないし、自分の壁の中にも入れようとしない。

そのくせ、こちらの内側には躊躇いもなく入ってきて、かき乱すのだから。

『おまえ、結構同性にきついよね』

薄く笑われて、せめて思ってもいないことなんて言わなければよかったとますます自分が嫌になった。

全身から力が抜けていくような感覚に、どうして私はこれほど傷つけられてまでこの男と一緒にいるのだろう、と少し距離を置いて考えられるようにもなる。やっぱり無理だ。これ以上この男と関わっていたら、自分はダメになる。もっと弱くなってしまう。

だが、そう思いかけたところで、豪は並びの悪い歯を見せて笑い、腕を伸ばしてくるのだ。

『有美は優しいよな』

自分の使う「優しい」と豪が使う「優しい」では意味が違うのだろうと思いながら、豪に触れられると抗《あらが》えなくなる。

ここは居酒屋の個室で、いつ店員が来てもおかしくないと思うのに、後頭部をつかまれて顎を上げさせられるだけで、予感に肌が粟立ち唇が薄く開いてしまう。『しかもエロい』豪は満足そうに続けて頭を抱き寄せ、唇で唇を挟み込むようにキスをしてくる。動物の子どもがじゃれ合うようなキスに切ないような焦れったさがこみ上げてきて、有美はこらえきれずに舌を伸ばす。舌先が熱いものに触れた瞬間、その個別の生き物のような豪の舌に絡め取られて息が上がる。薄くて柔らかな唇と、厚くて獰猛《どうもう》に動く舌。歯茎を舐めると豪がほんの少し息を乱すのが伝わってきて身体が熱くなり、お仕置きのように舌を強く吸われて頭が痺れる。

大きな手のひらで左の乳房を包まれて、息を呑んだ途端に服の上から下着をずらされる。指先がついでのように先端をなぞり、高熱のような震えが背筋を這い上がってきて声が漏れた。

その途端豪の唇が離れていく気配を感じて、慌てて有美は豪の首に回した腕に力を込める。一瞬考えるような間を置いてから、硬くなった乳首を弾かれて、豪の耳元で抑えた悲鳴のような喘《あえ》ぎ声を出した。

もっと触ってほしい。このままやめないでほしい。豪の首筋に顔を埋《うず》め、鼻先でくすぐるようにしながら熱い吐息を漏らす。本当に気持ちよくて漏れた声のはずなのに、同時に、豪を興奮させられるようにと考えてもいて、漏れているのか出しているのかわからなくなる。

豪の手が服の中へと伸びてきて、熱い指が円を描くようにそっと周りをなぞる。もどかしい。もっと、早く。頭が真っ白になっていって、中心をつままれた瞬間に鳥肌が立つ。

有美は腕を下ろして豪の太腿に手を置いた。彼は今、興奮しているのだろうか。触って確かめたいけれど、もし柔らかいままだったら、それをきっかけに終わりになってしまうかもしれない。躊躇っているうちに豪の手がスカートをめくり上げてきてすばやく下着の中に指を差し入れられる。有美が咄嗟に身を固くするのと、湿った音が響くのが同時だった。恥ずかしさに、やめて、と思わず口にすると、豪の指がぴたりと止まる。

『やめる？』

有美は下唇を噛んだ。ずるい、と思い、言いたくない、と思う。それでも、触れるか否かくらいの位置で止まっている豪の指先から痺れるような疼《うず》きが広がってきて、こらえきれずにうつむいたまま小さく首を振る。

だが、次の瞬間、豪は『まあ、この先はやばいよな』と言いながら指を引き抜いた。啞然《あぜん》として有美が顔を上げると、豪はおしぼりで指を拭き、『そろそろ出るか』と呼び出しボタンを押す。廊下から店員の声が響いた。

会計を済ませて店を出ても、「この先」をしても大丈夫な場所へ移動するわけではないことはわかっていた。豪がその気なら、止めるはずがない。豪はただ気まぐれに始め、唐突に飽きたのだ。

どうして、という言葉が喉の奥で詰まって何も言えなくなる。言ってしまえば、きっと豪はあっさり「ごめんね」と口にするだろう。

この流れで謝ることが、余計に相手を惨めにすると知っているから。

「あ、見てここベランダ広い！」

いつの間にかベランダへ出ていた女の声で我に返る。

「ええ、ベランダにデッキチェアを置いてお天気が良い日にはそちらでご飯を召し上がるという方もいらっしゃいます」

「やだ、それ素敵！」

有美の言葉に女は手を叩いて目を輝かせ、男の袖を引いた。

「ねえ、ここ良くない？」

「おまえはそうやってすぐ雰囲気に騙《だま》される」

受付票によれば豪と同じ二十六歳だという男は、「こういう角が微妙に出っ張ってる部屋って意外と使いづらいんだよ」とパイプスペースをノックしながら苦笑する。

「とりあえずもう一件見てから決めようぜ」

はーい、と女が室内に戻ってきたのでベランダの鍵を閉めると、女は名残惜しそうにベランダの写真を撮ってから玄関へ向かった。有美はすばやく室内状況を確認してブレーカーを落とし、スリッパを回収して部屋を出る。

物件の斜向《はす》かいにあるコインパーキングで駐車料金を支払うと、後部座席に乗り込んだ女が「ごめんなさい、優柔不断で」と首を縮めた。

有美は「いいえ、とんでもない」と胸の前で手を振る。まだ三件見ただけで、そもそも今日は四件回る予定で出てきたのだから、特に優柔不断でも何でもない。

「もちろん気になる物件は全部ご覧いただいて大丈夫ですよ」

「そうだよ、むしろ全部見ないで決める方がおかしいって」

男の言葉にうなずきながら、そうだおかしいのだ、と有美は思った。

普通は予定してきた物件をひとまず全部見てから一つに絞り込む。だからこそ、こちらもそれを見越して物件を回る順番を決めるのだ。

大抵、一件目は安いけれど少し古い微妙なところを、二件目は一件目に比べて格段に綺麗ではあるものの少し予算オーバーなところを、三件目は築年数も広さも設備も可もなく不可もなく、その代わり一点面白いポイントがあるところを、四件目は物件概要を見て客が最初に興味を持った物件を回る。

当然、客の希望や物件の位置関係によって前後することはあるが、基本的に最初に見せる物件でハードルを下げさせることは変わらない。この予算より下げようと思うところなるのだ、とある意味での諦めを抱かせてから本命を見せた方がすぐに決めてもらいやすくなるからだ。

それなのに、と考えかけて、有美は自分がまた豪のことを思い出しているのに気づいた。

豪と出会ったのは今から二年前、有美がまだ不動産屋に転職したばかりの頃に豪が客として訪れたのがきっかけだった。

美大の大学院を卒業して研究室が使えなくなったからアトリエとして使える部屋を探したいという豪に、マニュアル通りに当て馬物件を紹介してから本命物件を紹介しようとしたら、一件目を紹介したところで『皆元さんはここを俺にオススメだと思って連れてきたんですよね？』と訊かれたのだ。

皆元さん、と最初に名刺を渡して挨拶をしたきりの名前を正確に口にされたことにも驚いたし、何よりそんな確認をされたことに戸惑った。

だが、ここはいわゆる当て馬物件というやつで本当にはオススメではないと答えるわけにはいかない。気まずさを覚えながらもひとまず『ええ、もちろんです』とうなずいてみせると、豪はほとんど間髪をいれずに『じゃあ、ここにします』と言った。

『え、でも……』

有美は物件情報の紙が挟まったクリアファイルに視線を落とす。本当にオススメなのは、三件目に紹介するつもりの物件だった。この一件目の物件はなかなか借り手がつかないところらしいから、契約してくれるなら助かるという気持ちもあるが、やはり後ろめたさは拭えない。

『あの、他にもオススメの物件はありますし、ひとまず全部ご覧いただいてから……』

『全部見たら何分くらいかかります？』

急いでいるのだろうか、と有美は焦る気持ちで考えた。腕時計を確認し、一件五分だとしても移動時間を考えると、と計算して唇を舐める。

『えっと……急いで回れば、四十分ほどあれば』

『じゃあ四十分間お茶でもどうですか？』

は、という声が裏返った。

一瞬、何を言われたのか理解できなくて、まじまじと顔を見返してしまう。そこで初めて、目の前の男の外見がとても整っていることに気づいた。長い手足に小さな頭、切れ長の目に通った鼻梁《びりょう》、薄い唇は口角が形良く上がっていて、笑うと歯並びが悪いのが逆にアンバランスな魅力をたたえている。

どうして最初に見たときに気づかなかったのだろうと不思議になるくらいで、だからこそ最初に思ったのは、胡散《うさん》臭い、ということだった。

『……いえ、そういうのはちょっと』

『別に詐欺でも宗教の勧誘でもないですよ。署名活動でも保険の押し売りでもない』

淀みない口調で言われて胡散臭さが増す。

『だったら……』

『ナンパですよ』

そうはっきりと言われても納得できないくらいには、バランスがおかしかった。どう考えても、ナンパと、住む家を適当に決めることでは釣り合わない。それに、これだけ見た目がかっこよければ――と、そこで最大の疑問が浮かび上がった。

『第一、どうして私なんか』

『だって皆元さん、美人じゃないですか』

形の良い眉毛を上げて言われて、有美は頬が熱くなるのを感じる。だが、それは照れや嬉《うれ》しさによるものではなかった。美人だなんて、二十五年間生きてきて一度も言われたことはない。目鼻立ちがすべて小さいから化粧映えしそうな顔だと言われたことはあったものの、腫れぼったい一重まぶたも張り気味のエラもずっとコンプレックスだった。美人ではないことなど自分が一番よく知っている。

『え、何で怒ってるんですか』

『別に怒っていませんけど』

言い返してから、そうか自分は怒っているのかと自覚した。だが、目の前の男は、あれ、と首を傾げる。

『怒ってないんですか？』

――この男は、どこまで意図的にやっているのか。

一見無邪気にも見える言動がすべて素のものであるとは思えないくらいには、目の前の男はこうしたやり取り自体に慣れすぎているように見えた。けれどそれでも、今のやり取りによって怒りが収まっているのも事実で、その得体の知れなさと憎めなさに落ち着かなくなる。

『無理のあるお世辞はやめてください』

何となく顔が見られなくて目を背けながら言うと、『あ、それ』という声がして、思わず振り向いた瞬間、指を突きつけられる形になった。

『ほら、今の横顔の顎の線。あと、皆元さん気づいていないみたいですけど、こんなに顔が中心線で対称な人なかなかいないですよ』

豪は、人差し指を立てた手を手刀の形に変えて有美の顔の中心にかざすようにする。うん、すごい。片目を細めて確かめるようにうなずかれ、有美は完全に毒気を抜かれた。

『たしか絵を描くお仕事をされているんですよね』

『まあ、趣味みたいなものですけどね』

豪は肩を軽くすくめてみせる。

外国の俳優のような仕草が妙に似合うなと思ったところで、豪の目の色が微かに青みがかっていることに気づいた。それについては不用意に尋ねられずにいると、豪は『あ、家賃はちゃんと払うんで大丈夫ですよ』とほんの少し慌てたように言う。その口調が本当に慌てているようだったので、やはりこれまでの無邪気な表情や仕草は本当ではなかったのだとわかった。

信じてなどいなかったはずなのに裏切られたような気分になる。わざと営業用の笑顔で『弊社では保証会社とご契約いただくことになっておりますので』と告げると、豪は傷ついたような顔をした。その反応は予想外で、しかもそれが演技なのかそうではないのか判断がつかなくて動揺する。何かフォローしなくては、と思いながら、何をフォローすればいいのかもわからずに言葉を探していると、豪は唐突にスマートフォンを取り出して操作をし始めた。

その、これまでの会話など何もなかったかのような無表情に、胸の中心がすっと冷たくなる。調子に乗りすぎた、と思った。謝ってしまいたいという焦りと、せめて自分も何もなかったかのような態度でいなければという惨めさが混ざり合っていく。

笑顔がなくなった豪の顔は美しさと冷たさを増していた。目が離せなくなるのが怖くなり、逃げるように窓へと向かった。滑りの悪いクレセント錠を力を込めて下ろし、踵を返して換気扇を止めにキッチンへ足を踏み入れたところで、皆元さん、と豪に声をかけられる。

心臓が小さく跳ねた。

どんな顔をして振り向けばいいのかわからなくて、営業用の笑顔すら作れないままに無理矢理首をねじる。

だが、豪は今度は何の屈託も感じさせない笑顔でスマートフォンの画面を向けてきた。

『この店、ここからすぐですよ』

あのとき、あの喫茶店について行かなければ、とその後何度考えたかわからない。あるいは、契約を上司に引き継いでしまわず、せめて同席させてもらっていれば、趣味みたいなものだという豪の言葉を鵜呑《うの》みにせずに、藤谷豪という名前を調べていたんじゃないか。

もし彼の絵を一枚でも見ていたら、自分はそれでも豪とつき合っていただろうか、と。

結局、男と女は最後に見た物件に決めた。

報告書を上司に提出して職場を出ると、真っ直ぐに駅へ向かって電車に乗る。

奥まで進んでいく気にはなれずに扉近くの手すりにつかまり、とりあえずSNSをチェックし始めたものの目が滑って何の情報も頭に入ってこなかった。ゲームのアプリを開いたところで電池が残り少ないことに気づき、待ち受け画面に戻したのと同時に電車が駅に到着する。

豪の家がある駅まではあと数駅あったが、人の流れに押し出されるようにして電車を降り、そのまま改札を出て駅前のデッキを見渡した。革製の手作りアクセサリーを売っている路面商、ティッシュらしきものを配っている女性、刈り整えられた茂みを彩るチープなイルミネーション——その間をダウンコートの襟を合わせながら進み、一番近くのファッションビルへ入る。

本当に豪の部屋へ行くつもりなのかそうではないのか、自分でもよくわからなかった。

わかっているのは、今日行ってしまえば、また同じことの繰り返しになってしまうということだけだった。彼からの返信を待ち、彼のひと言に一喜一憂し、彼の感情を推し量り続ける日々に戻ってしまう——いや、既にもう戻っているのだと。

豪から〈明日、うちに来る？〉という連絡が来たのは昨日の夜だった。

その唐突で短い文面に、有美はそれまで自分が何度も送り続けてきた言葉がどこにも存在しなかったかのような錯覚に陥る。

けれど、それはいつものことだった。豪は有美からの連絡をどれだけ無視しようと、その後、自分から連絡をしてくるときには、悪かった、と謝ることも、何の用だったのか、と問うこともしない。そして、当然のように一方的に仕切り直してくるのだ。

今さら何を、と有美は思う。散々人のことを振り回しておいて、まだ同じ場所が残っているだなんてどうして思えるのか。自分はもうこのまま関係を断ってしまおうと決めたのだ——そう思いながら、返信を打つ手を止めることができなかった。

有美はエントランスで案内板を見上げ、新しいワンピースが欲しい、と考えた。眺めるだけで気持ちが華やぐような綺麗な色のワンピース。

同じように豪から久しぶりの連絡を受けるたびに買っては、一度も着ることなくクローゼットに眠っている数枚のワンピースを思い浮かべる。ほんの少し早足になってエスカレーターへ向かうと、その手前の催事スペースで金物道具市が開かれていた。つい数週間前、豪が好きな輸入菓子を見つけて買った場所だ。そう言えばあのチョコレートもクローゼットに押し込んだままだったと思い出しながら、有美はおたまやザルやキッチンばさみが所狭しと並ぶ中へと足を踏み入れていく。

トングやおろし金の前を通り過ぎ、茶こしとアイスクリームスプーンの値段を眺めていくうちにホットサンドメーカーを見つけ、これは欲しいかもしれないと手に取った。小さな四角いフライパンを組み合わせたようなシンプルな構造で洗いやすそうだな、と思ったものの、二九八〇円という価格がお買い得なのか、本当に一番便利な商品なのか気になってきて棚へ戻す。

奥側の棚にはフライパンや鍋が見えたので足を向けるのを止め、棚の反対側へと回った。

ニンニク潰し、ピーラー、泡立て器、エッグカッター、包丁――欲しいかもしれないとすら思わずに順番に覗き込んでいき、並んだ刃の先端にぞっとして立ち止まる。

いいんだろうか、とまず思った。こんな物騒なものがこんなに無造作に置かれていて。どれも四角いプラスチックのケースに入っているというのに、触れたら指先が切れてしまいそうなほどに鋭く輝いている。恐ろしいような後ろめたいような感覚に視線が泳ぎ、〈切れ味バツグン！〉というポップな文字と色とりどりの野菜が躍るポスターを見つけてホッとした。ホッとしたことで、自分が連想していたのが料理ではないのだと気づいてしまう。

有美はその中の一本に手を伸ばした。

手のひらに想像よりも重さを感じる。美しく磨き上げられた刃の表面は、顔を鏡のように映し出しそうなのに肌色の影しか映さない。

——もし、これを鞄《かばん》に入れておいたら。

想像しただけで、腹の底に熱が灯るのを感じた。

たとえば豪に無視されたとき、たとえば豪にやっぱり今日は無理だと言われたとき、たとえば豪の家であの女の痕跡を感じたとき、いつも思わず胸の前で抱き寄せてしまうこの鞄の中に、これが入っていたら。

「四二九八円です」

目の前から聞こえた声に我に返ると、紺色の前掛けをつけた中年男性が怪訝《けげん》そうな顔をしていた。

「あの、四二九八円ですけど」

あ、はい、と答えて財布を出し、五千円札を出してから、高い、と思う。ごめんなさい、やっぱりやめます、という言葉を思い浮かべながら五千円札を差し出し、男性の手に五千円札が渡っていくのを見守ってしまう。

「七〇二円とレシートのお返しです」

ありがとうございました、という無愛想な声に見送られて、催事スペースを出ると、そのままエントランスの外まで出てしまって、慌ててビニール袋を鞄へ突っ込んだ。

持ち手を肩にかけ直すと、ペンケースほどの小さな箱の角が肋骨に当たる。

有美は足早に駅へと戻りながら、買いたいと思っていたワンピースの色が、昼間の客の女が着ていたスカートの菫《すみれ》色だったと気づいた。

# 第二章　絵の中の嵐

## 1　尾上和馬

「携帯は持っているか」

最初に誉田に言われた言葉の意味を、尾上は上手くつかめなかった。え、とスタジオの後ろにある荷物入れを振り返り、持ってますけど、と答えて誉田に向き直る。貸せという意味だろうか、ともう一度荷物入れを見ると、「出せ」と短く言われた。

尾上は勢いよく駆け出して荷物入れに飛びつき、鞄からスマートフォンを取って誉田の元へと戻る。差し出すと、誉田は無言でスマートフォンをつかみ、そのまま躊躇いなく自らの胸ポケットに突っ込んだ。

ぎょっとしたものの声に出すわけにもいかず、ただ誉田の胸ポケットを凝視してから顔へ視線を上げる。

その感情も意図も機嫌も読み取れない無表情に慄《おのの》いた瞬間、誉田は唇を薄く開いた。

「一幕目の頭から」

何かを考える間もなく、ファンファーレが高らかに流れ始める。

尾上はスタジオの奥へと走り、足を五番ポジションにして腕を構えた。曲のカウントを確認しながら、すばやく脳内に振りを描いていく。そうしている間にも曲が進んでいき、振りをなぞり終わらないうちに直前になった。

ひとまず思考を切り上げる。

――ファイブ、シックス、セブン、エイト。

上手《かみて》から舞台へと飛び出していくようにスタジオのセンターへとジャンプをし、ポーズを取ってから上体を引き上げてトリプル・ピルエット、シェネ・ターンで今度は下手《しもて》へ移動するとすぐさま回転と跳躍を繰り返すジュッテ・アン・トゥールナンへ入り、どこで止められるのだろうと思っているうちにさらにシェネ・ターンを重ね、得意なトゥール・ザン・レールに差しかかる。

誉田にトゥール・ザン・レールを見てもらえるのが嬉しくて、踏み切りながらも頬が紅潮していくのがわかった。

考えてみれば、誉田にこれほど長く踊りを見てもらえるのはどれほどぶりだろう。先ほどのオーディションではほんの数秒間しか踊らせてもらえなかったし、それまでのリハでも指示をもらえたことなど数えるほどしかない。それが、出来がいいからではなく、単に誉田の作品における重心の差なのだということは、尾上にもわかっていた。

――だけど、もう違う。

自分は、これまで誉田が異様なほどにこだわり続けてきた今回の舞台の主役なのだから。

きっと、これからの二日間で徹底して鍛え上げられるのだろう。これまで、藤谷に向けられてきた熱量を、今度は自分が一身に受けることになる。

尾上は空中に跳び上がりながら、身体がどんどん軽くなっていくのを感じる。

一体、自分のどこを評価してくれたのだろう。先ほどのオーディションで力が出せたとは到底思えない。ということは、オーディション自体にはあまり意味はなく、その前から自分に注目してくれていたんだろうか。

カインのパートを踊り終え、肩で息をしながら誉田を見る。

だが、誉田は特に何かを言うわけではなく、尾上を見据えたままだった。

――この先も踊れということだろうか。

怒りをこらえているようにしか見えない佇《たたず》まいに不安になる。だが、誉田が怒っているように見えないことなどないし、途中で止められないということは少なくとも見ていられないほどではないのだろう。

スタジオの隅でアベルのパートが終わるのを待ちながら呼吸を整え、曲調が切り替わるのを合図に中央へと踊り出していく。

宙に大きく羽ばたく姿を残像として刻みつけ、着地するや再びすぐさま跳び上がる。鞭のように身を反らせて空を切り、さらに、回るほどに絞り込まれていく回転を挟んで二度目のトゥール・ザン・レール——男性ダンサーならば一度は踊ってみたくなる大技の連続だ。

高く、速く、しなやかに。徹底的に肉体と力を誇示する振付は、だからこそ体力的にはかなりきつい。

だが、尾上は体力には自信があった。


元々、尾上がバレエを始めたきっかけは体操だった。実家が体操教室で、三歳の頃から元オリンピック選手の父親とオリンピックにこそ出場していないものの体操選手だった母親に習ってきたのだ。

始めたのが早かったこともあって同世代の子どもたちの中では群を抜いて技術力が高く、さすがサラブレッドだと口々に言われた尾上だったが、やがて年齢が上がるにつれて周りが急速に上達していき、全国大会に出場するようになると、自分がオリンピックでメダルを狙えるようなレベルではないことがわかってきた。

県大会や地区大会なら上位に入れるだろうが、そのレベルで優勝できると断言できない時点でたかが知れているのは明らかだった。あくまでも習い事の範疇《はんちゅう》で楽しむには、元オリンピック選手の息子という立ち位置は重すぎた。

かと言って思いきってやめてしまう踏ん切りもつかず、ほとんど惰性で続けていた頃、体操教室の女子クラスでバレエのレッスンを担当していた村埜利香子《むらのりかこ》が主宰するバレエ教室の発表会を観に行くことになったのだ。

両親に人数合わせとして無理矢理連れて行かれただけで、正直バレエになど少しも興味はなかった。やってみたいと思ったこともすごいと思ったこともなく、実際その日の発表会でも魅力は微塵《みじん》も感じなかった。むしろ、女子に比べて明らかにレベルが低い男子の踊りを観ていると痛々しさすら感じたほどだ。

だが、なぜか両親はその中の一人を指して『あの子は上手いね』と口にし、村埜までもが『まだまだですけどね、あの子は有望株なんです』と微笑んだ。

尾上は啞然とし、その少年を凝視した。自分とほとんど歳が変わらないような男が振りに翻弄されるようにして懸命に飛び跳ねている様子を。

このくらい、俺にもできる、というのが最初に思ったことだった。

身体のどこをどう動かせばそういう動きになるのかも、その男の何がダメで動きがぎこちなくなっているのかも見るだけでわかった。

試しにスタジオの鏡の前でやってみると、拍子抜けするほど簡単にできた。インターネットで〈バレエ　男子　技〉と検索してトゥール・ザン・レールを知り、独学で習得したのもこのときだ。

三回ほど練習しただけで要領はつかめた。所詮は宙返りの変則型でしかなく、当時二回宙返りを練習していた尾上からすればこんなに余裕のある動きでいいのかと思ったくらいだ。

それでも全然違うと言われるのかもしれないなと思いながら、わざと村埜のいるところでやってみせると、村埜は予想以上の大声で『和馬くん！』と叫んだ。

『いつの間に、どうして、すごいじゃないの！』

完全に興奮しきった口調で言われて、嬉しいよりも前に恥ずかしくなる。別に、やってみたらできたから、とぶっきらぼうに言うと、本当のことなのにまるで陰で練習し続けていたみたいに思われる気がして余計に恥ずかしくなった。

『てか、宙返りみたいなもんだろ、要するに』

顔を背け、『こんなの、体操やってるやつなら誰にでもできるって』と続ける。

村埜は『そんなことないよ。さすが和馬くんだねえ』と両目を細めた。さすが、と言われるのは久しぶりで、尾上は耳の裏が熱くなるのを感じる。自分がずっとその言葉を言われたかったのだとわかってしまったときには、もう引き返せなくなっていた。

村埜に勧められる形で本格的にバレエを始めると、足や腕の使い方には戸惑ったものの、自分でも驚くほどに上達していった。村埜いわく、とにかく体幹が強くて柔軟性が高く、身体の使い方についての勘がいいのだという。

できないことも注意されればすぐに修正できたし、やがてコンクールでも入賞するようになると、たしかに自分にはバレエの適性があるのだと思うようになった。

だが、だからこそ尾上はこのままバレエを続けて留学するという道を選ぶ決断がなかなかできなかった。大学にも行かないという潰しのきかない人生を選ぶほど、自分がバレエが好きなのかどうかわからなかったのだ。

かといって他に他者より自分が優れていると胸を張れることがあるわけでもなく、周りから勧められるまま留学に繋がるコンクールの準備をしていた頃——東日本大震災が起きた。

尾上の住んでいた岩手県盛岡市は内陸部で、津波による直接的な被害は受けなかったものの、地震被害は大きく、母方の祖父母、叔父叔母と従兄弟が亡くなり、母親が鬱病を患って仕事を辞めた。

スタジオの鏡も全部割れてしまってレッスンができなくなり、ますますバレエを続ける意味がわからなくなった。自分は何のために踊っているのか。踊ることが何になるというのか。

別のバレエ教室から特待生という形で声をかけられたため、何となくそこでレッスンを再開したが、ただでさえあまり興味が湧いていなかったコンクールがさらに無意味なものに思えた。

もうこのままバレエはやめてしまうべきなのかもしれない。HHカンパニーの舞台を初めて見たのは、そんなふうに思うようになっていた頃だ。

もちろんそれまでもHHカンパニーや誉田規一の名前は知っていたが、公演に足を運んだことがなかったのは、尾上にとって公演とは誰かに誘われて観に行くものだったからだ。

HHカンパニーの「オルフェウス」も、尾上は東京での特別レッスンに参加した際、そこで親しくなったメンバーに誘われて観に行った。知り合いが出演している舞台をつき合いで観に行くのと、気持ちとしては何も変わらないまま。

だが、第一幕が始まってすぐ、尾上は色と音が自らの感覚から切り離されていくのを感じた。

のどかな音楽に合わせて踊っていた面々が、突然見えない何かに押し流されて舞台上で渦を作り始めたのだ。

それぞれの踊り手に当たっていたスポットライトが消えて全体に青みがかった照明に

なり、曲も音楽ですらない耳障《ざわ》りなノイズのようなものに変わる。その中で混乱と恐怖に身を縮めながら、抗えずに動きに巻き込まれていってしまう踊り手たちの表現は、嫌でも津波を連想させた。

脳裏に、津波で亡くなった従兄弟の顔が浮かぶ。

彼は、こんなにも恐ろしい思いをしたのだろうか。こんなふうに唐突に理不尽に否応なく命を奪われたのだろうか。祖父母は、叔父叔母は——

やがて舞台上からは人が渦に弾かれるようにして減っていき、倒れた数人だけが残った。またしばらくして明らかに意識がない状態の人間が波に運ばれるようにして舞台上に戻ってきて、ランダムな位置に倒れる。

舞台上で動くものがなくなると、音も消えた。そのまましばらく、何も起こらない時間が続く。服がはだけて不自然な体勢で倒れた人も、何人か折り重なってしまっている人たちも。

尾上は唇が微かにわななくのを感じた。観客席からも、すすり泣きのような声がいくつか聞こえる。

ひどい、と思った。何だこれは、何でこんなことを、一体何の資格があって——

視界の端に退席する人が見えて、尾上も何も考えられないまま腰を浮かしかけた瞬間、舞台上に一人の男が現れた。冒頭でのどかな音楽に合わせて踊っていた際、途中で舞台上から出て行った男だ。

　男は躊躇いがちに数歩進んだ後、急に倒れている女に飛びついた。身体を持ち上げてすぐに下ろし、また別の女に駆け寄る。顔をかばった形のまま固まっている腕を外すと、次々に女の顔を確かめ、やがて呆然と立ち尽くした。

　ああ、彼女はいなかったのだ、と尾上にもわかった。男は安堵しているのか絶望しているのか——ふいに歩き始め、歩調が次第に速まっていき、最後は駆けるようにして舞台を飛び出していく。

　舞台が暗転し、暗闇の中で舞台上に倒れていた人々がはけていくのをわずかな音と気配で感じた。その途端に息が漏れて、尾上は自分が呼吸を止めていたことに気づく。

　照明がつくと、男は舞台上を歩いていた。ただ黙々と、前だけを見て、上手《かみて》から下手《しもて》へと行き、また下手から上手に帰ってくる。それを何回か繰り返した頃、男は突然立ち止まり、その場で勢いよく踊り始めた。どこの国のものだかわからない民族音楽のようなものが流れ、それが次第にアップテンポになっていく。合わせて激しさを増す男の踊りには、狂気が滲んでいるように見えた。

　だが、男が見覚えのある体操の動きをした瞬間、尾上は、あ、開脚旋回だ、と考えた。その次は空中で脚を前後に交差させながら開くパ・シゾー、下向きにした身体を腕だけで支えて転向するフェドルチェンコ、片脚を真横に上げたまま回転を繰り返すアラセゴン・ターン――体操競技の床で使われる技とバレエの動きが混ざり合っている激しく華やかな振りに拍手が起こる。こういう踊りがやってみたかったのだと尾上が身を乗り出したとき、突然男が倒れた。

拍手が止み、失敗なのかこういう振りなのか判断がつかなくて戸惑う空気が流れる中で、男が慌ただしく起き上がる。肩で息をしながらもう一度アラセゴン・ターンを始め、また拍手が始まったところで足をもつれさせて再び倒れた。観客の戸惑う空気も濃くなり、その中で男がふらつきながら立ち上がる。

さすがに次の振りに移るかと思ったものの、男はまた切実な表情でアラセゴン・ターンを始め、もう拍手は起こらなかった。だが、その回数が二十回を超えると拍手が沸き、男が今度こそ踊りきると、労《ねぎら》うように拍手が大きくなった。

男が踊るのを止め、ふと舞台袖を見て目を見開く。尾上もつられるようにして上手へ顔を向けると、そこには一人の女が立っていた。

男が女に駆け寄り、その頬を両手で挟んで顔をのぞき込む。女が嬉しそうに男に抱きつくと、男は抱きしめ返そうと両腕を持ち上げ、けれど背中に回すことなくだらりと下ろした。表情は険しく、何かに耐えるように唇を固く引き結んでいる。

何だろう、捜している女が見つかったのに、喜ばないのだろうか――尾上は思わず手元のパンフレットに目を向け、そこに書かれた〈オルフェウス〉の文字に、ああ、そうか、と合点した。

「オルフェウス」は、妻を喪《うしな》った男が、何とかして妻を取り戻したいと冥界の王に会いに行くギリシャ神話だ。

女の遺体を見つけられずにいた男が、ここで女に会えたということは、やはり女は亡くなっていたということになるのだ。

女が誘《いざな》うように踊り始め、やがて舞台上では穏やかなパ・ド・ドゥが展開される。そして二人が踊り終えると、舞台袖から冒頭で流され倒れた人々が出てきて、次々に舞う。男性一人のソロ、女性二人のパ・ド・ドゥ、男性一人、女性二人のパ・ド・トロワ、男女のグラン・パ・ド・ドゥ、そして彼ら全員が参加する群舞。オルフェウスとその妻エウリュディケーはそれらを身を寄せ合いながら眺め、たまに顔を見合わせたり、揃って首を傾げたりする。

群舞が終わって他の人々がはけると、残されたオルフェウスたちはゆっくりと歩き始める。オルフェウスが先、その後ろからエウリュディケーが。二人は手を繋いでいるが、前を向いたオルフェウスには妻の顔は見えない。オルフェウスは数歩進んでは立ち止まり、繋いだ手だけをじっと見下ろす。また数歩進んでは立ち止まり、首を後ろにねじりかけて寸前で戻す。

オルフェウスが歩を緩めるたびに、観ている側は歯がゆくなる。なぜならば、一度でも振り向いてしまえば終わりだと知っているからだ。

神話「オルフェウス」において、オルフェウスは冥界の王の許しを得て、妻と共に冥界から抜け出そうとする。「冥界から抜け出すまでは決して振り向いてはならない」という条件を出されてうなずいたにもかかわらず、妻と二人で地上への道を歩きながら不安に駆られていくオルフェウス。本当に妻はついてきているのだろうか。この手は本当に妻のものなのだろうか。妻は今、どんな顔をしているのだろう——振り向いて確かめたい誘惑に駆られながら、とにかく地上へ戻ろうと歩を速めるオルフェウスは、あとほんの少しで地上にたどり着くというところで足を止めた妻を思わず振り返ってしまう。

するとその瞬間、妻は再び冥界へと連れ去られてしまうのだ。

まさに今にも振り向いてしまいそうな男に、ダメだ、と声をかけたくなる。決して振り向いてはならない。あと少し、何とかこらえるんだ。そうしないと、すべてが台無しになってしまう——だが、あと少しで下手まで着くというところで妻が足を止め、男が弾かれたように振り返る。

あ、と思ったときには遅かった。

また冒頭と同じ耳障りなノイズが最初よりも大きな音量で流れ、舞台袖から一様に水色の服を着た集団が飛び出してくる。彼らは彼女を巻き取るようにして渦巻き、荒れ狂う津波に奪われる形で、男は再び妻を喪ってしまう。

そして、一人取り残された男がくずおれるように膝をついた瞬間、舞台は暗転した。何の救いも、教訓ももたらさないまま。

気づけば尾上は泣いていた。頰を温かなものが伝い、そのことに驚く。

終演後、何も言葉が出てこない尾上に、友人は『ごめん』と謝ってきた。

『そう言えば、おまえ被災地の出身だったよな。考えなしだったよ』

被災地、という響きがなぜか奇妙なものに思えて、『いや』とだけ答える。それだけでは足りない気がして『今日観に来られてよかったよ』と言葉を足してから、それが本心だと気づいた。

今日、このタイミングでこの舞台を観られたということが、自分の人生にとって特別なものになるだろうという予感がしていた。こんな表現が存在するのだと知ったことが。

尾上は帰り道にHHカンパニーについて調べ、誉田規一自身が震災の津波で本当に妻を亡くしていたことを知った。というより、震災で亡くなったと聞いていたバレエダンサーの栗田朋子《くりたともこ》が、誉田規一の妻だったことを知ったのだ。

まさか実体験だったなんて、と驚くと共に納得できる気もした。そうでなければ、あそこまで真に迫った容赦のない表現なんてできるはずがない。

その後、当初東京公演のみを予定していた「オルフェウス」は京都、福岡、ニューヨーク、さらに被災地である仙台でも追加公演を行い、すべてで興行収入、評判共に成功を収めた。

尾上はコンクールへの出場を取り止め、HHカンパニーのオーディションを受けた。どれほどの表現力を問われるのかと思ったものの、誉田規一は表現については入団させてから鍛え上げる方針らしく、オーディションでは主に技術面を見られた。「オルフェウス」で登場したような、まさに尾上が得意とするアクロバティックな動きばかりが課題として出されたのだ。

HHカンパニーからの合格通知を手にした尾上は、自分はこのために体操をやっていたのかもしれないと初めて思った。

体操で挫折したのも、その後何となくやめられずにバレエを続けてきたことも、すべてこのためだったのだと。


曲がクライマックスを迎え、着地をしながらポーズを決めると、尾上は誉田を見た。いいと言われるのかダメだと言われるのか——だが、誉田は何も口にしない。

——このまま最後まで踊っていいということだろうか。

尾上は顎を引いて鏡に向き直る。

ならば、全力で踊りきるまでだ。

目を閉じて脳裏で次の振りを確認しながら、呼吸を整えていく。大丈夫だ、できる、俺は全部覚えているし、完璧に踊りきれる——

意識的に呼吸を長く深く吐き出し、短く吸い込みながら目を開けた。曲の高まりに合わせて飛び出し、高く大きく跳び上がる。天井を見上げながら滞空時間を味わい——その瞬間、唐突に曲が消えた。

尾上は半ばつんのめるようにして着地し、誉田を振り返る。

誉田は、微かに口角を持ち上げていた。

誉田のいつもの表情を知らなければ見過ごしてしまっていただろうというくらいの、本当にささやかな笑み——ここ数カ月、一度も目にしなかった表情だ。

他でもない自分が誉田にこんな表情をさせたのだと思うと、尾上は胸が高鳴るのを感じた。

これから、何と言われるのだろう。誉田から面と向かって褒められた人間がどのくらいいるだろう。自分はやはり、この道を選んで正解だったのだ——

「楽しいか」

誉田が、穏やかな表情のまま言った。え、という声が喉から漏れる。楽しいか？——一体、何を問われているのかわからなかった。

尾上が答えられずにいると、誉田は腰を屈めてペットボトルを拾い上げながら、「楽しいか、と訊いているんだ」と繰り返した。

「あ、はい」

尾上は慌てて答える。

すると誉田は、顔から笑みを消した。

「楽しいのか」

――楽しいと答えてはいけなかったんだろうか。

背筋を冷たい汗が流れ落ちる。

「あ……いえ」

「楽しいのか、楽しくないのか、どっちだ」

誉田はもう完全にいつもの険しい顔に戻っていた。

尾上は視線をさまよわせる。これは、どう答えるべきなのだろう。楽しいと答えるべきか、それとも楽しくないと答えるべきか。楽しいと答えれば、それはどういう答えになるのだろう。楽しくないと答えれば、どう受け止められるのか。

「聞いているのか」

「はい」

反射的に返事をすると、焦燥感がさらに増す。

ふいに、黙り続けている藤谷に対して、せめて何か言えばいいのに、と思ったことが蘇った。このまま黙り続けていても怒られるだけだ。答えたところで違うと怒られるだろうが、それでもとにかくこの時間は終わるのに。そう思ったことまでが蘇ってきて、脈拍が速くなっていくのを感じる。

——考えろ、このシーンはどういうシーンなのか。

尾上は自分に言い聞かせながら忙しなく唇を舐めた。

カインとアベルが神に捧げものをするシーン。神はまだアベルを選んではいないし、カインも屈託を抱えていない。本当にただ無邪気に、拒絶される可能性なんて少しも考えずにいるところだ。

——だとすれば。

「楽しい、です」

尾上は答えた。

「カインはこのときはまだ——」

ひゅん、と何かが飛んできた、と思った瞬間、脇腹に強い衝撃が来た。誉田の手からペットボトルが消えていることで、たった今自分が投げつけられたのがそれなのだと理解する。

「そんなこと誰が訊いた」

頬がカッと熱くなった。間違えたのだ、ということだけがわかった。だが、何が正しい答えだったのかがわからない。楽しくないと答えるべきだったのか、それともその後に余計なことを続けたのがいけなかったのか。

「楽しいか」

もう何も言えなかった。これでまた間違えてしまったら、今度こそ完全に失望されてしまう。

「どうした、答えられないのか」

「……わかりません」

とにかく何かは答えなければならないのを感じてどうにかそれだけ言うと、誉田は眉根を寄せた。

「おまえは、自分の感情もわからないのか」

その呆れたような口調に消え入りたくなる。観察しろ。自分がどういう感情のときにどういう表情をするのか。どういう仕草をするのか。誉田が稽古の間に何度も口にしていた言葉が頭の中で反響した。わからないということは、観察できていないということになる。だったらやはり、どっちでもいいから答えた方がよかったのではないか。

「もう一度、頭から」

誉田は唐突に告げて音楽をつけた。ファンファーレが流れ始め、尾上はどうすればいいのかもわからないままに所定の位置につく。今のやり取りはどうなったのだろう。もう答えなくていいのだろうか。一体何が正解だったのか。

混乱しながらも何とか振りをなぞるようにして踊り始めた。そのまま、とりあえず曲を止められるまでは必死にやろうと決めて全力で踊っていく。とにかく最後まで踊らせてもらえるように。

だが、今度は先ほどとは別の箇所で止められた。何がいけなかったのだろうと考えていると、またしても「楽しいか」と問われる。

やはり、どう答えるべきなのかはわからなかった。だが、先ほどよりは明らかに楽しくはない。迷った結果、そう答えると、誉田は目を尖らせた。

「楽しくないのか」

間違えたということはわかるのに、やはりどう間違えたのかはわからなかった。何の反応もできずにいると、誉田が再び「頭から」と言って音楽をつける。高らかなファンファーレが先ほどよりも大きく叩きつけるような音に聞こえた。一体、これは何の時間なのだろう。これには何の意味があるのだろう。問うこともできずに同じ振りをなぞり、ここで止められるのだろうか、それともここで止められるのだろうか、と身構えたのとは別の箇所で唐突に止められる。

そんなことを何度繰り返したかわからなかった。休憩もなく、水も飲めず、ただひたすらに全身を動かしていく。鏡を見なくても顔が真っ赤になっているのがわかった。顔が熱い。汗が止まらない。息が苦しい。脚が重い。

昨日友達の家になんて泊まるんじゃなかった、と思った。もっときちんと睡眠を取っておくべきだった。身体に力が入らなくなってくる。軸が上手く取れない。目が回る。気持ち悪い。

地面が突然傾いて、え、と思ったときには身体の脇と右腕に衝撃が来ていた。自分が倒れたのだと遅れて気づく。

「もう限界か」

誉田が、白々とした目で自分を見下ろしていた。

尾上は慌てて腕で床を押し、上体を起こす。

「すみません、汗で滑りました」

目を伏せて言いながら立ち上がり、顔中を流れ落ちる汗を袖で拭ってからスタジオの端に立てかけてあるモップを取りに行く。いつの間にか水滴だらけになっている床を往復して拭い、モップを戻すと、既に稽古が始まってから五時間以上経っていることに気づいた。

――これは、本当に稽古なんだろうか。

再び鳴り始めたファンファーレに目がかすむ。もはや自分がどう踊りたいのかなど考えられなかった。ただ、どうすれば誉田を納得させられるのかとしか考えられない。それでも何とか最後まで踊り終えると、誉田はまた同じ言葉を口にした。

「楽しいか」

尾上は答えられない。考えがまとまらないというよりも前に、息が切れて声が出せなかった。膝が震えて、真っ直ぐ立っているだけでしんどい。だけど座り込んでしまうわけにはいかない。奥歯を食いしばり、床をにらみつけて意識的に骨盤を真っ直ぐに保つ。

「おまえは楽しそうだよ」

誉田が静かに言った。尾上はハッと顔を上げる。驚いたのは、その内容よりも、答えを与えられたということ自体だった。これまで何度も何度も繰り返してきたやり取りとは違う展開に、それだけで泣き出したいくらい安堵する。

「本当に生き生きと、楽しそうに踊っていた」

だが、そう繰り返されると、再び戸惑いが湧いた。

——これは、どういう意味なのだろう。

尾上は、喉仏を上下させる。褒めてくれているのだろうか。自分が変に考えすぎていただけで、単純に楽しいと答えればよかったのか。

尾上は頰を引きつらせながら頰骨を持ち上げた。笑顔に似た表情を作ったことで気持ちがほんの少しだけ和らぐ。

「あ、ありがとうございます」

誉田はそれには答えず、床に転がったペットボトルへ歩み寄っていった。ゆっくりと優雅な動きで拾い上げ、尾上を振り返る。

「体操はわかったから、そろそろバレエをやってくれないか」

一気に血の気が引いた。

一瞬後、たった今礼を口にした自分の愚かさに気づいてカッと頬が熱くなる。

「おまえの踊りは、どこを切り取っても全部一緒だな。まるで金太郎飴だ。知っているか？　金太郎飴。切っても切っても同じ顔、顔、顔」

誉田は言葉に合わせて、手をペットボトルで叩いた。バン、バン、バン、という重たい音が響いて、身がすくむ。

動けずにいる尾上に構わず、誉田は再び曲を流し始めた。

「今度はちゃんと俺の振りを踊ってくれ」

尾上はどうすればいいのかわからないまま、とにかく決められた振りを始める。先ほどまではわずかに残っていた高揚感はもう微塵もなかった。先ほどまでの踊りのどこがどうまずかったのかわからないから、どこをどう変えればいいのかもわからない。

ドン、と背中に衝撃がきて、呼吸が止まった。思わず咳き込みながら足を止め、床に転がったペットボトルを振り返る。

「どうした。どうして言われた通りにやらないんだ。何か俺に思うところでもあるのか」

「いえ……」

尾上は唇の端から垂れた唾液を拭いながら何とか答えた。大股で近づいてきた誉田に顎をつかまれる。

「何だ、俺の振りが不満なら言ってみろ」

「そういうわけじゃ……」

「不満じゃないなら、そんなひどい踊りになるわけがないだろう」

ひどい踊り、という言葉に泣きたくなった。何がいけなかったのだろう。どの動きも誉田が藤谷に指導していたものと同じはずだ。藤谷への指導は聞いていたし、そもそもこのパートの振りは藤谷もあまり怒られていなかった。

誉田が、けだるそうに首を回して鳴らす。

後悔しているのだろうと思うと消え入りたくなった。どうしてこの男を選んでしまったのか。どうして藤谷はいなくなってしまったのか。そんな思いが伝わってくる気がして、尾上も、どうして、と考える。

——だったらどうして、俺を選んだんだ。

誉田はゆっくりと腰を屈め、音を立ててペットボトルを床に置き直した。その微かな振動にも身がすくんでしまう。もし、今すぐここから出て行けと言われたら——いや、HHカンパニーを辞めろと言われたら。

逃げ出してしまいたいのに、足が動かなかった。せめて顔をうつむけたいのに、顔を動かすこともできない。

誉田が優雅とも言えるような動きで上体を戻し、口を開く。

「これの動きを真似ろ」

「……え？」

これ、というのが何を指しているのかわからなくて、誉田の顔を見返した。誉田が顎の先でしゃくるようにペットボトルを示す。

――今、動きを真似ろと言わなかったか。

当然のことながら、ペットボトルは少しも動いていない。――それとも、中の水のことだろうか。

尾上は戸惑いながらも両腕を水平に伸ばし、細かく揺らめいてみせた。

「速い」

間髪をいれずに声が飛んでくる。尾上は小さく肩を揺らし、今度は先ほどの二分の一ほどの速度で身体を揺らし始めた。

「速い」

けれどまたすぐさま遮るように言われて、困惑が濃くなる。それでもとにかく言われるままにするべきだとさらに速度を落としたところで誉田がすばやく屈み、再びペットボトルをつかんで投げてきた。咄嗟に受け身を取ったものの、当たった右腕に衝撃が走る。

「速いと言っているのが聞こえないのか」

誉田が何を言っているのかがわからなかった。速いと言われても、これ以上遅くしたらそれはもう水の動きではない。

――いや、もしかして、中の水のことではないのか？

尾上は動きを止め、転がったペットボトルを改めて見た。何度も投げられたせいか歪《いびつ》にひしゃげている。

数秒間考えてから、床に膝をつき、もう一度ペットボトルを見て同じ角度に身体を曲げて横たわった瞬間、扉を開く音が聞こえた。

ハッとして上体をひねりながら音の方向を見る。そこに誉田の姿を認めたときには、誉田は既にスタジオを後にしていた。

## 2　皆元有美

豪の絵を見たのは、初めて豪と肌を合わせた日の翌朝だった。

家に呼ばれ、そういうことになるのだろうかと思いながら行くとやはり当然のようにそういうことになり、慣れた手つきで股まで拭いてくれる豪にふと不安になって、これってつき合っているってことでいいんだよね、と確かめると、豪は『ああ、そういうの気になる人だ』と小さく笑った。

頬がカッと熱くなって、何なのそれ、と言い返そうとしたところで『いいよ』と言われる。一瞬何に対しての許可なのかわからなくなり、一拍置いてから自分の言葉を思い出して拍子抜けした。

本当につき合ってくれるのか。

自分が驚いたことで、はぐらかされると予想していたことに気づく。いや、それは予想ではなく予防線だった。もしはぐらかされても傷つくまい、と。

はぐらかされるかと思った、と有美が言うと、豪は何だよそういう男に見えるのかよ、とすねたような声を出す。有美は『見える』と答えて笑い、気持ちがほぐれていくのを感じた。

すると豪はへえ、と眉をほんの少し持ち上げてみせる。

『そういう男だと思いながらやっちゃったんだ』

身体の内側がすうっと冷たくなった。

違う、と反射的に否定したものの、今の話の流れではたしかにそういうことにしかならない気がして言葉が続かなくなる。仕方なくもう一度『違う』と繰り返すと、『わかってるって』とあっさり言われて頭を撫でられた。

その犬をあやすような無造作な仕草に屈辱と安堵を同時に感じながら、豪に引き寄せられるままに身を委ねる。

豪の脇の下に頭がピタリとはまる形になった。まるでずっと前からそこにはまることが決まっていたかのようにちょうどいい。上になっている腕を豪の反対側の脇腹へと回したらさらに居心地が良くなって、有美はうっとりと目を閉じた。

豪の指に顎をくすぐられると微かに漂ってくる自分の匂いに恥ずかしくなり、けれどこの指が快感を与えたのだと考えるだけでまた快感が蘇ってきてしまう。

そう言えば、と豪が何かを思い出したように切り出したのはそのときだった。

『別につき合うってことでいいんだけど、それ人には言わないでね』

え、と有美は上体を半分起こして豪を見た。だが、豪はそれまでと同じ体勢のまま目を閉じている。

『どうして』

有美は尋ねながら、二つの可能性を思い描いていた。他にも彼女がいる、あるいは実はもう結婚している。

だが、豪が目を開けて口にした答えはそのどちらでもなかった。

『仕事の都合。ほら、絵を描いているって話しただろ。そのイメージ的に』

『イメージ的にって？』

『だからイメージが壊れるだろ』

豪は有美の物分かりの悪さに苛立つように繰り返したが、有美としてはそもそもどうして自分とのつき合いを公表することがイメージを壊すのかがわからない。けれど、そう問い返すのも憚《はばか》られた。

『仕事って……趣味みたいなものじゃなかったの』

思わず咎《とが》めるような言い方になってしまい、しまったと思ったときには、もう豪は何かを見透かすような目をしていた。有美はぎくりとし、何を見透かされたのかもわからないまま慌てて『わかった』と答えてしまう。

『人には言わない』

『ありがとう』

豪は、礼を言うというよりも許すような口調でそう言った。

そして翌朝、有美は豪の家を出てすぐにスマートフォンで藤谷豪の名前を検索したのだ。

有美が最初に見たのは、暗いがらんどうの部屋の中で裸の女性が踊っている絵だった。

女性の表情は、逆光になっていて判別できない。

一見窓でカーテンがはためいているように見えるが、よく見ると、壁が巨大な力で破られたように裂けている。そこから光に満ちた川辺の景色がのぞいていて、その何事も起こっていないかのようなのどかさと室内の不穏さが違和感なく繋がっていることにこそ違和感があった。

見たことがない光景なのに、なぜか自分はここを知っているのだと感じる。

ここは、ひどいことが起こった場所だ。いや、まさに今、ひどいことが起こっているのだと直感する。

この女性はこの空間に監禁されていて、彼女の助けを呼ぶ声は外の世界には届かない。彼女の手足は自由で、窓は開け放たれている——だから外へ出る方法はいくらでもあるはずなのに、決して出られないのだと。

その閉塞感と諦念の中で引き起こされている変化は、希望よりも恐怖を連想させる。

この後起こることは、悪いことなのではないか。今よりもさらに恐ろしいことが待っているのではないか。

ふいに有美が思い出したのは、小学生の頃に遭った変質者のことだった。

地元にできた小さな雑貨屋に友達と行ったときのことだ。お小遣いで買えるようなものはほとんどなかったから、ただひやかしていただけだったのだが、その中でとてもかわいいパッケージの箱があった。ピンク色の包装紙と茶色いリボンでセンス良く飾られた、何だか特別な感じのする箱。

子ども向けのファンシーなアニマル柄、キャラクター柄とは違った洗練されたデザインが素敵に思えて、二人で手に取った。

『これ、何だろうね』

『すごい、かわいい』

言い合いながら箱を裏返しても、中身はどこにも書かれていない。お菓子か何かだろうか、と思った瞬間、

『使い方を教えてあげようか』

突然、背後から声をかけられた。

振り返ると、そこにいたのはおじいちゃんくらいの男性で、浮かべられていたニヤニヤとしたべたついた笑いに、反射的にぞっとする。

『それ、気になるんだろ？』

男が指さした箱を放り投げるようにして棚に戻した。それでも男の指はこちらに伸びたままで、その指に生えた黒々とした毛が妙に濃くくっきりと見える。

何か答えなければ、と思った。私たちが疑問を口にしたから、親切で教えてくれようとしているのかもしれない。そう頭で考えながら、そうではないことを本能的に悟っていた。自分が手にした箱が、結局何に使うものなのかもわからなかったのに。

男はゆっくりと箱に手を伸ばした。有美がかわいくてセンスが良くて特別だと思った

箱を、黒ずんだ皺《しわ》だらけの手でつかみ、口角を持ち上げる。

『これはさあ、おまんこに使うんだよ』

一緒にいた友達が大声で叫んだのはそのときだった。

驚く間もなく、友達に腕を強く引かれて店から飛び出す。手を繋いだまま走るのは走りにくかったけれど、手を離す気にはなれなかった。息が切れ、胸が苦しくなって涙が滲んでくる。体育の授業で走るよりもずっと長く遠くまで走ってから、やっと足を止めて振り返った。

男の姿はどこにもなく、けれど恐怖は少しも減らないどころか、むしろ増えていた。もし、あの男が自分たちを追いかけて探していたら。——大声で叫んで逃げたことを怒っていたら。

家に帰って母親に報告すると、何でそんなものを手に取るの、と怒られた。そんなものというのが何なのか相変わらずわからなかったが、自分たちが手に取ってはならないものだったのだということだけは、もうわかっていた。でも、だったらあんなにかわいくラッピングなんかしないでほしい。

男の顔について訊かれ、ニヤニヤした表情しか思い出せないことに気づいた。それさえも説明しているうちにどんなものだったかわからなくなってきて、年齢も背丈も一気にあやふやになっていく。

『何であんたはそう危なっかしいの』

母親にため息をつかれて、どうして顔をきちんと見ておかなかったんだろう、と後悔した。もし、またどこかであの男に会ってしまったら。

しばらく年配の男性を見かけるたびに、あの男かもしれないと思って全身が強張った。

自分が、あのとき一緒にいた友達のように大声で叫べないことはわかっていた。

だって、あのときだって声なんか少しも出なかった。今度は一人でいるときに、また
あの男に見つかってしまったら——

再び豪の絵を見ると、先ほど感じた不穏さはさらに色濃くなっていた。

これを描いた男は、この女に欲望を抱いている。

そう本能的にわかってしまう。

描かれている女の身体の線、質感、女までの距離が、すべて絵を描いている人間の目線で切り取られたものであることを否応なく感じてしまう。

さらに検索を続けると、豪が二カ月前に画集を刊行し、それに合わせて大きな個展を開いていたらしいことがわかった。

既に会期は終わっているが、その後いくつかの画廊やアートミュージアムで巡回展が行われている。まだやっているものはないのだろうかと調べていくうちに、会期中のものが見つかった。場所は、銀座にある画廊のようだ。

有美は電車を乗り継いで銀座へ向かった。スマートフォンで地図を確かめながら進み、中華料理屋と喫茶店に挟まれた小さな扉の真ん中に、画廊という文字を見つける。入り口のどこにも、個展についての看板やポスターのようなものはなかった。ガラスの扉からは中が見えるものの、人の姿が見当たらない。思っていたよりも小さな空間のようで、勝手に入ってしまっていいのか躊躇われた。

そろそろと扉を開ける。外からは死角になっていたところに年配の男性がいて、うなずくような会釈をされた。小さく頭を下げ、ひとまず入り口の一番近くにある絵へ向かう。

顔を上げて、ショルダーバッグの持ち手を握りしめた。

大きく描かれていたのは、黒々とした陰毛を晒《さら》すように股を開いた女の裸だった。咄嗟に顔を伏せる。コツ、という足音が部屋の反対側から聞こえた。コツ、コツ。あの年配の男性は、この画廊の人なんだろうか、客なんだろうか。なぜかそんなことが気になり、口の中に唾が溜まっていることに気づく。

飲み込んだらその音さえ響いてしまいそうなくらい静かで、絵を直視できないまま部屋を見渡した。

どの絵も有美の背丈ほどの大きさがあり、どの絵にも、裸の女性が描かれている。下着の跡が残った背中を限界までねじり、挑発的な視線を向けてくる女性、叫ぶというよりも吠えるように大きく口を開いた横顔、両手足を赤く染めながら四つん這いになっている姿――そして、先ほどスマートフォンで見た、暗い部屋の中で裸の女性が踊っている絵。

見たものと同じ絵のはずなのに、絵から溢れ出してくるエネルギーのようなものがまったく違った。

大きさが違うからなのか、色が微妙に違うからなのか――いや、きっとそうではない。

ただ、そこにあるという、圧倒的な存在感。

一歩近づくごとに、見えるものが変わっていく。白く透き通っているように見えた肌に、青い血管が浮かび上がる。どうやって描いているのかわからないほど細かく丁寧に描き込まれているように見えた線に、意外なほど荒々しい質感が現れる。

決して寄せつけまいとする圧力を感じるのに、それでもどうしても引き寄せられていってしまう。

怖い男だとは思っていた。

とらえどころがなくて、気まぐれで、一緒にいても完全に心休まる瞬間はない――なのに、離れることもできない男。

けれど、絵から滲み出てくるものは、それとはレベルがまったく違う。

――これを、本当に豪が描いたというのか。

すがるように視線をさまよわせると、カウンターの前にパンフレットのようなものが置かれているのが見えた。足早に近づき、手に取って表紙をめくる。

〈藤谷豪　画集刊行記念インタビュー〉

上手く焦点が合わなかった。まぶたを一度強くつむり、時間をかけて開いていく。

インタビューには、モデルの女性はすべて同じ人であると書かれていた。そして、豪が彼女をモデルにするようになった経緯が。

美術モデルの事務所に登録しているモデルは使いたくなくて自分で探したこと、程よく筋肉のついたしなやかな身体を探すために、コンテンポラリー・ダンスをやっている兄の公演を観に行ったこと、そこで踊っていた出演者ではなく、観客として斜め前の席に座っていた女性に目が釘付けになったこと、公演の間中、ひたすら彼女の横顔を盗み見てスケッチし続けたこと。

〈あまりにイメージにぴったりだったんですよ。公演が終わるのを待ってすぐに話しかけて頼み込みました。当然初めは不審がられて断られそうになったんですけど、あきらめるつもりはなかったので、実はもう描いたんだってスケッチを見せて。落ち着いて考えれば余計怪しいし気色悪いと思うんですけど〉

だが、それで彼女はモデルを引き受けた。

〈初めはヌードではなく着衣で、大学のアトリエでムービングポーズをしてもらいまし

た。彼女もコンテンポラリー・ダンスをしているとのことだったので、とにかく好きに踊ってみてほしいと言って〉

元々、豪はムービングポーズをクロッキーで描き取るのが得意だったのだという。変化し続ける形を捉え、流れの中にしか存在し得ない瞬間を紙に刻みつけていく。それまでにも何人ものモデルを描いてきて、固定ポーズでは決してつかめない動きと連続性に惹かれていたからこそ、ムービングポーズができるモデルを探していたらしい。

〈でも、描き始めてすぐに失敗だったと思いました。ダメだ、この人のことは自分には描けないと〉

描けば描くほど、イメージから遠ざかっていく。違う、こうじゃないというのはわかるのに、じゃあどうすれば近づけるのかがわからない。

〈負けた、と思いました。彼女のムービングポーズは、それ自体が既に表現として完成されていた。自分の表現の中に彼女を取り込んで解釈しようとするのに、気づけば彼女の表現に引きずり込まれていたんです。自分の中に形を取り込んでいくことができなくなって、どんどんデッサンまで狂っていって、強い恐怖を感じました。このまま描けなくなるんじゃないか、と〉

それでも豪は描き続けた。

何十枚も何百枚もスケッチし、彼女が帰ってからも大量のスケッチの中で手を動かし続けた。

無理やり画布に向き合い、色をのせ続ける中でイメージを探りもした。

〈ヌードを描かせてもらえないかと頼んだ頃には、もう何枚も彼女のヌードを描いていました。すべて想像です。彼女の動きや服の皺の寄り具合、髪の毛の質感から、筋肉のつき方を想像し、乳房の形を想像し、陰毛の生え方を想像しました〉

彼女はヌードについては抵抗を示したらしいが、結局、既に描かれていたヌードのデッサンを見て、承諾した。

高校生の頃から予備校で日常的にヌードを描いてきて、もはやアトリエで裸の女性を目にすることは当たり前になっていたはずなのに、それが当たり前になっていたことの異常さに気づくほど、豪は動揺したという。

〈自分はものすごいことをしているんだと感じたんですよ。生きて動いている人間を二次元の中に封じ込めて停止させることへの背徳感というか。自分が彼女に対してしていることの暴力性に気づかされたんです〉

ふいに、有美は最初に見た豪の絵に対して、ひどいことが起こっていると感じたことを思い出した。

暗い不穏な部屋の中で踊っている女性が、監禁されているように見えたこと——だが、有美はその絵を見上げたところで、絵から受ける印象がまったく変わっていることに気づく。

この女性は、逃げ出すことをあきらめてしまっているのではなく、ただ、自分の意思でこの空間にいるのではないか。

この部屋の空気をかき乱しているのは、外から入り込んでくる暴力的な予感ではなく、彼女自身の生命力なのではないか。

絵には〈storm〉——嵐というタイトルがつけられている。

彼女を画布の中に閉じ込めようとする豪の暴力衝動と、それを決して許さない彼女のエネルギー。

閉じ込められているのに自由で、自由であるのに背徳的——その、無音の戦いに、肌が粟立つ。

有美は、パンフレットを持つ手の先が冷たくなっていくのを感じながら、インタビューページを開き直した。

〈何枚描いても、彼女を描ききれたとは思えない。わからないからこそ執着してしまう。彼女は特別な存在なんです〉

なぜ、豪が自分とつき合っているのかわからなかった。

こんな女性がいながら、なぜ、自分に手を出したりしたのか。

だが、豪は『ただのヌードモデルだよ』と笑って肩をすくめた。

『何だよ、おまえ、あんなの本気にしたの？』

『本当じゃないの？』

『当たり前だろ。フィクションだよフィクション。作品についての情報も作品の一部なんだから』

『でも、この人が裸になったのは……』

言いながら、そうじゃない、と思う。どう言えばいいのかわからないでいるうちに、豪が蔑むように鼻を鳴らした。

『大丈夫だって、この女には指一本触れたことないから』

そうじゃない、ともう一度思う。

けれど、否定しようと開いた口が、『そうなの？』と尋ねていた。

『かわいいね、おまえ』

豪は唇の端を歪めるように持ち上げて、有美を抱き寄せる。すばやくワンピースを脱がせ、あ、と漏れた有美の声を吸い込むようにキスをした。

ほら、想像してみろよ、と囁《ささや》きながら有美の顎をつかみ、隣のアトリエを向かせる。

『そこでおまえじゃない女が裸になって、それを俺が描いている』

豪の手が、下着のホックを外す。

『俺は乳首の形や色を何度も見て、陰毛の一本一本を描き込んでいく』

そのまま下着を下ろされ、空気が直接肌に触れるようになる。豪の視線が、自分の裸へと落ちてくる。

咄嗟に身体を隠そうとした腕をつかまれた。こらえきれずに目を閉じると、豪の顔が、乳首に息がかかるほど近くに迫ってくるのを感じる。

チリチリするような刺激が先端に走った。身体の中心が鼓動を感じるほどに疼いていく。

豪は、こうやって見てきたのだ、と思った。いや、これよりももっと鋭く、執拗に見続けてきた。

女の顔を、身体を、動きを、一瞬でも見逃すまいというように。

紙を裏返すかのように簡単に身体を反転させられる。尻に熱いものが触れたと思った瞬間、ずん、と勢いよく貫かれた。電流が全身を流れるように走って脳天で弾けた瞬間、これまでに味わったことがないほどの快感に頭が真っ白になる。

まだ触れられてもいなかった場所が抵抗なく彼を受け入れてしまうほどに潤っていたことを自覚すると、快感が頂点を過ぎたことを感じた。そして、猛烈な嫉妬が身体の中で膨らんで破裂しそうになる。

いっそ、性的な関係があると言われた方がどれだけよかっただろう。

一度だけ、豪に別れ話を切り出したことがある。

それは、友達の結婚式であまりにも手放しで幸せそうにしている新郎新婦の姿を見ているうちに、ふいに自分は豪とは一生こうはなれないだろうと悟ってしまったからだった。

豪と結婚できる日が来るとは思えない。もし結婚できたとしても、誰もがあの女の存在を腫れ物のように扱い続けるだろう。新郎側の列席者として現れる女は、その日のためにに時間とお金をかけて飾り立てた自分よりも美しく、誰もが新郎が本当に好きなのはあの女の方なのだろうと思っている中で、世界一幸せな花嫁のような顔をしなければならない。

それにもし、子どもが生まれたら。

考えられるのはそこまでだった。豪との間に子どもを作って、二人で育てるところなど、少しも想像できない。

未来がないことがわかっている以上、少しでも早く引き返すべきなのは明らかだった。とにかく取り返しがつくうちに。これ以上、踏み込みすぎる前に。

その日の夜、立ち寄った豪の部屋でそう切り出すと、豪は予想できていたというような顔で、『まあ、そうだよな』とため息をついた。

『みんな結局、そう言うんだよ』

投げやりな口調で言われて、そんなこと、と思わず否定しかけてしまう。けれどそれ以上は続けられずにいる有美を、豪はそのまま受け止めようとするかのように抱き寄せた。

いつもの手順で服を脱ぎ、愛撫に乱れ、肌を合わせながら、有美はずっと涙を流し続けていた。これで終わりなのだと思うとどうしたらいいかわからないほど寂しくて、自分から切り出してしまったからこそ一生後悔し続けることになるのかもしれないと思った。

どうして自分は踏ん張れなかったのだろう。誰もが彼の元から去っていくのなら、自分が彼と居続ける最初の存在になればよかったはずなのに。豪の動きが激しさを増す。いつもよりも大きな呻き声に胸が一杯になる。

互いに果ててからもベッドから起き上がる気になれなくて、いつものように豪の脇の下に頭をはめてじっと息を潜めていた。このまま、時間に見つけられないように。

『八歳の頃、家族旅行でイギリスに行ったことがあるんだけどさ』

豪が静かに語り始める声が、豪の胸にぴたりとつけた耳から響いてきた。

『イギリスって霧がすごくて、ホテル自体が雲の中に浮かんでいるみたいなんだよ。実際に歩くと二十メートル先くらいまでは見えるけど、それ以上はわからなくなってしまう。それが面白くてホテルの周りを探検しに行こうとしたら、両親が外には沼があるからやめなさいって言うんだ』

何の話が始まったのかわからなかったが、豪が子どもの頃の話をしてくれるということが嬉しかった。

豪は、どんな子どもだったんだろう。すごくかわいかったんだろうな、と思うと、スライドショーで見た新郎新婦の幼い頃からの写真が脳裏に蘇って、見てみたかったな、と残念な気持ちになる。赤ちゃんの豪、歩き始めたばかりの豪、小学生の豪、中学生の豪、高校生の豪。

『だけどあきらめきれなくて、両親が昼寝を始めた隙にこっそり部屋を抜け出したんだ』

『一人で？』

驚いて訊き返すと、『いや、兄ちゃんと二人で』と答えが返ってくる。

兄ちゃん、という言葉に、一瞬、豪が兄の公演でモデルの女性を見つけたのだというパンフレットの文面が蘇りそうになった。有美は『へえ、お兄さんがいるんだ』と口にすることで思考を止める。

『ああ、四歳上で、昔から真面目な優等生タイプで――だからだったのかな、ついてきたんだよ。沼があって危ないからダメだって両親の言葉をそのまま繰り返しながら。で、まあ案の定というかその沼に落ちて』

『え？』

有美は目を見開いた。

豪は静かな声で、『本当にあっという間だったな』と続ける。

『気づいたときには、もう腰の半分くらいまで沈んでて、慌てて抜け出そうとすると余計に沈んでいくんだよ』

『それで、どうなったの？』

有美が豪を見上げて恐る恐る尋ねると、豪は天井を向いたまま『霧だらけだったはずなのに、なぜかめちゃくちゃ綺麗な空を見上げていた記憶があるんだよなあ』とつぶやいた。

『兄ちゃんが「誰か呼んでくる」って言って元来た道を引き返し始めたんだけど、それからいくら待っても全然帰ってこなくてさ。じっとしていても少しずつ沈んでいくのがわかって、ああ、これは死ぬのかもしれないなって』

有美は小さく息を呑む。今、豪がここにこうして生きているということは最終的には助かったのだとわかっているのに胸が詰まった。どれほど怖かったことだろう。

だが、豪は『不思議とそれほど怖くなかったんだよな』と首を傾げた。

『ただ、これで家族が一つになったりしたら嫌だなとは思っていた』

顔を微かにしかめる。

『うちの両親、ちょうどその頃離婚することになっていたんだよ。家族旅行ってのも最後の思い出作り的なやつでさ、旅行中はそれまでとは打って変わって両親の仲が良かったのが気味が悪かったから、ここに自分の死みたいなきっかけがあったりしたらうっかりよりを戻しちゃうんじゃないかと思ったんだよな』

有美はどう相槌を打つか迷って、そうなんだ、とだけ口にする。

『正直、離婚自体には抵抗はなかったから、最後の思い出作りなんてくだらないことしないでさっさと離婚すればいいと思ってたんだけどさ。というか、むしろ何でまだ離婚していないのか不思議なくらいで』

『そんなに仲が悪かったの？』

『いや、別に悪いってほどでもなかったんだけど』

豪は小さく肩をすくめた。

『うちの母親はとにかくすぐに離婚するって言い出す人だったんだよ。電気をつけっぱなしだったのどうのなんてくだらない話でも、言い合いをしているうちにヒステリックになって、あーもうやっぱりあんたとはやっていけないわ、とか言い出すんだよな。——何であんたなんかと結婚しちゃったんだろ、外国人と結婚しても苦労するだけだって言われたけど本当だったわ、私はいつ離婚したっていいんだからね』

父親はフランス人だったんだけどさ、と豪は話しながら言い忘れていたことに気づいたようにつけ加える。

『どれも、それは言ったらまずいだろっていう最後の切り札的な言葉なんだけど、母親は本当に簡単に口にするんだよ。で、父親は何を言われても、ああいつものことだって感じで黙って受け流すっていう。子どもながらにあれはひどいなって思ってたから、どうして父親が黙っているだけなのか理解できなかったな』

豪は有美の前髪を持ち上げ、パラパラと落とした。有美は、自分が人形か何かになったような気になる。

『それがあの旅行の前になって、急に「わかった、じゃあ離婚しよう」って答えたんだよ』

『どうして？』

『さあ』

豪は、どうでもよさそうに言った。

『母親もまさか受け入れられるとは思ってなかったみたいで、何で離婚するのよって突っかかってたんだけど、そしたら父親は静かにこう答えたんだよ』

豪はそこで一度言葉を止め、有美を見る。

『「俺が言ったんじゃなくて、君が言ったんだ。君はもう少し、自分の言葉に責任を持った方がいい」』

ぎくり、と身体の中心が強張るのを有美は感じた。

豪はなぜ、今、自分にこんな話をしているのか。ついさっき、自分が別れたいと口にしたこと、そして言ったそばから後悔していること。最後にセックスをしたことで、またこのままなし崩し的に戻れるかもしれないと思っていたことを見抜かれたような気持ちになる。

『結局、父親は最後まで理由を説明しなかった。どれだけ母親が問い詰めても、追いすがっても。だから、本当のところ何が理由だったのかは俺にもわからないんだよ。ずっとたまりかねていたものがその日たまたま爆発したのか、そのとき何かどうしても我慢ならないことがあったのか、それとも実は母親とは全然別のところに理由があったのか』

わからないからこそ執着し続けてしまうんだろうな、と豪は他人事《ひとごと》のように言って首を鳴らした。有美は、その言葉にどこかで接したことがあるような気がしたけれど、それがどこでなのかすぐには思い出せない。

記憶を探りきれずにいるうちに、豪は『母親は自分から切り出したくせになかなか納得しなくてさ』と続けた。

『とにかく何とかして一度白紙に戻したかったみたいで、その思い出旅行とやらも母親がそういう意図で企画したのには気づいてたから、死ぬのは仕方ないけどそれをだしにされるのはたまらないなって』

有美は一瞬、何の話に繋がったのかわからなくなって、一拍遅れて沼の話だと理解する。

『まあ、結局捜しに来た両親に無事に助け出されて、両親も無事に離婚したからよかったんだけど』

でもなあ、母親の方についていかなきゃいけなかったのは予想外だったんだよなあ、と豪はぼやく声音で言った。

そしてそのままふと思いついたように、そういやさ、と続ける。

『あのとき両親は兄ちゃんに呼ばれてきたわけじゃなかったらしいんだよね』

『え？』

『たまたま俺たちの姿が見えないことに気づいて、一番怖いのが沼だったから沼に捜しに行ってみただけで。で、兄ちゃんはいつの間にか戻ってきていて、自分も弟の姿が見えないことに気づいたから捜していたと証言した』

『それって……』

『まあ、正直に言って怒られるのが怖かったんだろ。真面目な優等生タイプだから』

豪は口元をほんの少し歪めた。

『だから俺も、兄ちゃんと一緒だったことは一度も口にしなかったよ。何でそんなところに一人で行ったんだってどれだけ両親から怒られても――その後兄ちゃんと二人きりになったときですら』

だから、このことは自分と兄ちゃん以外は誰も知らないのだと、豪はひそやかに言う。

『俺が、わざと兄ちゃんに謝らせなかったことも』

あの話を聞いていなければ、自分はあのまま豪と別れていただろうと有美は思う。そうすればきっと、今頃はもっと穏やかで安定した、退屈な日々に戻っていたことだろう、と。


錆《さ》びた階段を上ると、ヒールの踵が甲高い音を立てる。

カン、カン、カン、カン——規則的に響く音は、まるで踏切の警告音のように耳障りで、有美はこの音を聞くたびに胸の奥がざわつくのを感じる。

豪は中にいるのか。いるとしたら何をしているのか。自分の顔を見たら、どんな反応をするのか。毎回、そう考えずにはいられない。他でもない豪自身から呼ばれ、指定された時間の通りに訪れるというのに。

廊下で呼吸を整えてから一番奥の扉の前まで進んだ。もう一度大きく息を吸い込み、吐き出す勢いでチャイムに指を沈める。

ピンポーン、という調子外れの音が扉の奥で響いた。

## 3　嶋貫あゆ子

流れ始めた機械音声に通話を切ると、現れた発信履歴には誠と尾上の名前が交互に並んでいた。

――どうして、誰とも連絡がつかないのだろう。

尾上にメッセージを送ったのは今日の早朝、そのとき尾上は〈今日も朝からリハがある〉と書いていて、〈会ったら連絡するように伝えておく〉と答えてくれていた。

だが、昼になっても誠からは連絡が来ず、昼食休憩がなくて連絡できずにいるのだろうかと考えて夕方まで待っても、やはり誰からの着信もなかった。

迷った挙げ句、誠のスマートフォンにもう一度かけてみたが、電波が届かないか電源が切られているという機械音声が流れるのみで、発信音すら響かない。やっぱり誠は稽古に出なかったのかと思い、尾上にもかけてみたが、今度は尾上までも繋がらなくなっていた。

一体何が起こっているのかわからなかった。

二人は今どこで何をしているのか。稽古が続いているだけなのか――それとも、何か別の事情があるのか。

姉が言っていた通り、誠の〈カインに出られなくなった〉という言葉が公演の直前に自信を失って漏らしただけのものなら、何だかんだ言っても稽古には出ているのだろうし——と自分に言い聞かせるように考え続け、けれどさすがに二十時を過ぎても同じ状況が続くと、そうして疑念をかき消すこともできなくなった。

——こんな時間まで休憩すら取らないなんてことは、あるんだろうか。

HHカンパニーのホームページは、依然として更新されていないままだった。他の検索結果にも「カイン」の主役が交代するというような文言は見つからない。

大翔の寝かしつけを終えてリビングに出てきた姉に話すと、姉も怪訝そうに眉根を寄せた。

「だとすると、少なくとも大怪我で降板するってことはないんじゃないかしら」

「どうしてそう言えるの？」

「だって、そんなどうにもならない状況なら、キャスト変更はどうやっても避けられないわけだからすぐに告知されるはずでしょう。キャストが代わるのならチケットを払い戻したいという人もいるだろうし、しかもそれが主役ともなれば、当日開場してからの報告ではクレームが殺到することもあり得るし」

「じゃあ、やっぱり誠は公演に出られるかもしれないってこと？」

あゆ子は声のトーンを上げる。けれど、姉は「それはまだわからないけど」と表情を曇らせた。

「まだ彼とは連絡がつかないんでしょう？　もし、彼が自分で公演には出られないと判断して連絡を絶っているんだとしたら、むしろその方がまずいんじゃない？」

「まずいって、どうして」

「どうしてって……だって、そんなことを一度でもした人間を、今後使う気になんてなる？」

姉は小さくため息をつく。

「その芸術監督が厳しい人だというのなら、なおさらクビでしょうね」

クビ、とあゆ子は口の中で繰り返した。

「そんな……」

「まあ、実力がある人ならまた別のバレエ団に入り直すこともできるのかもしれないけど……それでも、そういう話はすぐに業界内に知れ渡るだろうから、そんなプロにあるまじき行為をした人にチャンスを与えようとする人はなかなかいないんじゃないかな」

そんな、という言葉が今度は声にならなかった。

誠は、ずっとバレエだけで生きてきたと言っていた。子どもの頃からバレエ一筋で、中学を卒業してすぐイギリスに留学し、帰国後ＨＨカンパニーに入団してそこから十年以上下積みを続けてきたのだと。

「カイン」の主役に抜擢されたときも、自分にはこれしかないから嬉しいよりもホッとした、と言っていた。

あゆ子は、何かがこみ上げてくるのを感じて拳で鼻を押さえる。すると、でも、という姉の声が正面から聞こえた。

「逆に言えば、キャスト変更が完全には決まってないのなら、まだ間に合うかもしれない」

ハッとあゆ子は顔を上げる。

姉はスマートフォンを手に取った。反対側の手でパソコンのマウスを操作してHHカンパニーの公式ホームページの会社概要という文字の上をクリックする。切り替わった画面を人さし指ですばやくなぞり、電話番号を見つけたところで指を止めた。

そのまま番号を打ち込んで発信し、スマートフォンを耳に押し当てる。数秒後、姉は背筋を伸ばしながら、「あの、私はそちらのバレエ団で今度やる『カイン』を観に行く予定の者なんですけど」と口にした。

何を言うつもりなのかと思っていると、姉はすっと息を吸い込む。

「ちょっと噂で主役が交代するという話を聞いたんですけど本当ですか」

吐き出す息で一気に言った。あゆ子は小さく目を見開く。姉は、ええ、いえ、と何を話しているのかわからない相槌を繰り返し、「それで何があったんですか？」と重ねて訊いた。

あゆ子は身を乗り出す。

——電話の相手は何と答えているのだろう。

「わかりました、失礼します」

姉は口早に言って電話を切ると、短く息を吐いた。

「何だって？」

あゆ子はこらえきれずに尋ねる。姉は一度あゆ子を見てから、スマートフォンの画面に視線を戻した。

「……もしかしたら、本当に主役が交代するかもしれない」

「え？」

「カマをかけてみただけだったんだけど、根も葉もない噂だって一蹴できないくらいに動揺しているみたいだったのよ。どこで聞いた噂なのかと訊こうとしたりして……何があったのかは教えてくれなかったけど」

姉は険しい表情で額を押さえる。その、姉が困ったときにいつもやる仕草に、あゆ子は頭がぐらつくような衝撃を覚えた。

——本当に、誠は公演に出られなくなってしまった？

「そもそもこんな夜遅くに電話が通じるとは思わなかったのよ。ダメ元でかけてみただけだったんだけど……電話に出た人も妙に慌てているような感じで」

姉の声がくぐもって聞こえる。

あゆ子は、手の中にあるスマートフォンを見つめた。

――誠は今、どうしているのだろう。

どうすれば、誠と連絡が取れるのか。

「私だったら家で一人になりたいと思う気がするけど、彼とルームシェアしているあなたの同級生は同じバレエ団なんでしょう？」

姉の言葉に、あゆ子はうなずく。姉は「だとすると、むしろ特に家にはいたくないはずよね」とつぶやいた。

「他に一人になれて、しかも夜通しいられる場所となるとホテルとか漫画喫茶とかかしら。どこか彼が使いそうなところ知ってる？」

あゆ子は首を小さく振る。姉が、まあ、そうよねえ、と眉根を寄せると、沈黙が落ちた。

あゆ子は唇を噛みしめる。

どうして昨日の夜、機内モードに切り替えてしまったのだろう。どうして今朝、尾上と連絡がついたときにせめて家の場所だけでも訊いておかなかったのだろう。

すべてが取り返しがつかないことに思えてしまって、泣きたくなる。これでもし、本当に取り返しがつかないことが起こってしまったら。

「でも」

姉の声に弾かれるようにして顔を上げると、姉はあゆ子を見てほんの少し表情を和らげた。

「少なくとも昨日の夜、彼はあゆ子に連絡をしてきたわけでしょう。だったら落ち込んだときに一人になりたいタイプじゃないのかもしれない。もし誰かとの繋がりを求めていたんだとしたら、あゆ子以外にも連絡を取った可能性はあるんじゃない？　家族とか、友達とか」

「家族、友達……」

あゆ子は口の中で繰り返す。

たしかに、居場所という意味でも、実家というのはありそうな気がした。だが、誠から実家の話を聞いたことはほとんどない。知っているのは、誠の両親は幼い頃に離婚していて、その後母親はフランス人と再婚して弟を産んだものの、中学校に上がるまでにはその人とも離婚して帰国したということ、そして尾上とルームシェアをする前には弟と一緒に住んでいたらしいこと——どちらも、誠本人から聞いた話ではなく、バレエ雑誌でのインタビュー記事や尾上からの話によって知ったことだ。

豪という名前の弟は、誠の四歳下で、絵を描く仕事をしている。見た目がモデルみたいにかっこよくて押しも強いから女の子にモテる。ひょうひょうとしたタイプで、家を出て行くときも気まぐれに最低限の荷物しか持って行かなかったものだから、いまだに勝手にちょくちょく出入りしていて、帰宅したら当然のようにくつろいでいたことが何度もある。でも不思議と憎めない。

そんな尾上の話を受けて『誠って弟がいるんだね』と話を振ってみたことはあったが、誠は『うん、いるよ』と答えただけで、どんな弟なのか、弟とはどんな関係なのかは話そうとしなかった。

どんな人なの、という問いにも『尾上は何て言ってた』と問いで返され、あゆ子が聞いた話をそのまま伝えると、『ああ、そう、そんな感じ』と答えられて会話が終わった。だからあゆ子は、誠の実家がどこにあるのかも、弟の連絡先も知らない。

「そうねえ」

姉は腕組みをして低く唸った。

だが、数秒して「あ」と顔を上げる。

「インタビュー記事とかって、プロフィール欄に出身地が載っているものじゃない？」

あゆ子はすばやく立ち上がり、部屋からスクラップブックを持ってきた。ダイニングテーブルに開き、姉と並んで覗き込む。

だが、どの記事のプロフィール欄を見ても、出身地として書かれているのは〈パリ〉だけだった。

「本文中には？」

姉が言いながらページを戻す。〈最旬！　男性ダンサー名鑑〉と題された若手ダンサーを中心にまとめられた特集、「カイン」についての宣伝のためにアベル役の蛯原宗介《そうすけ》と行われた対談、〈ステップアップ――バレエ・ダンサーへの道〉というダンサーの経歴をたどるシリーズコーナーに出たときの記事が出てきて、ページをめくっていた手が止まった。


〈――バレエを始めたきっかけは何だったんでしょうか。

幼い頃、親が再婚してパリに移住したんです。ようやく日本語を話せるようになってきたくらいの歳に突然まったく言葉がわからない世界へ放り込まれて、ひどく戸惑ったのを覚えています。周りにはたくさんの言葉が溢れているのに、自分の内側はすごく静かなんですよ。窓から外ばかり眺めていたら、近所のバレエ教室に通っている子たちが踊っているのを見かけて、「あれがやりたい」と母に言いました。言葉を介さずにできる表現というものに惹かれたのかもしれません。

――パリ・オペラ座出身の先生が何人もいるバレエ学校に通っていたと聞きました。

本当に贅沢《ぜいたく》な環境でした。ただ、そのせいで帰国してから日本でバレエを続ける意味がなかなか見出せなかったんです。

――レベルの違いを感じてしまった？

それもありますけど、日本では海外のバレエ学校に留学することを目標としてコンクールに出場したりする部分があるじゃないですか。だけど僕はそういう名門校に入ったところでどうにもならないケースを山のように見てきていたので……帰国することになって学校をやめなきゃいけなくなったとき、もうバレエをやめようかとも正直考えたんです。でも、母にもったいない、絶対にやめない方がいい、と止められて。

――お母様、慧眼《けいがん》でしたね。それじゃあ、今回「カイン」で主役の座を射止めたこともかなり喜ばれたでしょう。

それがそうでもなくて。実家は土産物屋なんですけど、俺が東京で踊ったところで客寄せにはならないって文句を言われました（苦笑）〉

「土産物屋」

姉が読み上げながらその文字を指さした。

「たとえば、これで地名がわかれば少しは実家の場所が絞り込めるんじゃない？」

「そうかも！」

あゆ子は胸の前で手を叩く。

「お姉ちゃん、すごい！」

「でもその地名がわからないわけだけど」

姉はあっさり言ってページから指を離した。「そうなると、次は友達の線で考えてみるしかないかしら」とつぶやき、あゆ子を見る。

「誰か、彼の友達で連絡先がわかる人はいない？」

一瞬、あゆ子の頭に尾上の名前が浮かんだ。それを即座に打ち消したことで他に誰の連絡先も知らないことに思い至る。第一、誠の話に出てくる人間はみんなＨＨカンパニーのチームメイトばかりだった。

今回のことで連絡を取るのだとしたら、やはり同じカンパニーの人は考えにくい。たとえ今回の公演には出演しない団員がいたとしても、誠の立場から考えればこれからもＨＨカンパニーで活躍の場を持っている人間に対しては心穏やかではいられないだろうから。

と、そこまで考えて、あゆ子は顔を上げた。

――それなら、既に退団した人だったら。

誠はよく、このままじゃ役を降ろされるかもしれない、ＨＨカンパニーを追い出されるかもしれない、と口にしていた。それはつまり、過去にそうした人がいたということになりはしないか。

そうした人にならば、誠もつらさや不安を打ち明けられるのではないか。

姉に言うと、姉も「それはあり得るわね」とうなずいた。すばやくノートパソコンに向き直り、〈HHカンパニー　退団〉と入れて検索する。

すると、検索トップに〈HHカンパニー　平成二十八年度団員一覧・入退団者のお知らせ〉というページが現れた。

あゆ子は首を前に突き出し、その中の退団者の中にある名前を眺めた。〈浅見《あさみ》直斗《なおと》、安田瑠衣《やすだるい》〉――姉はテーブルの上にあったDMの一つを引き寄せて名前をメモし、すぐさま他の年度のページがないか調べていく。二十七年度は〈片岡達也《かたおかたつや》、河上蓮《かわかみれん》〉という人が、二十六年度は〈政本《まさもと》ゆりあ、松浦穂乃果〉という人が、二十五年度には〈江澤智輝《えざわともき》〉という人が退団したようだったが、それ以前の年度のページは見つからなかった。

姉は今度はDMの端に書かれた六人の名前を〈バレエ〉〈ダンス〉などの単語と組み合わせながら検索し始めた。

浅見直斗は別のバレエ団に入り直していて、安田瑠衣は現在ニューヨークに留学中のようだった。政本ゆりあは育児ブログをアップしており、江澤智輝は今何をしているのかはわからないものの本名でSNSをやっている。片岡達也、河上蓮は同姓同名のSNSはいくつか見つかったが、本人らしきものは見つからず、今はどこで何をしているのかわからなかった。

「とりあえず、この政本ゆりあっていう人と江澤智輝って人にアプローチしてみる手はあると思うけど、どうする？」

うん、とうなずきながら、あゆ子は視線をさまよわせる。

そんな人たちにまで、勝手に誠の話を広めてしまっていいのだろうか。――それとも、今はもうそんなことを気にしている場合ではないのか。

だが、あゆ子が結論を出せずにいるうちに姉は誠から連絡を受けていないかを問う文面を作り終えていた。「これでいい？」と訊かれて「たぶん、大丈夫」と答えると、画面に〈送信中〉という文字が現れる。

〈送信しました〉

「そしたら、今日はもう遅いから寝なさい」

姉は、あゆ子の頭に手を置きながら言った。

「気持ちが落ち着かなくてなかなか眠れないかもしれないけど、明日動くためにもきちんと寝ておいた方がいいわ」

「……うん」

あゆ子は促されるままに部屋へ行き、寝支度をしてベッドに入る。

だが、やはりどうしても上手く寝つけなかった。横になって目を閉じるのに、気づけばまたスマートフォンを手に取っている。もし、また寝ている間に誠から連絡があって、それを取り損なってしまったら——そう考えるとスマートフォンを手放せなくて、ウトウトしてもすぐにハッと起きて画面を確認してしまう。

考えても仕方ないと思うのに、『クビでしょうね』という姉の言葉が脳裏に蘇ってたまらなくなった。

誠がずっと目標にしていたというHHカンパニーの公演の主役、その座を射止めておきながら手放さなければならなくなるかもしれないこと、他のすべてを犠牲にして取り組んできたものが無駄になってしまうこと、あれだけたくさんの人から寄せられていた期待を裏切ってしまうこと、きっともう二度と、同じようなチャンスをつかめる日はなくなるだろうということ。

あゆ子は涙が目の縁で盛り上がっていくのを感じて、慌てて目頭を押さえた。慎重に、時間をかけて目の奥に吸い込ませていく。

涙が完全に引くのを待ってから、ゆっくりと上体を起こした。

せめて、もう一度誠のインタビューを読み込んでみよう、と布団から足を引き抜いたところで動きを止める。

——そう言えば、誠の弟は絵を描く仕事をしているという話だった。

もしかして、仕事用のホームページを持っていたりしないだろうか。

あゆ子はリビングに戻って再びノートパソコンに向き直った。〈藤谷豪〉と打ち込み、検索を開始する。

検索結果のトップに現れたのは〈GOU　FUJITANI〉と題されたホームページだった。

これだろうか、と思いながらもクリックする。画面が切り替わった瞬間にマウスの上で指が小さく跳ねた。

目に飛び込んできたのは、背中を大きくひねって振り向いている裸の女性だった。

――綺麗。

あゆ子は一瞬、自分が何のためにそのページを開いたのかも忘れていた。

顎から鎖骨へかけて、背中から腰へかけての曲線のどこにも無駄がない。滑らかで透明感がある肌は触れたら指に吸いつきそうで、うなじに垂れた髪の毛の一本一本が指を絡めたくなるほどに美しい。

彼女が自分と同じ構造の身体を持った存在であるということが不思議になった。

ずっと見ていたいような、これ以上見続けているのが怖いような感覚に視線が浮いた途端、絵の中にいる彼女には永遠に触れられないのだという事実に胸が締めつけられる。

その感情が何なのかわからずにいるうちに画面が切り替わり、今度はどこかに向かって大声を出しているような無邪気な笑顔が現れた。

まったく印象の異なる絵だが、よく見ると描かれているのは同じ女性のようだ。先ほどのような、儚《はかな》さと強さが入り混じった不安定さはない。明るく、華やかで、見ている側まで頰がほころんでしまうような――けれど、先ほどの絵を目にしたばかりだからか、その笑顔がとても貴重なものに思えてくる。この女性がこんなに無邪気な表情ができるのは、限られた瞬間だけなのではないかと。

さらに、女性が大きく股を開いている絵が現れた。隠さずに描かれた陰毛と乳首に一瞬どきりとしたが、女性の表情は穏やかで愛されている幸せが滲み出ているように感じる。

あゆ子は、自分がこのまましばらく絵を見続けてしまいそうになるのを感じて、慌てて視線を浮かせた。

〈news〉〈works〉〈biography〉〈contact〉と並んだアイコンをクリックしていき、連絡先がメールアドレスしか書かれていないこと、出身地についての記載がないことを確認して一度検索画面に戻る。

画面をスクロールしていくと〈藤谷豪の画像検索結果〉という欄が現れ、先ほど目にした女性の絵だ、と思った次の瞬間、その隣に若い男性の顔写真があることに気づいた。

誰か芸能人がブログで藤谷豪の絵を紹介したりしたのだろうか、と思ってその画像をクリックすると、〈藤谷豪　画集刊行記念ロングインタビュー〉というタイトルが表示される。

藤谷豪――この人が？

あゆ子は画面に目を凝らした。

誠とはまったく似ていない。切れ長の目、高く通った鼻筋、形の良い唇が小さな顔の中にバランス良く収まっていて、まるでモデルか俳優のように整った顔立ちをしている。同姓同名の別人だろうか、と考えかけて、尾上が誠の弟の外見についてモデルのようだと表現していたことに思い至った。第一、藤谷豪という名前の画家がそんなに何人もいるとも思えない。

女の子にモテるというのも妙に腑に落ちる気がした。外見がかっこいいから、というだけではなく、どことなく女慣れしていそうな感じがする。

挑むような視線をカメラに向けているからか、どこか憂いを帯びたような危うい雰囲気に色気があるからか――そのまま画面をスクロールさせていくと、先ほどの女性の絵が現れた。

あゆ子はホームページに戻り、〈contact〉と書かれたアイコンをもう一度クリックする。画面の中央にぽつんと表示されたメールアドレスをコピーし、メール画面を立ち上げた。姉がＨＨカンパニーの元団員たちに送っていたメールを所々真似しながら文面を作り、ほんの少し迷ってから送信する。

気づけば三時を過ぎていた。とにかく、朝になるまではもうできることはないはずだ、と自分に言い聞かせて部屋へ戻る。そのまま、寝つけないもののひたすらまぶただけは閉ざして朝まで過ごし、姉が起き出してくるや否や誠の弟にメールを送ったことを報告すると、姉は「ああ、その手があったか」と声を弾ませた。

「弟なら彼の家も実家も知っているから、これで何とか連絡が取れるわね」

だが、そのまま時計の針が八を回り、九を過ぎ、やがて十を指す頃になっても誠の弟からの返信は来なかった。パソコンのメールアドレスに宛てたものなのだからすぐに返ってこなくて当然だとは思うものの、本当にこのまま待っているだけでいいんだろうかと不安になる。公演の本番は明日なのだ。とにかく何とかして今日中には誠と連絡が取りたい。

姉が連絡したHHカンパニーの元団員のうち、江澤智輝という人からは返信があったが、少なくともその人のところには誠からの連絡はないようだった。詳しい状況を尋ねられて迷いながらも説明すると、すぐに案じる文面と、これから何かわかったら知らせるという言葉が送られてくる。それに礼を返すと、もうやることがなくなってしまう。

あゆ子はそわそわとメールの新着を確認しては誠のインタビュー記事に戻り、再びメールの受信トレイをチェックしては誠の弟のホームページを眺めた。その自分の動作に自分でも危うさを感じ、一度画面を閉じようとして誠の弟のインタビュー記事も開いたままだったと気づく。タイトルに視線を向けた瞬間、そう言えば、と思い至った。

——弟の記事の方には、まだ目を通していなかった。

もし、どこかに出身地がわかるような記述があれば——あゆ子は画面に顔を近づけ、まずは顔写真の下のプロフィール欄に視線を滑らせる。

〈藤谷豪　ふじたに・ごう　石川県金沢市出身〉

——金沢。

あゆ子は腰を浮かせた。

金沢という街がどのくらいの大きさなのか、土産物屋がどのくらいたくさんあるのかはわからない。だが、たとえば店名に藤谷という名前が入っていたら。あるいは、何かフランスにまつわるものを売っていたりしたら。

あゆ子は新しいタブを開き、まず〈金沢　土産物屋　藤谷〉で検索した。めぼしいものがヒットしないのを確かめると、藤谷を〈ふじたに〉〈フジタニ〉〈FUJITANI〉などと表記を変えて検索していく。

特に土産物屋らしいところは見つからず、藤谷の代わりに〈フランス〉と入れて調べると、今度はいくつかの土産物屋がヒットした。あゆ子は一つ一つの店名と電話番号をメモし、一覧にしたところで息を吐き出す。

背筋を伸ばしてボールペンをつかみ、一番上の電話番号からかけ始めた。だが、あっという間にリストアップしたすべての店に×印がついてしまう。

――検索では拾えていないお店があるんだろうか。

あるいは、その土産物屋はフランスとは何の関係もないものなのか――あゆ子は、画面に表示された金沢の地図を前に、途方に暮れた。

さすがにすべての土産物屋に電話をかけるというのは非現実的に思えた。そもそも、全部でいくつあるのかも見当がつかないのだ。

――やっぱり、これだけの情報からお店を特定するなんて無謀だったのかもしれない。

あゆ子は唇を噛みしめながら、スクラップブックのページを開き直した。他に何かヒントになりそうな情報はないか――だが、どのインタビューも内容はあまり変わらず、今回の舞台での見所や意気込み、稽古内容について少しずつ表現を変えて繰り返しているだけだった。実家について触れられているのは先ほどの記事のみだ。

パソコンのタブを切り替えてもう一度藤谷豪のインタビュー記事を表示すると、そこにはやはり〈石川県金沢市出身〉という文字が並んでいた。

あゆ子はパソコンとスクラップブック、二つの記事をぼんやりと眺めながら、こうして並べて見ていても顔は似ていないけれど、考えてみれば二人とも表現者なんだな、とほんの少し不思議になる。

お互いに影響し合うところもあるのだろうか――と、そこまで考えた瞬間だった。

ふと、あゆ子の目が、スクラップブックの記事の一文に吸い寄せられる。

〈実家は土産物屋なんですけど、俺が東京で踊ったところで客寄せにはならないって〉

――考えてみれば、これは少し不自然な表現ではないだろうか。

ダンスを客寄せになるかどうかという観点で考えること自体に違和感がある。なぜこんな話が出てくるのか――もしかしたら、他に何か客寄せとして使っているものがあるのではないか。

あゆ子の視線が、スクラップブックから藤谷豪のインタビュー記事へ移る。画集刊行記念――たとえば、この弟の絵を客寄せに使っているとしたら。

〈金沢　土産物屋　藤谷豪〉

エンターキーを押すと、パッと画面が切り替わる。

〈一点物！　藤谷豪の直筆ポストカードを販売！　箔山《はくさん》屋東山店〉

## 4 松浦久文

電子音が鳴り始めるより一瞬早く、目が覚めた。

ピピピピピ、という一巡目が鳴り止む前にアラームを止めてから、傍らの妻を見下ろす。

妻は松浦と反対側へ身体を丸めたまま、身じろぎ一つしなかった。

松浦は布団からそっと足を引き抜き、足音を立てずに寝室を出る。そのまま階下へ降りて用を足すと、キッチンへ入って炊飯器を開けた。

八割ほど残った釜の中にしゃもじを差し入れ、ご飯をすくい取って小さな茶碗によそう。仏壇に供えて両手を合わせ、心の中で、おはよう、とだけ告げたところで、二階から妻の気配がした。

松浦は穂乃果と猫のメルの写真を一瞥《いちべつ》してから、立ち上がってリビングのソファへ向かう。松浦がテレビをつけるのと、妻がリビングに現れるのがほぼ同時だった。

「おはよう」

妻の声に、ああ、と返しながら、毎朝見ているニュース番組にチャンネルを合わせる。

妻が鈴《りん》を鳴らす音が背後で聞こえた。

松浦が妻よりも早く起きるようになったのは、穂乃果が死んだ後からだ。

妻は、穂乃果がいた頃と同じ量の米を炊き続けることにこだわった。すぐに穂乃果の茶碗で供えることにも執着するようになった。さらに朝一番に供えることも守らなければならないルールになり、やがて、それが炊きたてのご飯であることにもこだわり始めた。昨晩の残りがあっても、すべて取り出して炊き直し、残っていたものは冷凍する。それを消費しきらないままに翌朝にはまた新しく炊くことが続き、冷凍庫はすぐに一杯になった。一杯になっても炊き直し続け、捨てていく順番まで変えられなくなった。別にそこまでいろいろ決め込む必要はないんじゃないか、という言葉が喉元にまで込み上げた。

けれど松浦は、妻が自分自身を止められずにいることもわかっていた。周りが止めようとすれば、むしろ余計にこだわりが増えていくだろうことも。

だから松浦は、妻よりも先に起きて、ご飯を供えるようになった。夜に食べ尽くしていたときには炊き直すが、そうでなければ釜に残っているものの中からよそう。それで、炊きたてだったということにする。

妻は何も言わず、松浦も何事もなかったような顔をし続けた。

そして、そういうことになった。それまでのように朝のニュースを見て、朝食を済ませ、新聞を読んで、家を出る。

妻がひとまずこだわるのをやめてくれたことに安堵する一方で、松浦はそれが薄氷を踏むようなものであることも知っていた。

もし、自分が先に起きるのをやめれば、妻もすぐに元に戻るだろう。そして、細かなこだわりは少しずつ膨らんでいって、やがて妻を飲み込んでしまうだろう、と。

妻が、ゆっくりと立ち上がって仏壇から離れた。

そのままキッチンへと向かうかと思った妻が、自分の方に近づいてくるのが見えて、松浦は反射的に身構える。

それでも新聞を読む姿勢だけは保っていると、妻が腕を突き出すようにしてスマートフォンを差し出してきた。

「江澤くんから」

妻が口にした名前に、ぎくりとする。

——話は終わったのではなかったのか。

昨日、松浦が仕事から帰ると、妻はとにかく誉田規一に会いたいのだと言い募った。

松浦は、少し落ち着け、と言って妻を押し留めた。それは、妻の考えが信じられなかったからだ。

より正確に言えば、おそらく思い違いだろうと思っていた。

妻から見せられたHHカンパニーの団員のSNSには、たしかに誉田規一が言った言葉として「俺が間違っていた」というフレーズが記されていた。

だが、それが妻の言うように「自分の非を認めて反省する」ことを意味するとは限らない。どういうシチュエーションで口にされた言葉なのかもわからない以上、そこに期待するのはあまりに危険な気がした。

変に期待したせいで、何とかギリギリのところで保たれている妻の中の何かが崩れてしまうようなことは避けたい。

第一、もし本当に誉田規一に何らかの心境の変化があって、妻の言う通り穂乃果に謝る気になっているのだとしたら、こちらから会いに行かなくてもそのうちあちらから連絡があるだろう。

『まずは、あの男がどういうつもりでこの言葉を口にしたのかを知ってからにしろってことと？』

妻の言葉は松浦の意図とは少しずれていたが、松浦は、まあ、そうだな、と答えた。

妻は、唇に拳を当てて押し黙る。

それで、一度話は終わった。

終わったと思っていた。

だが、それこそが思い違いだったのだと松浦は気づかざるを得なかった。胃が微かに重くなるのを感じながらスマートフォンを受け取る。

〈ご無沙汰しております。

実は僕もちょうど松浦さんにご連絡しようかと思っていたところでした。

H田が謝ったというのが本当かは僕もちょっと調べてみないとわかりませんが、HHカンパニーで何かあったのは事実のようです。

もうすぐ始まる「カイン」という公演の主役が交代になったそうです。

まだ公式発表はされていませんが、ある筋から聞いて現役団員にも裏を取ったのでたしかです。

今日のゲネ終わりにでも、劇場前で誰か捕まえて詳しい話を聞いてみようかと思っています。

よかったら松浦さんもご一緒にどうですか?〉

――主役が交代。

その文字だけが浮かび上がって見えた。

公演の直前に主役が交代する――穂乃果のときと、同じ展開。

署名欄に記された〈江澤智輝〉という名前の上で、視線がぶれる。

妻が江澤智輝と知り合ったのは、穂乃果が死んで半年ほど経った頃だった。いつものようにＨＨカンパニーについて調べていた妻が、江澤のブログにたどり着いたのだ。

江澤は「for Giselle」について酷評していた。

プティパのジゼルへの冒瀆《ぼうとく》である、コンテンポラリーの存在意義を問われかねないほどのひどい出来、代役の踊り込みが圧倒的に足りていない、ゾンビ集団のような群舞に迫力があると聞いて楽しみにしていたが期待外れもいいところでただひたすら滑稽なだけだった、舞台装置と音楽は素晴らしいだけにそれにまったく釣り合っていないのがもったいない、超絶技巧系の振りが多いからすごいものを見た気にさせられがちだけれど表現力が伴っていないのですぐに何を見たか忘れてしまう——さらには、どのパートのどの振りが特にひどかったかまでが事細かに書かれていて、その専門的な指摘と熱量からはかなりバレエに詳しい人間なのだろうことが伝わってきたが、他の投稿も見てみると江澤がそこまで酷評しているのはＨＨカンパニーの公演に対してだけだった。

星五つの評価で、他は大体三から四程度なのに、ＨＨカンパニーの公演には必ず一をつけている。よほどＨＨカンパニーが嫌いなのだろうかと思ったが、投稿数の割合ではＨＨカンパニーに関するものが最も多く、ＨＨカンパニーの成り立ちや転機などについて解説しているページまであった。

その中で、妻が特に注目したのは〈HHカンパニーの話題作り〉というタイトルの投稿だ。

その投稿によれば、そもそもHHカンパニーはドイツのバレエ団で振付師をしていた誉田が三十八歳のときに帰国して立ち上げたもので、誉田規一の内縁の妻で世界的なバレエダンサーである栗田朋子が参加したことで業界的には注目を集めたものの、彼女が出演しない公演だと集客が半分以下にまで落ち込んでしまうという、栗田朋子頼みのバレエ団だったらしい。

だが、二〇一一年三月に起きた東日本大震災で風向きが大きく変わった。

当時、HHカンパニーでは神話の「オルフェウス」を題材にした演目をやることになっていたのだが、栗田朋子が帰省中に被災して亡くなったことで演目の意味合いが変わってきたのだ。

妻を喪った男が何とかして彼女を取り戻したいと冥界の王に会いに行く物語を、まさに妻を亡くしたばかりの誉田規一が作り上げるということ。そして冒頭で妻を喪う描写が津波を連想させるものであり、さらにラストで再び妻が冥界へと連れ去られる場面でも荒れ狂う津波に奪われる形を演出していること。

生々しい津波の描写は、震災の直後ということもあって「不謹慎だ」と非難され、しかし誉田規一自身が津波によって妻を亡くした当事者であることが知れ渡ると一転して、最愛の妻を亡くした男が悲痛な思いと鎮魂の祈りを込めて完成させた切実な作品だという評価に変わった。

そして、江澤はこう指摘していた。

〈誉田規一は、作品が現実とリンクすることで話題になることに味をしめたのではないか〉

この一文に、妻は飛びついた。

まるで、圧倒的な天啓を得たかのように。

作品が現実とリンク、話題になる、味をしめた——そして実際に、穂乃果の死は「本物の死の舞踏」として話題にされるようになった。

『それ自体が、あの男の狙いだったのかもしれない』

妻は声を震わせていた。

『だって、そう考えると疑問だったことが全部腑に落ちるじゃない』

どうして、穂乃果はあそこまで追い詰められなければならなかったのか。どうして、あの男は穂乃果の死に対して悔やむ素振りさえ見せなかったのか。どうして、代役の女の子は公演まで間がなかったにもかかわらず代役をこなせたのか。

『——全部、狙い通りだったから』

さすがにそれは考え過ぎじゃないか、と松浦は思ったが、妻の暗い目を前にすると言葉にできなかった。

妻は、すぐさまブログにコメントを入れ、江澤と連絡を取り合うようになった。

江澤は、ＨＨカンパニーの元団員だった。

誉田規一のパワハラに苦しんで退団したという話に妻は驚いていたが、松浦としては、やはりという思いの方が強かった。彼のブログには関係者でなければわからないだろう内容が多すぎる。何より、そうでなければ、ここまでＨＨカンパニーに対してこだわり続けることはできないだろう。

彼の客観的な分析の形を取った不安定な主観には危うさを覚えたものの、妻がしばらく彼と続けたやり取りはそれなりに有意義なものだったと、今も松浦は思っている。

妻は江澤に尋ねられるままに穂乃果の身に起きた出来事について説明し、江澤はＨＨカンパニーを辞めてからも不眠とフラッシュバックに苦しめられてカウンセリングに通っていることを打ち明けた。誉田からどんなふうに罵倒され続けたか、それまでに十数年かけて積み上げてきたものを根底から否定されてどれほど戸惑ったか。穂乃果に対する誉田の言動についても立腹しながら〈それがあの人の常套《じょうとう》手段なんですよ〉と証言し、そのたびに妻はほんの少しずつ癒やされていくようだった。

ひどい目に遭っていたのは穂乃果だけじゃなかった。穂乃果には何の責任もなかったのよ。やっぱり、あの男がおかしかった。

妻が泣きながら江澤とのやり取りを見せてくるたびに、松浦はこれでいいのだろうと思っていた。どういう形にしろ、妻が感情の収まりどころを見つけられるのであれば。だが、何度かメールでやり取りを繰り返しているうちに、やがて妻は江澤から、元団員たちの飲み会なるものに誘われるようになった。

何でも江澤の話では、「他にもあの男に潰された元団員や今にも潰されそうになっている現役団員が何人もいる」ということで、彼らと「被害者の会」なるものを結成しているのだという。

妻は乗り気だったが、松浦としては不安の方が大きかった。インターネット上で知り合った人間と直接会うということに抵抗があったし、何よりこれ以上踏み込んだつき合いをして大丈夫だろうかという思いがあったからだ。

難色を示す松浦に、妻はインターネット上で調べられる江澤智輝の情報を見せてきた。HHカンパニーの過去の公演に並んだ名前や、十代の頃に出場したときのものらしいコンクールの映像だ。少年っぽさの残る少し緊張気味の顔には真面目さが滲んでいて、踊りからも丁寧に根気よく訓練を積み重ねてきたことが伝わってきた。プロフィールには五歳からバレエを始めて中学卒業後はモナコのバレエ・アカデミーに留学していたとあり、バレエ漬けの人生を歩んできたことがうかがえる。

穂乃果と同じなのよ、と妻は目尻を赤くして言った。この子も、取り返しがつかないくらい全力でバレエだけに取り組んできたの、と。

結局、松浦はその飲み会に同席することにした。

指定されたのは学生が利用するようなチェーンの居酒屋で、松浦と妻、江澤以外の参加者は、元団員だという男の子が二人と女の子が一人だった。

江澤はインターネット上で見た姿よりも一回り大きくなっていて、けれどちょっとした腕の上げ下ろしやしゃがむときの仕草にバレエをやっていた人間特有の優雅さがあった。こういうのも現役のときは食べられなかったもんなあ、と笑いながら次々に揚げ物を注文し、不慣れな手つきで煙草に火をつける。そのくせ食べ物が届いてもほとんど手をつけず、『H田、また潰したらしいよ』と囁くような声音でどこかはしゃぐように話し始めた。

最初、松浦は「H田」というのが誰だかわからなかった。一拍遅れて誉田のことだと理解すると、その伏せ字に気恥ずかしさを覚えた。

彼らは順番に「H田」からどんなひどいことをされたかを話していった。自分が下手くそなせいでみんなに迷惑をかけて申し訳ないと団員全員の前で言わされ、土下座をさせられた、明日までにこの振りを完璧に踊れるようにならないと役を降ろすと言われて振り写しをされ、必死に夜通し練習して踊りこなしていったのに、翌日H田はそれを見ることすらせずに徹夜するなんて馬鹿かと吐き捨てて降板を決めた、群舞のオーディションで誰を落とすかを団員同士に決めさせ、決まったと報告したところでまったく別の人間を落とした――しかし、既に互いに聞いたことがある話なのだろう。特に驚くようなこともなく、了解するように順番が回っていく。

　妻は自分の番が回ってくると、穂乃果の残した練習ノートを開いて見せながら、穂乃果が命を落とした経緯について話した。彼らは身を乗り出してノートを覗き込んだが、穂乃果の書き殴るような文字を見ると、ああ、そう、こういう感じなんですよね、と顔をしかめてノートから視線を外す。

　そのまま話題が他に移ってしまいそうな気配に、妻は慌てた様子で『だけど、江澤くんのブログを読んでいろいろ腑に落ちて』と続けた。

『誉田規一は、作品が現実とリンクすることで話題になることに味をしめたのではないかっていう指摘、あれを読んでなるほどなって』

　その瞬間、何かに戸惑うような、どこか白けたような空気が流れた。

　松浦は、面々の顔を見る。だが、それぞれの表情からはその空気の正体が見出せない。女の子が『たしかに江澤くんって鋭いよね』と感心したようにうなずくと、何事もなかったように場が和んだ。

　結局、穂乃果のことが話題になったのはそこまでだった。

江澤が現在進行中の稽古で行われているらしい理不尽なしごきについて切り出すや否や、その被害者を会に呼び入れるべきではないかという議論に移ってしまったのだ。松浦は、誰も見ることのなくなった穂乃果の練習日誌へ目を向けた。妻のものか、誰かのものなのか、唾が一つ飛んでいる。おしぼりで拭うと、下に書かれていた文字が微かにかすれて滲んだ。

妻が練習日誌を閉じる。それでも鞄にしまい込むことはしなかった。

H田は業界では実力者としてもてはやされているけれど、結局のところ話題性を味方にしてのし上がっていっただけだから本当は実力なんてない、と誰かが主張すれば、業界での注目度に騙されて優秀な踊り手が集まってくるから形になってるんだよな、と誰かが賛同した。

その間合いをわかり合っているようなやり取りに、松浦はふと、先ほど妻が発言した途端に流れた微妙な空気は、妻が「H田」をフルネームで口にしたことによるものだったのではないかと考える。

テーブルの上には、一向に減らない食べ物が広がっていた。ネギ塩つくね、スパイシーポテトフライ、焼餃子、甘海老の唐揚げ、マルゲリータピザ。松浦は、ふいに、いいから食えよ、と声を荒らげたくなる。だが、本当に言いたいのはそんなことではないのもわかっていた。

実際、審美眼だって怪しいもんだよな、と誰かが言い始めたのは、松浦が江澤以外の面々の名前があやふやになってしまった頃だ。

『無名の人間を化けさせるから見る目がすごいなんて言われるけどさ、実力があるのに無名のやつなんかいくらでもいるんだよな。そういうやつらがＨＨカンパニーのメインキャストになることで初めて注目されるから大化けしたように見えるだけで』

『それは言えてる。要するにＨ田って自分に逆らわない人間をしごきまくるのが好きなんだよね』

『だから、どこにも訴えたりできないやつしか使わない』

そうそう、と盛り上がる面々を前に、松浦は横目で妻の様子をうかがった。

妻は、焦点が合わない目を穂乃果の練習日誌の表紙に向けている。

『Ｈ田ってさ、ＨＨカンパニーに入団させるときに他のバレエ団とは手を切らせるだろ。今後絶対に戻らないっていう誓約書まで書かせて、元のバレエ団とわざと揉《も》めさせる。それまで築き上げてきたものを自ら捨てさせて逃げ場を失わせるっていうのが汚いよな』

よく見ると、表紙にはまた誰かの唾が飛んでいた。

松浦は、身体の内側から溢れ出しそうになるものを飲み下すために、ビールジョッキを勢いよく呷《あお》った。けれど、胃の中で炭酸が体積を増すように、それは余計に膨らんできてしまう。

——どうして、せめてもっと上手くやってくれないのか。

そう思わずにはいられなかった。

彼らのやり方が悪いとは思わない。

自分を認めなかった誉田規一の審美眼を否定するために、その材料を探しているのだとしても、それで少しでも自分を納得させられるのなら、その方法はきっと間違いではない。

だが、どうしてもっと上手く騙してくれないのか。——妻が、浸りきれるように。

そろそろ帰ろうか、と妻に声をかけると、妻も抗わなかった。

その後も妻は江澤のブログをチェックし続けているようだったし、もしかしたらその後も飲み会に誘われていたのかもしれないが、参加したいと松浦に言ってくることはなかった。


「私も、江澤くんについて行きたいと思うの」

妻は相談するというよりも、決定事項を伝えるような口調で言った。

松浦は、目を伏せたまま煙草の箱をつかむ。中から一本取り出して唇にくわえると、妻がすかさずライターをテーブルの上に置いた。

穂乃果やメルがいた頃は、妻は決して室内で煙草を吸うことを許さなかった。

松浦は、二人には広すぎる空間に向けて、煙をゆっくりと吐き出す。

三年前に穂乃果がスタジオで倒れたとき、松浦は飲み会の席で煙草を吸っていた。おそらく、まさに穂乃果が膝をつき、意識を失ったその瞬間もそうだったはずだ。なぜならその日、松浦はほとんど絶え間なく煙草を吸っていたのだから。

別にそれほど煙草が好きなわけではなかった。何本も吸うと決まって気分が悪くなるし、実際その日も胃もたれを感じていた。それでも、身体というよりも手が欲するままに煙草に火をつけ続けた。

穂乃果が死んだその日から、一本でも煙草を吸うたびにあのときの胃もたれを感じるようになった。吐き気を感じ、ひどいときには本当に吐いてしまう。

だが、だからこそ、松浦は煙草を吸うのをやめられなかった。

自分が煙草を吸い続けることは、妻がHHカンパニーについて調べ続けることに似ているのかもしれない。

松浦はそう考えながら、また煙を吸い込む。

# 第三章　一日前

## 1　皆元有美

ハイ、チーズ、と言われた後のような間だと、有美はいつも思う。

チャイムを押した後、いつインターフォンが繋がるかわからないから、最初に一方的に見られる姿がみっともないものにならないように、背筋を伸ばし、口角を引きしめ、前髪を整えてレンズを見る。シャッターはまだか、いつまでこの姿を保ち続けていなければならないのか。自分なりのとっておきの表情をし続けることが気恥ずかしくなって、何か不具合でもあってまだシャッターは押されないのかもしれないと気を抜いた途端にシャッター音が聞こえるあの感じ。

有美は口角から力を抜き、腕時計を見た。十八時一分。数字に励まされるようにして再びチャイムを押す。

ピンポーン。

空虚に響く音の後には、応答はおろか、何の気配も続かなかった。

――いないのだろうか。

どうしたらいいかわからずにアパートの廊下の手すりから下を見下ろすと、犬の散歩をしている中年女性と目が合った。慌てて扉に向き直り、無駄だと知りながらもう一度チャイムを鳴らす。

調子外れの音が再び響いた。

有美はスマートフォンを取り出し、豪から何の連絡も来ていないことを確認してから電話をかける。発信音は三回鳴り、すぐに留守電に切り替わった。何も伝言を残す気にはなれなくて電話を切る。

足元から悪寒のような震えが這い上がってきて、胸の前で手をこすり合わせた。寒い。今日はもうこのまま帰るべきだろうか。

だが、ほんのちょっとコンビニに買い物に行っているだけかもしれないと思うと、帰る踏ん切りもつかなかった。もし、今ちょうど帰ってきているところだったら。あともうちょっと待てば。

五分が過ぎ、十分が過ぎた。

こんなことならば来なければよかった、と有美は思う。昨日、豪から連絡が来た時点で断っておけばよかった。もうあなたとは会わないと言ってしまえば、またこんな惨めな思いをすることもなかったはずなのに。

これまでも、何度も別れようとは思った。それでもいつもぎりぎりのところで踏みとどまってきてしまったのは、そうやって過去に何人もの女が音を上げて豪から離れていったらしいからだ。

誰もが豪といると不安になり、豪の絵を見ると我慢ならなくなり、結局は豪から離れる道を選んできたのなら、自分だけはそうしたくなかった。だって、自分だけは、彼からあの沼の話をされたのだから。

けれど今、有美の脳裏には、二十歳を過ぎてすぐの頃、生まれて初めてネットオークションをやったときのことが蘇っていた。

とても素敵なブランドもののバッグが百円で出品されていて、これが掘り出し物というものかと飛びつくようにして入札したら、しばらくして他の人が入札して二百円に値が上がってしまった。慌てて三百円で再入札したが、それ以上は入札が入らずにオークションの終了一時間前を切り、このままなら無事に落札できそうかな、と安心しかけたときになって突然値が吊り上がり始めた。八百円になり、九百円で再入札すると、千円になる。それでもまだ相場よりはかなりお買い得なのだからと入札を繰り返していくうちに三千円を超え、さすがに三千五百円を超えたらあきらめようと思っているうちに四千円を超えた。

自分以外の何人が入札をしているのかはわからなかったが、自分が入札するとすぐに別の入札者が現れる。自分が落札できることなどないような気がしてきて反射的に入札を繰り返していたら、五千円を超えた途端に急に誰も入札しなくなり、このままだと自分が五千円を払わなければならなくなるのだろうかと我に返った。

よく考えたら安いブランドのものならば新品がもっと安く手に入るし、そもそも持っている服はどれもそうしたブランドのものなのだから、鞄だけ高いものを買ったところで合うはずもない。中古だというのも今さらながら気になってきて、誰かがさらに高値で入札してくれないかと考えたものの、そのままオークションが終了し、画面には〈おめでとうございます〉という文字が表示された。

競り勝ったという勝利感など、どこからも湧いてこなかった。むしろ、自分は逃げ遅れたのだと思った。自分以外の全員は、冷静な判断力を持ってきちんと線引きをしていたというのに。

有美は両手で口元を覆い、息を吐きかけた。ほんの少しのぬくもりが手のひらにだけ伝わり、すぐに消える。

やっぱりもう帰ろう、と自分に言い聞かせながら腕時計を見る。あと一分、それで豪が戻ってこなければ、このまま帰る。連絡先も消す。そう決めてしまうと少し楽になって、滑らかに動いていく秒針をぼんやりと見つめ続ける。もう十秒経った。二十秒。階段からは足音は聞こえてこない。廊下から通りを見渡しても豪の姿はどこにもない。時計に目を戻すと、四十五秒を回るところだった。あと十五秒。もう間に合わない。――一分。

あっけないほど簡単だった。劇的な展開があるわけではなく、ただ、時計の針が一周回りきっただけ。

けれどそれでも、自分で決めたことだった。これを破ってしまったら、引き返す道をまた一本失うのだとわかっていた。だから自分は、自分との約束を守らなければならない。

震える手でスマートフォンを操作し、豪の連絡先を表示した。削除する、という文字の上で親指が泳ぐ。

今、こうしている間に豪が帰ってきたら消すのをやめよう。今、通りを確認して豪の姿が見えたら。

人質のようにスマートフォンを手にしたまま通りを見下ろし、誰もいないのを確認しても指が動かない。早く、早く消してしまえ。唇を痛いほどに噛みしめ、親指に力を込める。これできっと楽になる。今はつらくても、あとで、あのときああしてよかったんだと思えるようになる――

有美は、右手でスマートフォンをつかんだまま、左手をドア横のパイプスペースの扉へと伸ばす。もし、ここに鍵が入っていたら消すのをやめる。自分がまたしても違う条件を生み出していることに気づいてさらに自分が嫌になる。しかも先ほどよりも明らかにハードルを下げている。

――だって私は、豪がいつもここに鍵を入れていることを知っている。

豪は、出かけるときに最小限のものしか持たない。スマートフォンと財布だけ。どうせ鍵はここでしか使わないのだから持ち歩く必要がないと言って、パイプスペースに入れていた。有美が不用心すぎると言っても、別に盗られて困るものもないと笑って。

あれは、合鍵の代わりだったのではないか、と考えてみる。自分の前であえて鍵がそこにあると示したのは、自分に使われてもいいと思っていたということじゃないか。だったらきっと、豪は怒らない。外で待っているのが寒かったから、と何でもないことのように言えば、ああ、と何でもないことのようにうなずいてくれる。だって、これはそんな特別な意味のないことなんだから。

ガン、と思いのほか大きな音が響く。心臓が縮こまるのを感じて息を詰め、思わず周囲を見回してしまう。違う、これじゃ後ろめたいことをしているみたいだ。もっとさりげなく、当然のことのように――鉄の扉が軋む音を立てて開いていく。

――あった。

自分で指を伸ばしたのに、指先に鍵が触れると驚いた。想像以上の冷たさに怯《ひる》みそうになって、咄嗟に鍵を手の中に握り込む。

勝手に中に入っているところに豪が帰ってきたら、終わりにする。

ふいに浮かんだ新たな条件は、妙に自分にふさわしいものに思えた。ああ、そうだ。きっと豪は幻滅する。いくら鍵の在《あ》り処《か》を知っていても勝手に使いはしないと信じていたから教えたのに、と呆れるだろう。呆れられれば、踏ん切りがつけやすくなる。

心臓がうるさいほどに鳴っていて、鍵を回す音が上手く耳に入ってこなかった。ドアノブを握ると鍵よりもさらに冷たくて、喉から声が飛び出しそうになる。

勢いよく扉を開け、その反動を利用するようにして中に入り、鍵をかけた。真っ先に出迎えてきたのは油絵の具の匂いで、この胸焼けするようなべたついた匂いが自分はずっと苦手だったのだと今さらながらに思い知る。

有美は玄関で靴を脱ぎ、そっとフローリングにつま先を乗せた。自分が泥棒になったような気持ちになる。別に何も盗る気はない。けれどやはり泥棒と同じだと思う。いやきっと、泥棒よりも悪い。だってこのまま何も盗らないで豪が戻って来る前に出て行けば、豪は勝手に中に入られたことにすら気づかないのだから。自分が白状しない限り、永遠に。

喉が痙攣するように動いて息を吸い込み、肺に空気が入ったことで自分が呼吸を止めていたことを自覚した。吐き出す息が震える。寒い、と思おうとする。意味もなくまた手のひらをこすり合わせる。外よりは明らかに暖かいというのに。

ぎし、と足元の床が鳴る。有美は、首を前に固定したまま、目線だけを動かしていく。マグカップだけが転がったシンク、弁当の空き容器らしきものが入っているビニール袋と空きペットボトルの山、所々が変色した畳、茶色い染みの浮き出たクリーム色の壁紙、持ち主が抜け出したままのような形になっている布団、その横に積み上げられた洗濯物、倒れてティッシュがこぼれたゴミ箱、埃《ほこり》の溜まった襖《ふすま》の敷居、絵の具やパレットが所狭しと広がった作業台、端に追いやられるようにして置かれたパソコン、様々な太さの絵筆が大量に突き刺さった缶、絵の具が染み込んだカーペットとタオル、端がめくれ上がったスケッチブック、銀のボウル、ラップ、トイレットペーパー——一つ一つを目で追っていくことで、自分がどうやっても視界に入ってくるものを後回しにしようとしていることを認めざるを得なくなっていく。

ついに、それが半分以上視界に入る。けれど上手く焦点が合わない。自分は見たくないのだとわかる。きっと、ずっと見たくなかった。自分はずっと、豪の絵を憎んできたのだとわかってしまう。

最初に感じたのは、大きいということだった。

部屋の壁一面のほとんどを占めている。こんな大きな絵を描いているところを見たことがない、と思うと同時に、それが何枚も重ねて立てかけられているのに気づく。

——こんなに、いつの間に。

前に来たときはなかったはずだ。だけどあれは、いつのことだったか。

日付を思い出すよりも先に、口の中に青臭さと苦味が蘇る。


その日、有美がいつものように指定された時間にチャイムを押すと、室内からは何の応答もなかった。

不安になってスマートフォンを取り出したものの、日時を間違えたわけではないことはわかっていた。前日から何度も過去のメッセージを確かめていたからだ。

だが、明日会えるのを楽しみにしてるね、と送ったメッセージに返信が来ていないのが気にかかっていた。豪から返信が来ないことなど珍しくないが、それでも毎回不安になる。

もう一度チャイムを鳴らそうかと指を伸ばしかけたところで、室内で物音がした。詰めていた息が漏れる。顔に笑顔を浮かべ直した瞬間、人の話し声が響いた。

その途端、膨らんでいた何かが急速に萎《しぼ》んで固くなる。有美は顔を強張らせて扉の方に耳を向けた。そのまま耳を扉に押しつけようとして寸前で止めると、豪が、だからいって、と声を荒らげるのが聞こえた。

有美は目を見開く。いいって——何が？

そういうわけにはいかないでしょう、というたしなめるような女の声が響いた。そのまま言い聞かせるような物音が続き、気配が扉の方へと向かってくるのを感じて、有美は咄嗟に身を隠せる場所を探す。廊下に置かれた洗濯機の脇に回り込みかけ、こんなところに隠れてもすぐに見つけられるだけだと思い至った。

慌てて再び扉の前に戻ると、ちょうど扉が開く。

『ごめんなさい、お待たせしちゃって』

本当に申し訳なさそうに言いながら現れたのは、あのモデルの女だった。

細いのに骨の形は感じさせない脚、真っ直ぐに伸びた上半身、その上の小さな頭。まつ毛が長く、吹き出物など一つもないつるりとした頬は微かに上気している。

『ちょっと、急にデッサンをし直すことになって』

女は疚《やま》しいことなどないのだと主張するように言った。そこで自分の言葉の言い訳がましさを自覚したように目を伏せ、会釈をして部屋を出ていく。

脇を通り過ぎる瞬間、微かに甘い汗の匂いがした。

有美は後ろ手に扉を閉めながら、珍しく揃えられている玄関の靴から視線を外す。意識的に笑顔を作った。

『ごめんね、邪魔しちゃった？』

気を取り直すようなトーンで訊いてみたが、豪は答えなかった。有美に背を向けたまま、手にしていた鉛筆を植木鉢のような大きさのコップに乱雑に突っ込む。

有美は思わず媚びてしまったことを後悔し、自分が謝ってほしくて謝ったのだと気づいた。だが、やはり豪は何も言わず、有美の顔も見ず、ただ黙々と床じゅうに散らばった白い紙を拾い集めていく。

——どうして、こんな態度を取られなければならないのだろう。

自分はただ、約束の時間通りに来ただけなのに。

有美は鞄を音を立てて床に置くことで不満を示した。それでも豪が何も反応してこないので、ため息をつきながら『邪魔なら帰るけど』とあえてきつい表現を選んでみせる。だが、それでも豪は有美の言葉を否定することはなかった。表情も、手を動かすスピードさえ変えない。まるで、有美など部屋の中に存在していないかのように。

やがて有美は、本当に自分の存在自体が薄くなっていくのを感じた。投げかけたきりの言葉が、宙でぐるぐると巡るうちに輪郭を失って消えていく。

ふいに、有美は床に落ちたままの紙に足の先が描かれているのに気づいた。さまよった視線が、また別の紙へと向く。

そこにも、足が描かれていた。

宙に向かってピンと伸びたつま先、地面をつかむように開かれた足の指、限界までつま先立ちした踵、滑らかな裸の尻に半分潰されて弛緩した足の裏――大量にスケッチされた無数の足に、身体の芯が一気に冷たくなる。

――たった今まで、これを描いていたのだ。

二人で真剣勝負をしながら力を合わせて、懸命に何かをとらえようとしていた。彼女の息遣いと、豪が鉛筆を走らせる音しか響かない、緊迫した空間。その神聖な場をぶち壊すように不躾《ぶしつけ》に響いただろう、自分の鳴らしたチャイムの音。

ごめんなさい、と謝る声が震える。でも、言ってくれたら、と続けた言葉の先が出てこなかった。予定が変わったのなら、そう連絡をくれればよかったのに。そうすれば、邪魔したりしなかったのに。そう思いながら、きっと豪は今日約束していたことも忘れていたのだろうとわかってしまう。

『ごめんなさい、今からでも呼び戻して……』

扉を振り向きながら足を踏み出すと、豪に腕をつかまれた。

『いいって』

有美は動きを止め、豪を見上げる。

豪は無表情のまま有美の手を引くと、敷居を踏んで隣の部屋へと移動した。有美はついていきながら、豪が口にした言葉が、先ほど豪が女に対して言ったのと同じ言葉だとぼんやり思う。

豪は、スウェットのパンツを膝まで下ろした。その動きの意味を考えるよりも早く、有美はどこか救われるような追い詰められるような気持ちになる。

豪の前に膝をつき、半ば形が伴ったそれを包むようにつかんでそっと動かし始めた。手の中で膨らむのを待ってから、顔を近づけていく。

口に含めた瞬間、何かが饐《す》えたような青臭さと舌に触れる塩辛さに身体が微かに強張った。けれど、頭と手を同時に動かし始めるとすぐに難しいことを考えられなくなっていく。

少しでも彼を興奮させられるように、少しでも彼に快感を与えられるように。それだけを考えて唇をすぼめ、舌を伸ばし、頭を上下させていると、ふいに頭の後ろをつかまれて引き寄せられる。喉の奥まで突かれてえずきそうになった。それでも耳は、頭上で響いた吐息を拾う。

この行為に、愛情どころか何の感情もないことはわかっていた。

欲望。しかもそれは、自分に向けられたものですらない。あの女へ直接ぶつけないことで限界まで高め、紙に叩きつけるように吐き出していたもの。それが中途半端に止められたせいで行き場を失くしただけ。

吐き出す相手は誰でもよくて、今ここに自分がいなければ、より機械的に事務的に処理されただけだろう。

ただ、そこにあったから使った。そこには意味も価値もなく、後には何も残らない。すぼめた唇に力を込め、首をほんの少しねじりながら一気に奥まで顔を進めてすばやく引いた。何度も繰り返すほどに口の中のものが大きく固くなって、豪の息が乱れていく。

そう言えば、と有美は痺れていく頭の片隅で思い出した。

——あの女も、こんなふうに扱われたことがあったはずだ。

具体的な日付や相手は知らない。ただ有美が知っているのは、豪の個展に来て、〈storm〉の前で何十分も立ち尽くしていた男が、オープニング・パーティーの帰りに彼女の後をつけたらしいということ、そしてそこで起こった出来事について彼女が表沙汰にしなかったということだけだ。

パッと見、怪我している様子もなかったから、俺も言われるまで気づかなかったんだよな、と豪は言った。まあ、何かおかしいなとは感じたんだけど。

胸の先を弾かれ、短い声が漏れた。

一瞬頭が真っ白になった瞬間、再び頭の後ろをつかまれる。口の中のものが膨らんで跳ね、鼻を突くような匂いが広がった途端に引き抜かれた。

目の前に突き出されたティッシュを受け取り、その中に唾液と一緒に吐き出す。吐き出す前よりもさらに青臭さと苦みを感じた。

有美は、床に落ちているティッシュを眺めながら、ああ、そうだ、と思い出す。この部屋に来るのはあの日以来だった。

目の前にそびえるように立つ大きな絵を見上げる。

男の顔があった。

斜め前を向いた目は、焦点が合っていない。けれど、何かがこちらへ真っ直ぐに向かってくるのを感じる。

怖い。あの目に見つけられたくない。

耐えきれずにキャンバスを裏返すと、下に立てかけられていた絵が現れた。

キャンバスの中央に描かれているのは、赤い大きな塊だ。何だろう、と三歩後ずさったところで、やっとリンゴだと思い至る。その横に伸びている太い縄のようなものは、蛇だろうか。

おそらく、この絵はこんな近距離で見るものではないのだろう。もっと広い場所で描かれ——もっと広い場所で見られるべきものなのだ。

絵の前に戻ってキャンバスをずらすと、三枚目には男性の胸から下が描かれていた。

身体には何も身に着けず、ただ、手に鋭い刃物を握っている。

あの男の身体だろうか、と裏返したままの絵を振り返る。顔だけでもおぞましいあの男が、刃物を手にしている――

次の絵には野原らしき風景があった。白茶けたゴツゴツした道、ただ闇に沈んでいるようで、よく見ると細かな葉がびっしりと描き込まれている茂み、空は奇妙に青白く、雲は白い靄《もや》のように描かれている。

どうやらこの重ねられている絵は、一枚の大きな絵を分割したものらしい。

――だとすれば、どこかにあの女が描かれているのだろうか。

それは、予想というよりもほとんど確信だった。豪の絵ならば、あの女が描かれていないわけがない。

どんなふうに描かれているのだろう、と考えるだけで嫌な気持ちになった。男が持っている刃物で刺されるのだろうか。

五枚目、六枚目、七枚目、八枚目――九枚目。

だが、最後まで確認しても、女の姿はどこにもなかった。描かれている人間は、刃物を手にした男と、穏やかな表情で誰かを振り返っている男の二人だけだ。

――それとも、あの女を描いた絵だけは、どこか別の場所にあるのだろうか。

有美は部屋を見渡し、他に大きな絵を置けるスペースがないことを確かめてから、絵に向き直る。一枚一枚の端を見比べていくと、三枚かける三枚ですべてが綺麗に繋がってしまうことがわかった。

——豪が、あの女が出てこない絵を描いた。

それが何を意味しているのかわからなかった。けれど、これまでずっとモチーフにし続けてきた存在を、これだけの大作に登場させないということに、意味がないとも思えない。

ふいに、豪の言葉が蘇った。

『大丈夫だって、この女には指一本触れたことないから』

〈何枚描いても、彼女を描ききれたとは思えない。わからないからこそ執着してしまう。彼女は特別な存在なんです〉

——つまり、あの女と何かあったのではないか。

視界が暗く狭くなっていく。

ずっと、いっそ性的な関係があった方がましだと思ってきた。本当には触れないからこそ興味が尽きないのならば、セックスでも何でもしてさっさと飽きてしまえばいいのにと何度も思った。

だけど——こんな、今さら。

カン、カン、カン、カン、という甲高い音が聞こえてきたのは、そのときだった。

有美は短く息を呑み、慌てて周りを見回す。

——どこか、隠れる場所は。

まず布団に目が行き、次に押し入れに視線が動いた。考えるよりも先に駆け寄り、押し入れの扉を開けた瞬間、中にぎゅうぎゅうに押し込められたダンボールの山に固まる。どの箱にも引っ越し屋のロゴが入っていて、おそらく引っ越しで持ち込んだものの整理するのが面倒になってそのまま突っ込んだのだろうとわかった。

チャイムが鳴り、びくりと身がすくむ。

豪が戻ってきたら終わりにするのだと、先ほど決めたはずだった。幻滅されて、呆れられれば踏ん切りがつけやすくなるはずだと。だけど自分がまだ、何の覚悟もできていなかったのだと思い知らされる。

――違う。こんな絵を見たからだ。

こんな、あの女と何かあったんじゃないかと思わずにいられないような絵を見てしまったから。

再び急かすようなチャイムの音が響き、そう言えばどうしてチャイムを鳴らしたりするんだろう、と考えた途端、「藤谷さん？」という声がした。

「すみませーん、HHカンパニーの者ですけどー」

――ダブルエイチカンパニー？

どこかで聞いたことがある名前だと思った瞬間、視界の端で何かが動く。ハッと目を向けると、先ほど自分が動かした絵が倒れていくのが、スローモーションのように見えた。あ、と思うのに身体は少しも動かない。バン、という大きな音が響いて扉の外から「藤谷さん？　大丈夫ですか？」という声がした。

思わず「大丈夫です」と返してしまってから、これでは扉を開けなければならなくなるということに気づく。

「藤谷さーん？」

「今開けます」

慌てて鍵を開けると、すぐに扉が引かれた。

「どうも、お忙しいところすみません」

現れた男は長い首を前に突き出すようにして会釈をし、その首をぐるりとねじって「おーい、いたぞ」と背後に向かって声をかける。他にも人がいるのか、と有美が思うのと、何人もの男たちが部屋に踏み込んでくるのが同時だった。

有美は反射的に後ずさり、部屋の隅まで戻る。

男の中の一人が絵を持ち上げると、おい、まずは梱包してからだ、と誰かが声を荒らげた。何でこんな適当に置いてあるんだよ、とまた別の誰かが舌打ちをし、ていうか、センセイはどこにいるんだよ、という声が続く。

「すいません」

正面から聞こえた声に顔を上げると、「あれ、持ってっちゃっていいんですよね」と男が顎でしゃくるようにしてあの大きな絵を示した。

「え？」

「あれ、カインの舞台に飾る絵ですよね」

男は有無を言わさぬ口調で言って、答えを待たずに緩衝材のロールを転がし始める。床一面に広がっていく緩衝材から逃れるように、有美は寝室の方へと移動した。

梱包作業はあっという間に終わった。慣れた手つきと動きで九枚すべての絵を運び出した男たちは、そのまま苛立たしそうな様子で出て行く。

有美は、一気に広くなった空間の前で立ち尽くした。

――今のは。

乾いた喉が上下する。

よかったのだろうか、とまず思った。本当に、あの絵を持って行かれてしまって大丈夫だったのだろうか。

豪は、と扉を見たが、もう扉の外には何の気配もなかった。

有美はスマートフォンを取り出し、豪へのメッセージ画面を開いてから、たとえば、と考える。部屋の前で待っていたら、あの人たちが来て、絵を取りに来たのだと困っていた。急いでいるみたいだったし、豪と連絡がつかなかったから、どうしたらいいかわからなくなって、鍵を使って扉を開けてしまった。そこまで考えて自分が言い訳を用意していることを自覚し、また口の中が苦くなる。

有美はスマートフォンを鞄にしまい、再び部屋の中を見回した。細かなものが無造作に置かれた作業台に近づき、その上に視線を滑らせて、カイン、という文字を見つける。

〈HHカンパニー　第十九回公演　カイン　特別招待券〉

その二枚組のチケットには、明後日の日付が書かれていた。

## 2　尾上和馬

ハッと意識を取り戻して最初に感じたのは、みぞおちの痛みだった。胃痛に近い鋭さに息を詰め、手で押さえようとしたところで腕が持ち上がらないことに気づく。それでも何とか寝返りを打ち、蹲《うずくま》る体勢になってから、ゆっくりと頭を持ち上げた。

視界が広くなった途端、痺れるような頭痛を感じて再び横になりたくなる。上体がほんの少し前後に揺れ、それを支えただけのはずなのにみぞおちの痛みが増した。

尾上はこめかみに親指の爪をねじ込ませながら顔を上げ、壁の時計を見上げる。

午前四時二十分——自分が意識を手放していたらしいことと、まだ誉田は帰ってきていないらしいことがわかって、衝撃と不安と安堵がないまぜになる。

寝ている場合ではないことはたしかだった。だが、こんなふうに疲労がまったく取れていない状態で、今日を乗り切ることができるのだろうか。

昨日の夕方に誉田が突然出て行ってしまったとき、それでもすぐに戻ってくるのだろうと尾上は考えていた。

自分がなかなか指示を理解できないから苛立たせてしまっただけで、しばらくすればまた唐突に戻ってきて指導を再開してくれるのだろうと。

いつ誉田が戻ってきてもいいようにとペットボトルに向き直り、繰り返された「速い」という言葉をもう一度反芻した。

速いというのは、一体どういう意味だったのだろう。

尾上は鏡に向かって先ほど自分がした動きをし、ゆっくりと速度を落としていった。

誉田は、これでもまだ速いと言っていた。けれどこれ以上遅くすると、もはやどう見ても水の動きではない。

だとすれば、やはり中の水ではなくペットボトルの模倣をしろという課題だったのだろうか。だが、ペットボトルを真似るというのは、一体どういうことなのか。

尾上はペットボトルを手に取ってその形や質感を観察し始めた。

比較的柔らかな素材でできた水のペットボトルには等間隔にくぼみがあり、そのうちの一つが潰れてしまっている。潰れている場所は、十段くぼみがあるうちの上から四段目。表面には水滴がついていて、その水滴は水が入っている部分は密に、空の部分はほとんどない。水は上二段目と三段目の半ばまで入っていて重心はしっかりと揺らぐことなく保たれているが、四段目が潰れているせいでその歪みがその側の七段目まで伝わっている。

尾上は足元にそっとペットボトルを置き、その隣に立った。

重心が低いことを表現するにはドゥミ・プリエ、全体的に細長く、上が細くすぼまっていることを表現するには腕はアン・オー、潰れている部分を表現するには左の側のあばらを微かにへこませ、けれど腕の位置は変えないようにする。やはりドゥミ・プリエでは下ぶくれの形がペットボトルとは違う気がしてきて脚を伸ばすと、今度は一番ポジションを取っていること自体が正しいのかわからなくなってくる。五番に変え、これでは左右差ができてしまうと気づいて二番に開く。だが、試しに横を向いて身体の見え方を確認すると、その姿がペットボトルに比べて薄っぺらく見え、足をパラレルに置き直して腹式呼吸をしながら腹を膨らませる。

——これで、どうだろう。

尾上は息を吐き出しながら腕を下ろして扉を見た。だが、そのまましばらく待っていても誉田が帰ってくる様子はない。

ふいに、こんなことをしている場合なんだろうか、という思いが頭をもたげてくる。

明日はゲネだというのに、カインの振りを練習しないでいいのだろうか。少しでも完成形に近づける努力をすべきではないか。

だが、カインの振りをなぞり始めたところで、『体操はわかったから、そろそろバレエをやってくれないか』という声が蘇ってきた。

体操なんて、十一歳のときにバレエに転向してからは一度もやっていない。体操をアレンジする形で見よう見まねでやってみていたのは最初だけで、村埜利香子のバレエ教室に通うようになってからはきちんとクラシック・バレエを基礎から学び直してきた。つきすぎていた筋肉も落としたし、これまでどれだけコンクールに出場してもそんなことを指摘されたことはなかった。

『おまえの踊りは、どこを切り取っても全部一緒だな。まるで金太郎飴だ。知っているか？　金太郎飴。切っても切っても同じ顔、顔、顔』

──表現力が足りないということだろうか。

だが、尾上も振りの中の技を体操のように個別の技として考えているわけではない。振りの流れの中に存在していることはわかっているし、技という形では認識されることがない動作でも気を抜いたことはない。二幕目の踊りが一幕目と表面上の振りは同じでも動きの基本から崩していることは理解しているし、誉田が藤谷に教えていた動きはそのまま再現しているはずだ。

——なのになぜ、あんなことを言われなければならないのか。

自分がずっとやってきたことは何だったのだろうと思うと、足を止めて立ち尽くしたくなる。

やっと見つけたと思った道だった。両親を失望させることしかできなかったのも、この場所にたどり着くためだったのかもしれないと。自分はただいる場所を間違えていただけで、本当はちゃんといるべき場所が用意されていたのだと——だが、本当は自分がいるべき場所など、どこにもなかったのではないか。

尾上はこらえきれずに足を止め、肩で息をしながら両手を見下ろす。赤く微かに浮腫《むく》んだ指と、自分でも気味が悪く感じるほどに浮き出た手首の血管。

何も考えずに取った体勢が、振りの中でカインがアベルを殺した後にするのと同じものだと気づき、ふいに、カインもこうだったのではないか、という気がしてくる。よかれと思って捧げたものを拒絶され、何がいけなかったのかも、どうすれば認めてもらえるのかもわからなくて途方に暮れていたのではないか。

尾上は再び二幕の頭から踊り始める。神に拒絶されたカインが、自分が捧げたものを確認していくシーン。

同じ舞をなぞるように慎重に踊り、けれど、先ほどとまったく変わらず伸びやかに踊るアベルを見て、徐々に踊りを乱していく場面だ。一体アベルの踊りと何が違うのか。

自分の何がいけなかったのか。思い悩むほどに伸びやかさが失われ、二人の違いが際立っていく。

尾上は自分の中にある戸惑いを噛みしめながら腕を伸ばす。恐怖、自己嫌悪、悲しみ、怒り、焦り、混乱、絶望——振りの奥にあるものをつかみ取ろうとするように、身体の内側にあるものを吐き出そうとするように。

そのままどれくらいの時間踊り続けたのか、尾上は強烈な目眩《めまい》と吐き気に倒れ込み、かすんだ目で時計を見上げて自分が昼食も夕食も摂らずに踊り続けていたことに気づいた。

這うようにして鞄の前まで移動し、震える指でチャックを開けてゼリー飲料を取り出す。一度取り落としてからもう一度拾い上げて何とか蓋を開け、とにかく懸命に口に含んで飲み下した。

視界がぐるぐると回り始めて目を開けていられなくなり、そのまま息を潜めるようにして目を閉じたのが、今から四十分前。

ただ身体を落ち着かせるためにほんのちょっと目を閉じただけのつもりが、ほとんど気を失ったかのように時間が飛んでいたことに驚き、たった四十分の間動きを止めただけなのに全身の筋肉が固く強張っていることに戸惑った。

だが、それでもたしかに、何かをつかんだような手応えがある。この自分がカインを踊るということ、誉田に否定されてこれまで自分が進んできた道すら見失いそうになっていることの意味を。

尾上はゆっくりと壁にもたれかかりながら、自分の全身の状態を確認していく。みぞおちと頭が痛むけれど、目眩と吐き気はだいぶ収まっている。脚の筋肉と腱が引きつっている。

尾上は意識的に息を吐き出し、慎重に筋肉と腱を伸ばしていく。

――一度家に帰るべきだろうか。

こんな場所では十分な休息が取れるはずがないのは明らかだった。明日――いや、もう数時間後に迫っているゲネのためにも、身体のコンディションを整えていくべきだろう。ここで風邪でもひいたら目も当てられないし、そうでなくてもこんな体調では力が出し切れるはずがない。

だが、と尾上は時計をにらむ。

――もし、その間に誉田が帰ってきてしまったら。

誉田は、確実に自分を使うのをやめるだろう。稽古の途中に無断で帰る人間を、あの誉田が許すはずがない。

たとえ、何も言わずに放り出したのが誉田なのだとしても。

――やはり、この場所から移動するわけにはいかない。

もしかしたら、先ほどの踊りを見せれば誉田に見直してもらえるかもしれないのだ。今度こそ誉田の期待に応えられるかもしれない。それなのにここで帰ってしまってチャンスをふいにするなんてことは、絶対にできない。

尾上は意識的に呼吸を深くしながら身体をほぐしていき、もう一度ゆっくりと振りを確認し始めた。いつ、また誉田が唐突に戻ってきてもいいように。

結局、誉田が戻ってきたのはそれから三時間近く経った七時ちょうどだった。

当然のように勢いよく開けられた扉に、尾上は身をすくませる。

そこに誉田の姿を認めた瞬間、身体の内側に湧き上がった感情が純粋な安堵ではないことは自分でもわかっていた。安心など少しもできるはずがない。だが、それでも誉田はまだ自分を見放したわけではなかったのだと思うと、全身が細かく震えてくる。

誉田は無言のままスタジオの奥まで進むと、音響設備のリモコンを手に取った。尾上は慌てて「誉田さん」と声をかける。

「あの、俺あれからずっと誉田さんに言われたことの意味を考えていて……それでちょっとカインの気持ちがわかってきた気がして」

そう敢えて言葉にして宣言したのは、自分は変化したのだと誉田にまず思ってほしかったからだった。誉田だって人間だ。変化したことを告げられてから踊りを見せられれば、どこが変化したのかを探すように見てくれるのではないか。そうなれば、漫然と見せられるよりも納得してもらいやすくなるのではないか。

我ながら打算的だと思いながらも、もはや手段など選んではいられなかった。とにかく今日、ゲネが始まるまでに認めてもらわなければならないのだから。

「カインの気持ちがわかった？」

誉田が首をねじって真顔を向けてくる。誉田の視線が自分へ向くだけで全身が緊張するのを感じながら、尾上は「はい」とうなずいた。

「俺、カインは捧げものを拒絶されて傷ついて、しかも弟に負けたもんだから嫉妬して殺したんだと思っていたんです。だけど、さっき誉田さんに自分の踊りを根本から否定されて、何がいけなかったのかも、どうすれば認めてもらえるのかもわからなくなって……もしかしたらカインもこうだったんじゃないかと思って」

誉田は何も答えない。だが、話すのをやめろと命じてくるわけでもない。

「そんなときに、それまでと変わらずにのびのびと楽しそうに踊っているアベルを見たらいろんな感情が一気に押し寄せてくると思うんです。単純な嫉妬だけじゃなくて……」

尾上は続けながら、そうだ、と思う。楽しそう、というのはやはりキーワードだったのだ。誉田があれほど「楽しいか」と繰り返していたのは、これに気づかせるためだったのではないか。

「戸惑い、恐怖、自己嫌悪」

尾上は自らの両手を見下ろし、先ほど噛みしめた思いを反芻しながら一つ一つの単語を口にしていく。

「悲しみ、怒り、焦り、混乱、絶望」

「絶望？」

誉田が、つぶやくような声音で問い返してきた。

尾上は反射的に怯みながら、はい、と顎を引く。

「カインにとって神に見放されるということは絶望だと……」

「安い絶望だな」

吐き捨てるようにして言われた言葉に、尾上は固まった。誉田は、呆れるというよりももはや軽蔑しているような目を向けてくる。

「おまえはそんなことで絶望するのか」

そんなこと、というのが何を指しているのかわからなかった。たった今自分が口にした、神に見放されることだとしたら、それは絶望に値するほど大きなことではないのか。

「いいか、俺は簡単に絶望という言葉を使う人間を信用しない」

カッと頬が熱くなるのがわかった。

簡単に使ったわけではない、と言いたくなる。だけどふと、そう言えばこの人は震災で奥さんを亡くしているのだと思い出した。

ある日突然、大切な人が奪われてしまうこと。その絶望に比べれば、それ以外のことなど絶望に値しないということだろうか。

「いえ……あの、俺は絶望したわけではなくて……」

弁解するように言いながら、何と続ければ少しでも誉田に納得してもらえるのだろうと考える。何を経験したと言えば、大した経験もしていないつまらない人間だと思われずに済むのか。

「あの……実は俺も被災地の出身で」

そこまで口にした途端、すっと身体の奥が冷えるのを感じた。

——俺は、何を言おうとしたのだろう。

自分が、亡くなった祖父母や叔父叔母、従兄弟のことを「武器」にしようとしたこと。誉田の目が、それを見透かすように冷ややかになる。

「だから何だ」

違うのだ、と言いたかった。本当はそんなことを思ってなんかいない。ただ、今は混乱して張り合ってしまっただけで——

「言いたいことはそれだけか」

誉田が突き放すように言って背を向けた。

尾上は自分のつま先をにらみながら拳を強く握る。たまらなく恥ずかしかった。浅い人間だと思われたこと、ひどい人間だと思われたこと、何より思ってもいないことを口にしてしまった自分が情けなくて、消え入りたくなる。

「頭から」

誉田が短く言うのと同時に、ファンファーレが響き始めた。

尾上はハッと顔を上げ、慌てて所定の位置につく。ダメだ、落ち込んでいる場合ではない。とにかく今は、自分にできる精一杯のことをやるしかない。先ほど、自分なりに少しつかんだと思えた踊り。余計なことを言ってしまったのは逆効果だったけれど、もしかしたら踊りを見せれば少しは変化したのだと思ってもらえるかもしれない。

尾上は自分に言い聞かせながら、今の会話を頭から閉め出し、先ほど一人で踊っていた時間を思い出す。

振りの奥にあるもの、身体の内側にあるものを見つめ、そこに指先を伸ばすようにして一つ一つの動きを丁寧に繋げていく。俺は今、混乱している。カインは今、焦っている。つらい、苦しい、怖い、前が見えない――

「速い」

飛んできた声に弾かれたように感情のうねりが止まる。

――速い？

意味もわからないままに振りの速度を落としてから、追って意味を考えた。速いというのはどういうことだろう。ペットボトルのときと同じ言葉なのには、何の意味があるのか。

「速い」

——まだ？

尾上は戸惑いながらさらに速度を落とす。だが、そうなると曲と合わなくなってきてやはり速度を上げなければならなくなる。この先のわざと太鼓の音とずらして踊るところならばともかく、ここではまだ、ずらすわけにはいかない。

「速いと言っているのが聞こえないのか」

尾上はたまらずに足を止めた。

この言葉も、先ほどと同じだ。一体何がいけないというのだろう。速度を落としても、誉田はなぜか納得しない。遅くすれば遅すぎると怒られるわけではなく、まだ速いと言われるのはなぜなのか。

誉田が音楽を止め、スタジオに沈黙が落ちた。尾上はできるだけ音が響かないように呼吸を整えながら、鏡に映った自分の足をにらみつける。速い。誉田の声が脳裏で反響する。速いと言っているのが聞こえないのか——

「時間だ」

誉田が短く言って歩き始めた。尾上は時計を見上げる。時計の針が八に近づいている。

ゲネが始まるのは午前九時。たしかに移動時間を考えればもう――

「何をしている。さっさと支度しろ」

え、という声が出そうになった。

――行ってもいいのだろうか。

それが何を意味するのかを考える間もなく、鞄を掻き抱くようにして持って誉田の後へ続く。

誉田は一定の速度で階段を上っていき、そのまま真っ直ぐに駐車場へ向かった。尾上は小走りについていきながら、行ってもいいのだろうか、ともう一度考える。ゲネに出ていいということは――やはり、舞台に出してもらえるということだろうか。

だが、喜ぶ気持ちにはなれなかった。自分はまだ、誉田が何度も口にする、速い、という言葉の意味がわかっていない。誉田は明らかに、自分の踊りに満足していない。こんな状態でゲネに出て、そこで徹底的にダメ出しをされたら――

バン、という音がして、誉田が運転席のドアを閉めたのに気づく。尾上は一瞬迷ってから後部座席に乗り込み、ドアを閉めた。体勢を整える間もなく、車が動き始める。

尾上は傾いた上体を腕で支えながら、言いようもない不安を感じていた。

## 3　嶋貫あゆ子

街の概観を知るために東京駅構内の書店で買ったガイドブックを開いていると、まるで自分が無邪気な観光客になったような気がした。

隣の席に座ったビジネスマンらしき男性が小さなノートパソコンを開き、驚くようなスピードで何かを打ち込んでいる。そのほとんど規則的な音を耳にしながら、窓の外へ目を向けた。数分前よりも建物が低く少なくなっている。

何となくそのまま見続ける気になれずにガイドブックに顔を戻したものの、今度はそのにぎやかさに圧倒されて視線が浮いた。

あゆ子はガイドブックを閉じながら背もたれに頭を預け、細く長く息を吐く。

箔山屋東山店が本当に誠の実家なのかどうかはわからなかった。何度電話しても話し中で繋がらなかったからだ。だが、姉にそう連絡をすると、姉は『だったらとりあえず直接行ってみたら』と言ってすぐさま新幹線のチケットを手配してくれた。

とにかく、このままただ待ち続けていることはできなかった。たとえそこが実家ではなかったとしても、藤谷豪の直筆ポストカードを売っているということは少なくとも弟の方と繋がりがあることはたしかだ。事情を話せば、送ったメールが緊急であることを改めて伝えてもらうことくらいはできるかもしれない。

そして、家族の誰かと連絡が取れれば——せめて最悪の事態が起きていないかだけでも確認ができる。

そう考えてあゆ子は、自分がどれだけの時間を誠と過ごしたとしても、家族ではない以上いざというときの連絡は入ってこないのだという事実に胸が苦しくなるのを感じる。

あゆ子はガイドブックを開き直し、箔山屋東山店があるらしいひがし茶屋街への行き方を調べ始めた。金沢駅から城下まち金沢周遊バス右回りルートで十分、橋場町《はしばちょう》というバス停で降りて徒歩三分。ガイドブックの上に地図を表示したスマートフォンを置いて見比べると、箔山屋東山店はガイドブックに載っているような、木造の茶屋がずらりと並ぶ二番丁通りからは二本ほど奥まった道にあるようだった。

あゆ子は忙しなく唇を舐め、まず何と切り出せばいいだろう、と考える。もし、ここに誠がいるとしたら——いないとしたら。

やがて、淀んだ空気を破るように高らかなチャイムのような音が響いた。ハッと顔を上げると〈まもなく、金沢〉というアナウンスが流れ始める。

あゆ子は慌ただしくガイドブックを鞄にしまい、スマートフォンを握りしめて席を立った。出入り口のドアの前まで早足で向かってから、まだ駅に到着するまでは数分かかるのだと気づく。

それでも席に戻る気にはなれずに、車窓から外を眺め続けた。もうすぐ、金沢に着く。出会う前の誠が、暮らしていた街。

再びアナウンスが流れ、あゆ子の後ろに乗客が並び始めた。新幹線が、滑り込むようにして金沢駅に停まる。

開いた扉の向こう側へと足を踏み出した瞬間、冷たい空気が吹きつけてきて、髪が逆立つように浮き上がった。


ひがし茶屋街は、ガイドブックに載っていた写真以上に風情がある場所だった。

両脇に規則正しく並んだ年季を感じさせる木造建築、灰色と薄えんじ色がモザイク模様になった石畳、今にも落ちてきそうに重い雲、その背後にそびえるように広がる深い緑。それだけでは寒々しくも見える空間のそこここに華やかな着物姿の女性が歩いていて、その花が咲くような彩りが観光地としての趣を強くしている。

現実感のなさに圧倒されながら路地を入った途端、急に生活感のある一般住宅が現れた。当然のことなのに、ここは人が暮らしている場所なのだと不思議な気持ちになる。

さらにもう一本奥に入ると、今度は観光地がすぐそばにあるとは思えないほど普通の住宅街にしか見えなくなった。

本当にこんなところにお店があるのだろうか。辺りを見渡したところで、数メートル先の建物の中から西洋人らしき二人組が出てくる。

こちら側へと歩いてくる二人組をまじまじと見つめてしまい、慌てて顔を前に戻してから彼らの出てきた建物へと駆け寄った。

〈箔山屋東山店〉

看板とも言えないような小さなプレートを前に立ち止まる。

——本当にあった。

無事にたどり着いた。

感慨に浸りそうになってから、まだ何も終わっていないのだと思い直して店内に足を踏み入れる。

こぢんまりとした店内は、間接照明が使われているようで薄暗く、近くの棚に目を向けると土産物屋としては意外に感じるほど余白があった。

看板の目立たなさといい、全体的に商売っ気がない。そう言えば、以前誠は母親について実家が資産家だからか世間知らずなところがあると言っていた。

金箔入りコーヒー、金箔入りリップクリーム、加賀野菜チップス、ネックレス、バックル、イヤリング、ポストカード——統一感のない商品の中に何気なく置かれたポストカードを見つけて手に取る。写実的な女性の絵ではなく、小さなだるまのようなかわいらしいイラストが描かれたカードの端には、〈Gou Fujitani〉とあった。

あゆ子はその一枚を胸の前で掲げるように持ち、レジへと向かう。あの、と切り出しかけると、あゆ子と同じくらいの年頃の店員は柔らかく微笑みながら「ありがとうございます」とポストカードを受け取ろうとした。

あゆ子は咄嗟にポストカードを引いてしまい、驚いたように視線を上げた店員と目が合う。

「あ、ごめんなさい、あの、ちょっと訊きたいことがあって」

あゆ子は耳の裏が熱くなるのを感じながら早口に言った。

店員は目をしばたたかせてから、促すように小首を傾げる。あゆ子はその仕草に励まされて「このポストカードなんですけど」と今度こそ差し出した。

店員は華奢《きやしや》な手を伸ばして受け取り、「はい」とあゆ子を見る。あゆ子は小さく咳《せき》払いをすることで腹に力を込め、「あの、実は私、これを描いた人のお兄さんの知り合いで」と切り出した。

「どうしても急いで彼と連絡が取りたくて……えっと、もちろん彼の携帯にはかけたんですけど繋がらなくて、もしかしてこの弟さんとかご家族なら連絡がつかないかと思って」

あの、それで、と続けたものの、その先が出てこない。

店員の女の子も困ったような顔になり、「少々お待ちください」と言いながらレジを離れた。すぐ後ろにある暖簾《のれん》のようなカーテンをくぐってから扉を開けて中へと消える。あゆ子は一人レジの前に立ち尽くしたまま、鞄の持ち手を握りしめた。口の中に溜まった唾を飲み込み、乾いた唇を舐める。

扉は、なかなか開かなかった。何となくずっとレジの前に立ち続けているのも憚られて、数歩下がってから店内を見回す。

他に客の姿はなかった。もう一度ポストカードを見ておこうかと、先ほどのコーナーへ戻る。

今度は、色鮮やかな鞠が二つ並んだ絵が描かれていた。やはりホームページで目にした絵とはかなり印象が違うが、イラストの端に〈Ｇｏｕ　Ｆｕｊｉｔａｎｉ〉というサインが入っている。

〈藤谷豪直筆ポストカード　八〇〇円〉

その金額が高いのか安いのかはわからなかった。ポストカードとしては高いような気がするけれど、プロの画家の直筆のイラストが入っているのだと思うと安いような気もする。

他にはどんな絵柄があるのだろう、と重ねて立てかけられたカードに手を伸ばした瞬間、背後から扉が開く音が聞こえた。

あゆ子はハッと振り返る。

「あ」

思わず、声が出ていた。何も尋ねる前から、当たりだ、とわかる。そのくらいはっきりと、現れた女性は誠とよく似ていた。

「あの、誠さんのお母様ですか」

それでもひとまず尋ねると、女性は「誠？」と素っ頓狂な声を出した。予想外の反応に、あゆ子はたじろぐ。

まさか、違ったのだろうか。これほど似ているというのに？

すると女性は、「ああ、ごめんなさいね、てっきり豪の方の彼女かと思ったものだから」と顔の前で手を振った。

「いやね、豪の方の彼女はよく来るのよ。まあよく来るって言ったって三人だけだけど、それだって多いでしょう。本人が紹介しに連れてくるんじゃなくて女の子だけが一人で訪ねてくるケースとしては」

誠の母親はほとんどまくし立てるような早口でそう言うと、「しかもどの子も思い詰めた顔で来るもんだから、もしかして妊娠でもさせちゃったのかと思ってこっちも慌てるんだけどそういうことでもなくてねえ」とあっけらかんとした口調で続ける。あゆ子は何と答えればいいのかわからなくて、ひとまず「そうなんですか」とだけ答えた。誠の母親はあゆ子の相槌にかぶせるように「あ」と声のトーンを上げる。

「もしかして妊娠してる？」

「いえ……」

「ああ、よかった」

誠の母親は文字通り胸を撫で下ろす仕草をすると、「とりあえず立ち話も何だから」と言ってあゆ子の反応を待たずに踵を返した。

あゆ子はいつの間にか近くに立っていた先ほどの店員に会釈をしてから誠の母親に続く。こういう人だったのか、と思い、自分が動揺していることに気づいた。親戚にもよくいるタイプじゃないの、と自分に言い聞かせる。けれどそうして言い聞かせたことで、自分がまさに苦手な叔母を連想しているのだと思い至ってさらに動揺が大きくなった。

社交的で声が大きくて、けれど誰かとコミュニケーションを取ることよりも沈黙にならないことの方が大事だといわんばかりに、どんなときでもしゃべり続けている叔母。とにかく球が地面に落ちないように、自分が投げた球でも誰かがレシーブしなければ自分で拾いに行くから、迂闊《うかつ》な発言が多くなってさらに周囲の口数が少なくなる――とそこまで考えて、あゆ子は慌てて思考を振り払った。この人は、あの叔母じゃない。

店内よりもさらに狭い事務所のような空間には、小さなノートパソコンとコードレス電話、大量の紙が置かれたテーブルがあった。誠の母親はその前に小さなパイプ椅子を置き、どうぞ、とだけ言って反対側の小さなシンクへ向かう。

「これ、金箔コーヒー、お店でも売ってるものなんだけど、何でもかんでも金箔入れればいいってもんじゃないわよねえ」

話しかけているのかひとり言なのか判断しにくい口調で言いながら、慣れた手つきでインスタントコーヒーを淹《い》れ始めた。

あゆ子は「すみません、ありがとうございます」とその背中に向かって頭を下げる。

「そう言えば、あなた東京から来たの？　旅行？」

「いえ、今日はここに来るために……」

「あ、もしかして電話した？　ごめんなさいねえ、ずっと話し中だったでしょう」

誠の母親が突然振り返った。

「実は今ちょっと私学助成金の署名を集めているのよ。私学助成金ってわかる？　私立の学校が補助金をもらうためのものなんだけど、あ、別に私が関係があるわけじゃないんだけどね。頼まれちゃったのよ。ほら、今の若いお母さんってあんまり知り合いがいないでしょう。うちの子の友達の奥さんだからいいわよって頼まれてあげることにしたんだけど」

あゆ子は、はい、と相槌を打つことしかできない。

誠の母親は再びコーヒーカップに向き直った。

「そしたら何と十枚も渡されちゃって。一枚当たり十人だから百人よ。そりゃあ私は知り合いが多い方だし百人くらいは頑張れば何とかなるけど、さすがにこんなにって思うでしょう。だけど引き受けたからには何とかするしかないじゃない」

あゆ子は一体何の話をされているのかわからなくて、一拍置いて、ああ、電話が話し中だった理由を説明しているのかと理解する。

「すみません、お忙しいところに……」

「別に忙しいってわけじゃないんだけどね」

誠の母親は肩をすくめるような仕草をした。

「で、どうしたの？　誠と何かあった？」

シンクに向かったまま唐突に話題を戻す。あゆ子は「あ、はい」と背筋を伸ばすが、口を開きかけたところで何を言えばいいかわからなくなった。

誠の母親が何も知らないということは、少なくとも今のところは最悪の事態は起きていないということなのだろう。そのことに安堵する一方で、じゃあここから先はどうすれば、という戸惑いも生まれてくる。この様子では、明らかに誠は実家に連絡を入れていない。

「あの、実は誠さんと連絡がつかなくなってしまって……」

「あら大変、いつから？」

誠の母親は言葉ほどには大変でもなさそうに言い、お盆を手に振り向いた。はい、どうぞ、とあゆ子の前にコーヒーカップを置き、あゆ子の向かいの椅子に腰かける。

「えっと、最後に連絡をもらったのは一昨日の夜なんですけど」

あゆ子はひとまずそう答え、誠の母親が拍子抜けした表情になるのを見て慌てて「あの、問題はその内容で」と続けた。

「誠さんが主役をすることになっていた舞台に出られなくなったっていう連絡で、それを境に連絡が取れなくなってしまったんです」

「誠が主役をする舞台って、豪が絵を描く？」

「え？」

「あら、知らない？　ほら、さっきあなたが見ていたポストカードを描いたのが誠の弟なんだけど、その豪が舞台芸術を担当するのよ」

誠の母親は、ほんの少し誇らしそうに言った。あゆ子はその情報をどう捉えればいいのかわからずに「そうなんですか」とだけ答える。

知らなかった、という衝撃と、もしかしてこれは大事な情報なのかもしれないという予感を、けれどどうしてこの人は誠が主役を務めることよりも弟が舞台芸術を担当することの方が重大事のように言うのだろうという違和感が覆う。

思わず「誠さんにとっては初めての主役で……」と言い返したが、誠の母親は顎を撫でながら「でも、意外ねえ」とひとりごちた。

「あの子がこの店のことを話すなんて」

「あ、違うんです」

あゆ子は何となくきちんと訂正しておかなければならない気がして、鞄の中から誠のインタビュー記事と豪のインタビュー記事のプリントアウトを取り出した。二つの記事を見比べているうちに、何か客寄せになるものを置いているのではないかと思いつき、豪の絵を売っている店としてここを見つけたのだと説明する。

誠の母親は「へえ」と感心したような呆れたような声を出した。

「鋭いわねえ、何だかストーカーみたい」

あゆ子はぎょっとしたが、誠の母親は特に他意はなかったようで、記事を手に取って興味深そうに眺め始める。

「ふうん、誠もこういうのに答えるようになったのねえ。あの子、こういうこと全然教えてくれないから」

「誠さん、テレビにも出ていましたけど」

「あら、そうなの？　やだ、何て番組？」

あゆ子が答えると、何だ、こっちではやってないわ、と興味を失ったように言った。

あゆ子は喉の奥が詰まるような感覚を覚えて、コーヒーを飲み下す。

疲労感が押し寄せてきた。自分はこんなところまで来て、一体何をやっているんだろう――

と、そのときふいに、誠の母親が「あら」とつぶやいた。

「どうかしましたか？」

あゆ子は身を乗り出して、誠の母親が見ている記事を覗き込む。それは、誠の記事の方だった。

「何かお気づきのことがありますか？」

誠の母親は、お気づきってほどのことでもないんだけど、と言いながら首を傾げる。

「ただちょっと、この記事は微妙におかしいなと思って」

誠の母親は記事の中心辺りを指さしていた。

「ほら、ここ、誠は帰国することになってバレエ学校をやめなきゃいけなくなって、帰国してもバレエを続けるか迷ったけど私に止められたから続けることにしたって書いてあるでしょう。だけど本当は、あの子は帰国が決まるよりも前に退学になってたのよ」

「退学？」

訊き返す声が裏返る。誠の母親は「あ、別に何かしでかしたとかじゃないんだけどね」とほんの少し慌てたように手を振る。

「あっちの学校って厳しいから、結構簡単に退学になるのよ。あの子はたしか腕の長さだったか脚の長さだったかが規定より短かったから」

キテイ、とあゆ子は繰り返した。けれどその言葉が上手く漢字に変換されない。

「バレエって才能とか努力とかよりもまず体型がものを言うところがあるでしょう。やっぱりそういう意味では日本人は断然不利よね。西洋人と並ぶとどうしても頭が大きいし手足は短いし胴長だし」

誠の母親は躊躇いなく言い、豪の方のインタビュー記事に目を動かした。

「だけど、豪の方は大丈夫だったのよ。あの子は半分フランス人だし、体型も日本人離れしていたから」

あゆ子がモデルか俳優のようだと感じた豪の写真を撫でるように指でなぞり、どこかまぶしそうに目を細める。

「だから、私は豪の方を止めたのよ。もったいない、絶対やめない方がいいって──この記事にあるみたいに。誠の方は一度も止めていないし、正直誠が続けるくらいなら豪が続けた方がいいのにって思っていたのよね。だけど、子どもって思うようにいかないでしょう。結局、誠だけが続けたがって、豪は何度止めても聞かなくて」

あゆ子は喉仏を上下させた。

──これは、どういうことだろう。

「それに、本当はパリ出身なのは豪の方なのよね。豪はあっちで生まれたんだから。誠は子どもの頃はたしかにパリで過ごしたけれど、生まれは日本だし」

誠の母親は、そこでもう興味を失ったように顔を上げた。

「こういう記事ってちゃんと本人に確認を取らないものなのね」

あゆ子は相槌も打てずに、差し出された記事の紙を受け取る。誠も内容をチェックしていたとは、とても言う気にはなれなかった。

あゆ子は太腿の上で拳を握りしめ、腹に力を込める。

「あの、誠さんの家の住所を教えてもらえませんか？」

「え？」

誠の母親が眉を持ち上げた。

「あなた、誠の彼女なんじゃないの？」

「そうなんですけど、でも、誠さんは同じバレエ団の人とルームシェアをしているので、家には行ったことがないんです」

誠の母親は、うーん、と腕組みをして唸る。

「でも、あの子が教えてないなら私から教えるわけにはいかないわよねえ」

そんな、とあゆ子は腰を浮かせた。

「誠さんは今回の公演のためにすごく頑張って練習していたんです。それなのに、こんなふうに直前になって出られなくなってしまって、どんなに落ち込んでいるだろうって私……」

「で？　わざわざ住所を訊くために東京から来たの？」

不審がられているのだとわかった。

先ほど誠の母親が口にした、ストーカーみたい、という言葉が蘇る。

あゆ子は唇を嚙みしめた。たしかに、そう思われても仕方ないだろう。実際、自分は誠の了解もなしにここまで来たのだから。

どうしたら信じてもらえるのだろう。自分が本当に誠を心配しているのだということを。

あゆ子は鞄の口に手を入れてスマートフォンをつかむ。たとえば誠と一緒に写った写真を見せる？　あるいは誠からのメッセージを——

「私は岩手県の出身なんですけど」

けれどあゆ子は、そう切り出していた。

誠の母親が、怪訝そうな顔になる。あゆ子は、自分でも何を話そうとしているのかわからなくなった。なのに口が勝手に「高校生の頃、東日本大震災が起きたんです」と続けていて、その言葉に、ああ、そうだ、と思い至る。

誠からの文面を目にしたとき、あゆ子が思い出したのは六年前の東日本大震災のことだった。

『あのとき、どこで、何をしていた？』

まるで合い言葉のように、いろいろな場所で、無数の相手から繰り返された質問。あゆ子の出身が岩手県だからか、震災から何年も経ち、東京に出てきてからも、ひょんなタイミングでその質問は投げかけられた。そして、そのたびにあゆ子は目を伏せて口ごもってきた。『うちは……内陸の方だったから』

質問への答えになっていないことを自覚しながらそれだけで言葉を止めると、大抵の人は訊いてはいけないことを訊いてしまったと思うのか、それ以上は踏み込んでこない。だが、中には『内陸でも揺れはすごかったでしょう』と重ねて尋ねてくる人もいた。『怖かったでしょう？』

そうした問いを向けられるたびに、この人は何が聞きたいのだろう、と考えた。彼らの頭の中にあるのは、おそらく悲惨な体験のイメージなのだろう、と。

そして、あゆ子がそうしたときにあえて否定しなかったのは、どこかで、そう思っていてもらいたいからだった。

震災が起きた二〇一一年三月十一日、実際にあゆ子がいたのは沖縄の那覇だった。父親の休みが三月にしか取れず、家族旅行に行っていたのだ。まだ水は冷たかったけれど無理やり水着を着て海に入り、姉と二人でグラビアごっこをしながら何枚も何枚も写真を撮った。帰ったら友達に渡すためのお土産も大量に買い、久しぶりに家族でトランプでもしようかと盛り上がりながらホテルに戻ったところで、震災のニュースを知ったのだった。

一体、何が起こっているのかわからなかった。

テレビに映る映像にはまったく現実感がなくて、家や車や人をものすごい勢いで呑み込んで押し流していく灰色の海と、自分が昼間戯れたエメラルドグリーンの海が繫がっているものだとはとても思えなかった。

花巻空港が使えなくなり、予定より一週間以上遅くなって帰宅したあゆ子たちに、叔母はあんたたちは本当にツイている、と繰り返した。家族揃って難を逃れて、怖い思いもせず、家族と連絡が取れない不安を抱えることもなく、いきなり食べ物に困るようなこともなかったんだから、と。

たしかにそうなのだろう、とあゆ子も思った。どう考えても自分たちは奇跡的なほどに運が良くて、それは手放しに喜ぶべきことなのだろうと。

けれどその日から、あゆ子は自分はここにいてはならない人間なのだと感じるようになった。強烈な体験を共有していないよそ者、最も大変だった時期に逃げ出していた裏切り者。

身を寄せ合って「あのとき」の話をし続ける同級生や、親戚や、近所の人たちの輪にあゆ子が入れる場所はなく、帰ったら友達に見せようと思って撮った写真も買ったお土産も、完全に行き場を失った。

あれほど楽しかったはずの家族旅行は、思い出すのも嫌な汚点に変わった。あゆ子は沖縄で撮った写真をすべて削除し、お土産をまとめて捨てた。まるで、証拠隠滅を図るように。けれどそれでも、誰もがあゆ子たちがあのときその場にいなかったことを知っていた。

それをつらいと嘆くことなどできるはずがなかった。なぜなら、自分たちはものすごくツイていたのだから。自分の甘えたつらさなどとは比べものにならないくらい、本当に圧倒的で絶対的なつらさを抱えた人たちがいるのだから。だから旅行なんて行かなければよかったなんて、決して思ってはいけなかった。みんなと同じように、きちんと被災したかったなんて、口が裂けても言ってはいけなかった。

あの日を境に人生が変わってしまったと言う資格など、自分にはあるはずがなかった。けれどそれでもあゆ子は、あの日がなければ、自分の人生はまったく違ったものだったのではないかと思わずにはいられない。

あの日がなければ、きっと自分は東京の大学には出てこなかった。きっと、これほど姉と仲良くなることもなかった。

——そして今も、こんなに慌てて誠を捜したりはしていないのではないか。

「私は怖いんです」

あゆ子は言葉にしながら、そうだったのだ、と思う。あの、誠から連絡を受けた瞬間を、自分が何も気づかずに過ごしてしまったこと。また、当事者になることすらできないままに、取り返しがつかない何かが起こってしまうかもしれないことが。

「それで東京からわざわざねえ」

誠の母親は、先ほどよりも呆れたような声音で言った。だが、その声にはもう訝《いぶか》しげな様子はない。

「お願いします。後悔したくないんです」

あゆ子は頭を深く下げた。もはや、こうするしか手はないような気がした。早くしないと明日になってしまう。

本番が、始まってしまう。

「でもねえ、豪のときに勝手に教えて怒られたことがあったし」

誠の母親は渋るような声で言い、ごめんなさいね、と続けた。

「でも、そんなに心配しなくてもあの子なら大丈夫よ」

あゆ子は愕然とする。

――一体、何を根拠に。

けれどもう、この母親相手に何を言っても無駄な気がした。全身から力が抜けていく。

「あ、そうそう」

誠の母親が、ふと思いついたように声を出した。あゆ子は弾かれたように顔を上げる。

だが、誠の母親はテーブルの上の紙をあゆ子に差し出して言った。

「せっかくだから、あなたもちょっと署名していってくれない？」

再び身体から力が抜ける。誠の母親は、ね、と言いながら紙とボールペンを押しつけてきた。

「百人だから大変なのよ。大丈夫、別に名前だけでいいし、政治とか宗教とかそういうんじゃないから——あ」

突然、誠の母親が動きを止めた。

あゆ子は一瞬何かを期待しそうになって、慌てて誠の母親が何かを続けるよりも早く顔を伏せる。すると正面から「そう言えば」という声が聞こえた。

「ほら、この署名を頼んできた奥さん」

あゆ子が顔を上げるのと、誠の母親が紙の上を示すのが同時だった。あゆ子は誠の母親の手元を見る。

〈古永菜穂《ふるながなほ》〉

「そうだったわ、これ、最初は旦那さんの方が電話をかけてきたのよ。古永良太《りょうた》くん、誠の高校の同級生」

あゆ子は身を乗り出した。誠の母親が「やだ、どうして忘れてたのかしら」とひとりごちる。そして、あゆ子を見て続けた。

「良太くん、誠くんはいませんかってかけてきたのよ。誠から電話があったけど出そびれちゃって、かけ直したけどかからなかったからって、昨日」

## 4　尾上和馬

劇場の扉を開けた瞬間、刺すような視線が集まってくるのを感じた。

足がすくみ、下腹部がずんと下に引っ張られるように重くなる。

何でこいつが、本当にこいつにできるのか、こいつのせいでリハが、その独り占めした時間で何を教わったんだ――渦巻くように絡み合って塊になっていく思いが、尾上にはわかる。

なぜならそれは、自分が逆の立場ならば確実に思っただろうことだからだ。

目の前の男がとんでもないズルをしているような気がして、何でもいいから何かを投げつけてしまいたくなる。羨ましい、ではなく、ずるい。ただ運だけでとんでもないチャンスをつかんだ男が、このまま成功してしまうなんて許せない。失敗しろ。分不相応だったと思い知れ。運も実力のうちだなんて間違ってもうそぶけないように、ここで挫折してしまえ——投げつけるものが何も見つからなくて、代わりに投げつけているような黒く、重い、感情の塊。

それでも、もし本当に彼らが想像しているような状況だったら、こちらの受け取り方も違ったのだろう、と尾上は思う。自分にはこのチャンスを生かすだけの実力があるのだと、そう無邪気に信じていられたままだったなら。

尾上は深くうつむきながら舞台上へと進んでいく。誉田が席を外し、各々がアップをする時間になっても、誰一人話しかけてくる者はいなかった。予想していたことではあるのに、頬が強張ってしまう。

これまで一緒に練習し、励まし合ってきた仲間が、こんなにも簡単に態度を変えるのだということ。それともこれは、今回の公演が終わればまた元に戻るのだろうか——自分だったらどうするだろう。

場当たりの開始を告げる誉田の声にほんの一瞬ホッとして、すぐにさらに憂鬱になる。これで場当たりが始まれば、誉田はまた先ほどまでのように自分を罵倒するだろう。体操はわかったから、そろそろバレエをやってくれないか。おまえの踊りは、どこを切り取っても全部一緒だな。俺の振りが不満なら言ってみろ。不満じゃないなら、そんなひどい踊りになるわけがないだろう。――安い絶望だな。

打ちのめされている自分を見て、団員たちはさぞ溜飲を下げることだろう。ああ、やっぱり。あんな目に遭うのなら選ばれなくて良かったのかもしれない。無理矢理にでも納得するために同情し、尖らせていた視線を和らげる。

そんなふうに同情されるなんてまっぴらだと思いながらも、誤解されているよりはマシなんじゃないかという気もしてくる。せめて実態を知って欲しいと思うのに、惨めな自分を見られるのだと思うと余計に惨めになる。

――いや、違う。他の団員にどう思われるかなんてことはどうでもいいから、とにかく誉田に認められたいのだ。

誉田さえ認めてくれるのなら、それだけで自分は強くいられるというのに。

「一幕の頭」

マイクを手にした誉田が短く告げて場当たりが始まった。

周囲が慌ただしく動き出し、尾上も震えて力の入らない足を交互に動かして舞台袖の所定の位置につく。誉田は照明のスタッフとオケに指示を出し、客席に移動した。

「カインのソロ」

どん、と心臓が跳ねる。だが、考えるよりも先に身体が動いて舞台上へ向かっていた。

ステップを踏みながら最初のジャンプをした途端、「もう少し溜めを」という声が飛んでくる。反射的に全身の筋肉が縮こまり、どこを溜めればいいのだろうと誉田を見たところで、誉田がオケに顔を向けていることに気づいた。

オケがやり直すと手を制すように動かすことで止め、「和太鼓の頭」と短く告げる。

オーケストラ・ピットでメンバーが慌ただしく入れ替わり、和太鼓が響き始めた。

そのまま場当たりは順調に進められていった。途中で流れが止められることもなく、粛々とやるべきことがこなされていく。

——場当たりだからだろうか。

尾上は喉仏を上下させた。

たしかに、考えてみれば場当たりで踊りの内容に一々注意していたりしたら、本来確認するべきこと、特にこのタイミングでなければ確認ができない照明やオケとの調整ができなくなってしまう。

そう理解しているのに、まるで一見何も問題がないかのように進んでいってしまうことにいたたまれなくなる。

だって、自分は誉田が少しも納得していないことを知っている。このままの状態で自分を出演させるつもりなどないことを——そこまで考えて、ふいに尾上はわかってしまう。

——今日自分がこの場に連れてこられたのは、本当にただ位置を確認するための場見《ばみ》り要員でしかないのではないか。

やがて場当たりが終わってゲネが始まると、疑念はさらに濃くなった。誉田は一度も自分の名前を呼ばない。こちらを見ることすらしていない。

動き続けているというのに、身体がどんどん冷たくなっていく。光り輝く舞台が、どんどん遠くなっていく。

出番を終えて舞台袖へ戻ると、膝ががくがくと細かく震えているのがわかった。

このチャンスを生かすことさえできれば、業界的に認められて道が開けるのだと思っていた。素晴らしい才能を持った期待の新鋭であると、そう評価される対象になるのだと。

――だけど、逆だったのではないか。

このチャンスを生かすことができなければ、誉田規一が「使えない人間」だと烙印《らくいん》を押したということになる。

これまで誉田の舞台の主役を務めてきた人間は、誰もが評価され、一目置かれていた。あの厳しい誉田が良しとしたのだから、すごいのだろうと多くの人が考えた。作り手であると同時に批評家としての審美眼がある誉田規一が認めたのだから、と。

特に業界の中心にいる人ほど、誉田の意見を重んじた。それは誉田が「通」だからだ。とにかく大量の舞台を観て、批評家顔負けなほどに踊り手の名前を知っている。海外の有名なダンサーたちが口を揃えて誉田の目の確かさを保証している。

誉田は、器用なところはあるもののそれほど見るべきものはないとされていた若手ダンサーを、特殊で特別な踊り手に変えてきた。だからこそ誰もが、誉田の元で踊りたいと切望した。

けれど誉田は、栗田朋子以外は基本的に無名の新人しか使わなかった。まだ誰の色にも染まっていないダンサーを、とにかく徹底的に自分の色に染め上げる。

そのやり方に反発して離れた者もいたが、そうした人間はそれから五年以上業界でいないものとされていた。特に明確に排斥されるというわけではないのだが、何をやっても話題にされることがなく、評価の俎上《そじょう》にすら載らないのだ。

中にはそれでもめげることなく海外で地道に実績を重ねて再び名を揚げることに成功した者もいたが、おそらく彼は誉田の元を離れなければもっと早くたやすく同じ場所にたどり着いていたに違いない。

——自分はチャンスに恵まれたのではなく、むしろ運に見放されたのではないか。

こんな形で、ろくな時間も指導ももらえずに挑戦させられて、上手くいくはずがないのだから。

ゲネは呆気《あっけ》ないほど滞りなく終わった。

尾上は特に誉田に呼び止められることもなく、他の団員と一緒に楽屋に戻り、着替え始める。誰も話しかけてこなかったが、尾上からも話しかける気にはなれなかった。とにかく一人になりたかった。温かい風呂に浸かって、柔らかい布団で何も考えずに休みたい。

きっともうそうしていいということなのだ、と思うと鼻の奥が鋭く痛み、慌てて唇を噛んだ。家には藤谷がいるのだろうか。いるのだとしたら今は何をしているのだろう。

ふいに、嶋貫あゆ子から連絡が来ていたことを思い出した。

結局藤谷には会えないままだったから、伝言しそびれている。彼女は無事に藤谷と連絡が取れたのだろうか。

鞄に手を入れかけたところで、スマートフォンを誉田に奪われたままだったことを思い出した。何もつかまなかった手を鞄から引き抜き、下ろす。

——誉田は、やはり藤谷を捜し出して使うつもりなのだろうか。

家には帰りたくなくなった。だが、友達の家に行く気にもなれない。誰かにすべてを吐き出してしまいたいという思いと、何も説明したくないという思いが混ざり合っていて、そのどちらの方が大きいのかを考えることすら億劫《おっくう》だった。

——このまま消えてしまえたら。

浮かんだ思いは、ひどく魅力的だった。

何だかもう疲れてしまった。

死にたい、ではなく、消えたい。何もすることなく、ただとにかくすべてから逃げ出してしまいたい。

「おい」

投げつけられるような声がして、全身が硬直する。

「何をしている、さっさと来い」

まだ見捨てられていなかったのだという安堵はほとんどなかった。自分は逃げることすら許されないのだと思った。

誉田が、ついてこない可能性など思いつきもしないというような足取りで楽屋を出て行く。尾上は視界が暗くなっていくのを感じながら荷物をまとめ、後に続いた。

乗り込んだ車が動き始めてからも、誉田は何も言わなかった。尾上も、何も言わずにただ自分の手の甲を見つめ続ける。

おまえはそんなことで絶望するのか、という声が脳裏で響いていた。俺は簡単に絶望という言葉を使う人間を信用しない――自分は、誉田から信用されていない。けれど、その事実が先ほどよりも抵抗なく自分の中に落ちていく。

スタジオに着くと、誉田が磨き上げられた革靴を脱ぎながら唇を歪めた。

「無様だったな」

どう答えればいいのかわからずに黙っていると、「おまえもそう思うだろう」とその笑顔に似た表情を向けてくる。尾上は、そうですね、と答えながら媚びるように頬骨を無理矢理持ち上げた。誉田は途端に興醒めしたように無表情に戻る。その表情の変化に、無様なのはおまえだと言われたような気がして、尾上もまた真顔に戻り、答えたことを心底後悔した。

唐突にはしごを外されることは、何度やられても慣れない。この人はただ、相手を支配したいだけなのだ。相手を混乱させ、萎縮させることで徹底的に服従させる。羞恥と後悔でがんじがらめにして、身動きを取れなくさせるのが目的なのではないか。

「おまえは本当に根性がないな」

誉田が呆れた口調で言った。

尾上はショックを受けそうになって、咄嗟に心に壁を作る。言葉を受け止め過ぎてしまわないように、これ以上傷つかないように。

するとすかさず誉田が「おまえは逃げてばかりだな」と鼻を鳴らした。

「体操で上手くいかなきゃバレエに逃げ、バレエで上手くいかなきゃコンテに逃げ、ちょっと怒られればすぐにいじけて殻に閉じこもる」

「俺は逃げたわけじゃ……」

「逃げているだろうが」

思わず言い返しかけた言葉を遮られる。

「そうやって予防線を張り続けて逃げ道を確保し続けていることのどこが逃げていないんだ。才能がなかった、やりがいが見出せなかった、俺は本当に運がない」

運、というまさに先ほど自分が考えた言葉にぎくりと肩が強張った。

おまえみたいな甘えた人間を見ていると虫酸《むしず》が走るんだよ、と誉田が低く吐き捨てる。

「自己憐憫《れんびん》に浸って努力する振りだけして上手くいかなければ全部周りのせい。どうしてだと口にしながら本当に原因を探ろうとする気なんて微塵もない。どうして自分だけがこんな目に、どうして自分を認めてくれない、どうしてどうしてどうして——カインにそっくりだ」

ハッと尾上は顔を上げた。

「おまえは、カインの気持ちがわかると言っただろう」

誉田は、尾上を真っ直ぐに見据える。

「それはわかるだろうよ。おまえはカインによく似ているんだから。拒絶されたというだけで傷ついて混乱して恨んで自分を見失う。どれだけ優しい世界で生きてきたのかと呆れるくらいに簡単にゼツボウしてみせる」

尾上は身動きが取れなかった。この話を、どう捉えればいいのか。だから誉田は自分をカイン役に抜擢したのだろうか。

だが、そう考えたところで誉田は続けた。

「おまえがカインのように傷ついて混乱して恨んで見失ってゼツボウしたとして、だから何だっていうんだ」

尾上は目を見開いた。

「おまえが何を感じているのか、何を見ているのかなんて、どうだっていいんだよ」

ふいに、誉田が藤谷に繰り返していた言葉が蘇る。

『おまえの目には、今何が見える』

だったらあの言葉は何だったというのだろう。カインを演じるためにはカインと同じものを見る必要があるのではなかったのか。

「……でも、藤谷さんには、何が見えるのかって」

「おまえは藤谷ほど動きの語彙《ごい》力があるのか」

――動きの語彙力。

「だからおまえは根性がないんだ。何でもすぐにわかった気になって目を逸らしてしまうから、語彙が増えない。おまえの寡黙な踊りは誰にも何も伝えない」

今、自分はとても大事なことを言われたのだとわかった。

誉田は今、自分のために言葉を紡いでくれている。誉田は、自分をちゃんと見てくれていた――そこまで考えて、尾上は思い至る。

誉田が自分に対して繰り返していた『速い』という言葉。

どれだけ速度を落としても言われるから途方に暮れていたが、あれは「速い」ではなく「早い」だったのではないか。

——ああ、そうだ。誉田はよく言っていたではないか。

『観察しろ。自分がどういう感情のときにどういう表情をするのか。どういう仕草をするのか』

言われるたびに鏡を見たし、自分の表情や仕草を確かめてきた。だが、それですぐに見るのをやめていた。

何でもすぐにわかった気になって目を逸らしてしまうから、語彙が増えない——たしかに自分は、本当にきちんと観察したことなどなかったのではないか。

昨日、ペットボトルの真似をしろと言われたときもそうだった。まず中の水のことだと考えて特に中身を見ようともせずに踊り始めた。誉田に『はやい』と言われて速度を落とし、それでも『はやい』と言われて、やはりペットボトル本体のことだったのだろうかと考えた。そしてこれまた特に対象を観察することもなく、すぐに動き始めた。

——誉田が口にした『はやい』という言葉は、踊り始めるまでが『早い』ということだったのだ。

誉田に置き去りにされてようやく改めてペットボトルをまじまじと見つめたが、今考えればそれだって表層的なものでしかなかった。どういう形をしていて、どこに重心があるか、どこが潰れていて、水滴はどういうふうについているか。それだけを確認したところですぐにそれを表現する方法を考え始めた。重心が低いことを表現するにはドゥミ・プリエ、全体的に細長く、上が細くすぼまっていることを表現するには腕はアン・オー、潰れている部分を表現するには左の側のあばらを微かにへこませ、けれど腕の位置は変えないようにする——その安直さが今ならわかる。

思いついたものをすぐに実行に移し、違うかもしれないと思えば別の動きを試してみることはあっても、本当に対象を観察し尽くしながら試行錯誤を繰り返したことはなかった。

ありものの表現を無造作に組み合わせ、それで何かを表現した気になっていた。

感情についてもそうだ。戸惑い、恐怖、自己嫌悪、悲しみ、怒り、焦り、混乱、絶望——そうした、辞書に載っているような言葉を貼り付けて理解したつもりになって、自分の本当の感情の動きや身体の変化を読み取ろうとはしてこなかった。

尾上は、頰が熱くなるのを感じる。

トリプル・ピルエット、ジュッテ・アン・トゥールナン、トゥール・ザン・レール、アラセゴン・ターン——自分が振りの要素として認識してきた動きたち。

誉田に「体操」だと指摘されて、振りの中の技を体操のように個別の技として考えているわけではないのに、と反発した。振りの流れの中に存在していることはわかっているし、技という形では認識されることがない動作でも気を抜いたことはないのに、と。

だが、そもそも振りの要素の一つ一つをありものの動きの名前で把握していたこと自体が、何もわかろうとしていなかった証拠なのではないか。

「いいか、タイムリミットは明日の朝だ」

誉田の言葉に、反射的に背筋が伸びた。誉田は尾上を見据えて低く告げる。

「明日の朝、もう一度だけ見てやる」

# 第四章　群舞

## 1　松浦久文

おはようございます、と江澤は夕方にもかかわらず言い、キャスケット帽のツバをほんの少しずらしながら会釈をした。

「お久しぶりですね。お元気ですかって訊くのも変ですけど」

訊くそばから質問を回収するように苦笑されて、妻はどう答えるべきか一瞬迷ったようだった。それでも目を細めて「久しぶりね」と答えると、江澤はふっと妻から視線を逸らすようにして真横を向く。

「たぶん、そろそろここから出てくると思うんですよ」

会うのが数年ぶりだとは思えないくらい自然な口調だった。松浦としても、何度か妻から江澤のブログを見せられてきたせいか、不思議とあまり久しぶりという気はしない。

江澤は、以前会ったときよりも痩せて現役時代の頃の体型に戻っているように見えた。だが、目に滲む昏《くら》さは変わっていない。

「約束をしているわけではないの?」

「でもゲネは会場の都合があるから、そこまで時間が延びることはないはず」

江澤は答えるというよりも半ばひとりごとのように言い、四角い柱の陰に隠れるようにして立った。出入り口の扉を見張りながら「あ、一応言っておくと先にH田が出てくると思います」と続ける。

H田——誉田が、と脳内で変換した途端、松浦はしまった、とまず思った。そうだ、どうしてよく考えてみなかったのか。ゲネの後に劇場前でということは、誉田規一も通るということだ。

——妻が、誉田規一の姿を目にすることになる。

松浦は妻を振り向いたが、妻は出入り口の扉に目を向けたままだった。それでもおそらく、松浦が振り向いたことには気づいているのだろう。気づいていても視線を動かそうとしないことが妻の意思表示に思えた。

松浦は、妻の肩に手を置く。骨張った肩は手のひらの中で小さく揺れたが、すぐに元の位置で止まった。

そのまま、三人とも無言で並ぶ形になる。

しばらくして、ふと江澤が「すみません」とつぶやいた。

松浦と妻が振り向くと同時に、身体を反転させて柱にもたれる。

「自分から言い出しておいて何なんですが、やっぱりまだＨ田の姿を見る気にはなれないので、あいつが通り過ぎたら教えてもらってもいいですか」

いつの間にか、江澤の顔は白くなっていた。重力に負けるように、その場にしゃがみ込む。

「大丈夫？」

妻がすばやく膝をついた。

「情けないです」

江澤は折り畳んだ膝に額を埋めるようにして片手だけを上げる。

「何を言ってるの」

妻は優しく叱りつけるように言った。

「情けないことなんて、全然ない」

声を震わせながら江澤の頭を抱える。

「大丈夫だから」

「すみません」

「謝らなくていいの。大丈夫、大丈夫」

江澤の背中をさすりながら唱えるように繰り返す妻の姿に、松浦は足が地面に縛りつけられるのを感じた。

この光景を、見たことがある。

何十年も前——穂乃果がまだ、幼かった頃。

視界の端で何かが動いたのはそのときだった。

ハッとして振り返り、漏れそうになった声を寸前で飲み込む。

誉田規一は無表情で歩いていた。

五十代だとは思えないほど引き締まった身体、真っ直ぐに伸びた背筋、長い手足を持て余すことなく、すべての力が無駄なく連動していることがわかる歩き方。

取材に対応する姿をテレビや誌面で目にすることはあったが、直《じか》に見るのは三年ぶりだった。

だが、誉田規一は少しも変わっていないように見えた。むしろ、特別な経験などなくても普通に生きていれば変化するであろう分さえも。

その斜め後ろ、二メートルほど離れた場所から、江澤と同じくらい白い顔をした青年がついていくのが見えた。青年は大きめの鞄を胸の前で抱え、数メートル歩いては誉田規一に離されて小走りになり、また数メートル歩いては二メートルほどの距離まで駆け寄るというのを繰り返している。

それでも誉田規一は青年を一顧だにせず、そのままエントランスを出て行った。

松浦は強張った首を動かして、妻と江澤に視線を戻す。

江澤は、妻に背中をさすられるままに身を委ねていた。妻の表情は見えない。確かめる気にはならず、松浦は口を開いた。

「通り過ぎたよ」

江澤は弾かれたように顔を上げる。妻の腕を押しのけるようにして立ち上がってから、ありがとうございます、と会釈して柱の横に戻った。

しばらくして、先ほど誉田規一が現れたのと同じ扉から、何人かの男女が現れ始める。江澤は動かなかった。そのまま四組の集団を見送り、五回目に扉が開いた瞬間、「来た」とつぶやく。

松浦も江澤の視線の先を向くと、細長い男が遠くから歩いてくるのが見えた。ゆったりとした大股で歩いていた男は、江澤に気づいた途端、慌てたように周囲を見回す。そんな自分の動作にさらに慌てたように顔を伏せ、小走りになってから途中で速度を緩め、江澤の三メートルほど手前で作ったような笑顔を上げた。

「江澤さん、どうしたんですか、こんなところで」

男は戸惑いを隠しきれずにいることを認めたがらないように、親しげに片手を上げた。

「いきなりなんでびっくりしましたよ」

弁解するように言う口調には、けれど明らかに迷惑だという感情が滲んでいる。松浦が江澤を見ると、江澤は小さく顔を歪めて舌打ちをした。

「忙しいだろうと思ってわざわざ来てやったのに何だよ、その迷惑そうな態度は」

松浦は目を見開く。

一瞬、誰が発言したのかわからなかった。男が「あ、いや別に迷惑とかじゃ……」と萎縮したことで、やはり江澤が言ったのだと理解したが、それでもすぐには信じられないほどの豹変ぶりだった。

「あからさまに周りを気にしやがって、そんなに俺と会っているところを――あいつに見られるのが怖いのかよ」

江澤は吐き捨てるように言ったと思うと、すぐに唇の端を歪めるように持ち上げる。

「まあ怖いよな」

男は、反応に迷うように顔をひきつらせた。それから、大仰なほどに表情を崩す。

「いや、もう江澤さん勘弁してくださいよお」

媚びるように江澤の肩を叩き、声のトーンを落として「江澤さんもわかるでしょ」と続けた。

一連のやり取りを見ながら、松浦は居心地の悪さを感じる。

関係性としては、覚えがあるものだった。体育会系にありがちな上下関係。序列を思い知らせるために行われる威嚇と服従の儀式。

だが、それにしても江澤は少しやり過ぎだった。その過剰さが痛々しく感じられるほどに。

「こいつが宮木《みやぎ》ですよ」

江澤が顎をしゃくるようにして紹介し、宮木は、どうも、とどこか気まずそうに会釈をした。妻もほんの少し戸惑ったような声音で「松浦です」と返す。すかさず江澤が「ほら、松浦さんだよ、前に話しただろ、松浦穂乃果さんの」と言葉をかぶせた。

ああ、と宮木の顔に得心したような表情が浮かぶ。

会話に間が空き、それを埋めるように宮木が「そう言えば」と切り出した。

「江澤さん、今度の西バレエスタジオの舞台に出るって聞きましたけど」

「ああ、別に」

江澤は煩わしそうに短く答えてから、なぜか松浦と妻に対して言い訳をするように「ただのしがない発表会ダンサーですよ」と言う。卑下するような口調だったが、松浦にはそれがどんなものかわからなかった。つまりバレエを続けていたということなのだろうかと考えたところで、江澤が「そんなことより」と不機嫌そうに手を払う。

「こんな直前に主役が交代なんて何があったわけ」

「いや、何があったっていうか、単に藤谷さんがリハに来なかっただけですよ」

「リハに来なかった？」

はい、と宮木は小さくうなずいた。

「時間になってもスタジオに来なくて、しかも誰も連絡を受けていなかったんですよ。おいおいまずいだろって思っているうちに誉田さんが来ちゃって、で、すぐに誉田さんが代役のオーディションを始めて」

「え、それだけ？」

江澤が首を前に突き出すと、宮木は「それだけですよ」と返す。

一瞬沈黙が落ち、それを破るようにして「いやでもさ」と江澤が口を開いた。

「たったそれだけでいきなり降板ってのはひどくないか？　それまで何カ月もしごきに耐えてきたんだろ？」

「そうですか？　俺はむしろ最終リハを無断で休む方がどうかと思いますけど」

宮木は冷えた表情で言い、首筋を撫でる。江澤が言葉に詰まり、また沈黙が落ちた。

宮木がちらりと腕時計に目をやる。話を終えられてしまいそうな気配に、妻が慌てた様子で口を開きかけた瞬間、

「そういや代役って誰」

江澤がぶっきらぼうな声音で訊いた。

「……尾上です」

「オノウエ？」

「江澤さんが辞めた後に入ってきたやつですよ。元々体操をやってたとかで、アクロバット系の技が得意なやつなんですけど、正直あいつが代役ってのはなあ」

宮木がぼやくように言うと、すかさず江澤が「下手なの？」と尋ねる。宮木は、「いや、別に下手ではないんですけど」と言いながら頭を掻いた。

「だけど特にずば抜けて上手いってわけでもないし、まだ入ってきて三年ちょっとだし」

「年数は関係ないだろ」

「それはそうですけど……」

江澤の言葉に、宮木は不満そうに声をすぼめる。今もなお先輩面してくるおまえにだけは言われたくない、と思っているのが明らかだったが、江澤は気づかないのか「実力勝負の世界なんだから」と続けた。

宮木は「まあ、でも」と言いながらため息をつく。

「短時間でそいつを鍛え上げないといけないってことでリハは中止になるし、正直こっちとしては迷惑ですよ」

江澤は口を開きかけたが、何も言わないまま閉じた。そのまま、またしても会話が途絶え、宮木が再び腕時計に視線を向ける。

「あの」

こらえかねたように声を出したのは妻だった。

「一昨日の練習中には何があったんでしょうか」

「え？」

宮木は、妻から質問を投げかけられるとは思っていなかったようで、目をしばたたかせる。

「いや、別にいつものように誉田さんが藤谷さんをいびってただけで特別なことは何もなかったと思いますけど……」

「でも、誉田規一は俺が間違っていたと言ったんですよね？」

妻が身を乗り出すと、宮木は少し驚いたように身を引き、江澤を見た。

「え、いや、言ってましたけど……」

「いびるっていうのは、具体的にどんなことをしていたんだ？」

江澤の問いに、宮木はほんの少しホッとしたような顔になる。

「えっと、下手くそとか怒鳴ったり倒れるまで踊らせたりするのはいつものことですけど……今回の公演で言えば、リハに本物の肉を使っていたのは新しいっちゃ新しいかもしれませんね」

「本物の肉？」

「実際に本物のナイフを使って、人型に固められた肉に向かって突進していくっていう訓練をしてたんです。今回の公演の肝は殺人シーンなので、そこにリアリティを出すために」

松浦は眉根を寄せる。だが、あまりイメージは湧かなかった。咄嗟に考えたのは不衛生だということで、むしろ罵倒され続けるよりは意味のある訓練のような気がしてしまう。

「あとは、わざわざ合宿までしたのも今回が初めてですし……それに、団員でもない弟と比べてけなすってのも、今回ならではかもしれません」

「弟？」

松浦が訊き返すと、宮木は「今回、舞台芸術を担当するのが藤谷さんの弟さんなんですよ」と説明した。

「藤谷豪っていう、そこそこ有名な人みたいなんですけど、知りません？」

松浦は妻と顔を見合わせる。

宮木は「まあ、マイナーっちゃマイナーですけど」とあっさり前言撤回し、えーと、と視線を泳がせた。

「今回の『カイン』は、聖書のカインとアベルの話が元になっているんです。カインとアベルの兄弟は神に捧げものをするんだけど、神が弟のものしか喜ばなかったから兄は弟を嫉妬のあまり殺してしまうっていう」

なるほど、と松浦が相槌を打つと、宮木は「たぶん、それの再現のような感じなんだと思うんですよね」と首を傾げた。

江澤が顔をしかめる。

「カインの心理に近づけさせるためにわざわざ弟を起用して比べてたってことか？」

「本当にそういう意図なのかはわからないですけどね。いくら兄弟だからって、誉田さんが納得がいかない絵を使うはずがないし」

宮木の口調が何気ないものだったからこそ、松浦はそこにある距離感の違いに気づいた。この子は今も、誉田規一に心酔しているのだ。

宮木も、自分の言葉が誉田をかばうものになっていると気づいたのか、「でも、たしかにあれは結構嫌な追い詰められ方だった気もしますね」と言葉を繋いだ。

「それでなくても、同性の兄弟ってちょっと意識しちゃうところがあるじゃないですか。あいつにだけは負けたくないっていうか。なのに、その相手と比べられまくって、その上おまえは表現者として負けている、弟に劣っているって繰り返されるわけですから。それどころか、弟の方も昔バレエをやっていたらしいって話まで持ち出して、弟の踊りが見てみたかった、弟が続けていた方がよかったんじゃないかとまで言われるんだから、あれはさすがにきついなって」

「相変わらずひどいやつだな」

江澤が顔をしかめると、宮木は賛同とも反論とも取れる表情で肩をすくめてみせる。

「それで、あの男が俺が間違っていたと言ったたっていうのは」

妻が言うと、宮木は話を戻されたことに戸惑うような顔をした。

妻は一歩、宮木に歩み寄る。

「どういう流れの中で言われた言葉だったんですか」

「流れっていうか……」

宮木は微かに怯えたように身を縮めた。

「単に、藤谷さんの踊りに納得がいかないから、自分の指導方法が間違っていたって感じで」

「それは、自分の非を認めて反省したっていうことでしょうか」

「うーん、反省っていうのとは違うと思うんですけど……」

宮木は困惑げに視線をさまよわせる。

松浦は、目の奥に鈍痛を覚えた。やはり、来るべきではなかったのだ、と思う。だが、どうすれば妻を止められたというのか。

「何ていうか、そういうのだったら、藤谷さんに謝る感じになるわけですよね。でも、一昨日のはそういうんじゃなくて、むしろ、本番直前に自分を失望させたことを責めるような感じというか……あるじゃないですか、そういうの。おまえなんかに期待した俺が間違っていた、みたいな」

妻の目が、少しずつ曇っていく。

松浦は、つま先に視線を落とした。

──誉田規一は、反省などしていなかった。

わかっていたことだった。あの男が、反省なんてするわけがない。真意を探ろうとしたところで失望するだけだと。

そうわかりながら、それでも妻を止めきれなかったのは──自分でも、どこかで期待していたからだ。

ただあの男を恨み続けていることにも、そんな妻を目にし続けることにも、疲れ果てていた。どこかで何らかの区切りをつけてしまいたかった。誉田規一の変化を見届けることができさえすれば、少しは何かを切り替えることができるかもしれないと思っていた。──自分は、何と愚かだったのか。

煙草が吸いたい、とふいに松浦は思った。思いきり煙を吸い込んで、吐き気のままに身体の中にあるものをすべて吐き出してしまいたい。

「そう言えば、藤谷さんは今どうしてるんですかね」

小さくつぶやいたのは宮木だった。

松浦のまぶたの裏に、顔の上に白い布をかけられていた穂乃果の姿と、書き殴られていたノートの文字が混じり合うようにして浮かぶ。

私のせいでみんなが迷惑している、もう消えてしまいたい――

「その子は……」

妻が、喉の奥で絡むような声を出した。

「死にたくなったりしていないかしら」

視界の端で、宮木が表情を強張らせるのが見える。

だが、次の瞬間、江澤が低い声で言った。

「あるいは――誉田を殺そうとしているか」

松浦は江澤を見る。

江澤は宙を見つめながら口元だけで笑っていた。

「だってそうでしょう。誉田のせいで人生がめちゃくちゃになったんですよ。それまでずっとバレエ漬けで生きてきて、やっとの思いでHHカンパニーに入って、これで夢を叶えたんだ、これからだってときに潰されて」

江澤の口元から、少しずつ笑みが消えていく。

「実力はあったんですよ。才能はあって、努力だってしていた。なのにあいつの勝手な自己満足のせいで全部を台無しにされて――」

そこまで口にして、揺らがせていた視点を宙の一点に定める。

「俺だって、何度も殺してやりたいと思いましたよ。ナイフだって買ったし、スタジオの近くまでそれを持っていったこともある。……だけど、最後の最後で使い方がわからなかった。そりゃそうですよ、そんなふうにナイフを使ったことなんて一度もないんだから」

江澤は、今度は顔全体を自嘲するような形に変えて、妻を見た。

「笑っちゃいますよね。結局いくら被害者の会とか言って集まったってあいつは痛くもかゆくもないんだから」

松浦はぎくりとする。——わかっていたのか、と思い、自分がまさにそうした目で江澤を見ていたのだと気づかされる。

だけど、と江澤はつぶやくように続けた。

「藤谷はリハの中でずっと人を殺すための訓練をさせられていたわけでしょう。実際にナイフをつかまされて、人型に固められた肉に向かって突進していく訓練までやらされていたんだとしたら——最後の最後で踏みとどまらないかもしれない」

「そんな……」

妻が、両手で口を押さえた。

宮木が、何かを思い出しているような顔で「たしかに」と顎を引く。

「一昨日のリハでも、誉田さんが『殺せ』って言った瞬間に藤谷さんが何の躊躇いもなくアベル役の蛯原さんに突進していったんですよ。何かもう反射というか、本能みたいな感じで……あれはたしかにちょっとヤバいなって」

ちょっとヤバい、というどこか拙《つたな》い、だからこそ実感が込められた語彙に、松浦は喉仏を上下させた。

「……その藤谷という子は、今どこに」

「それがわからないんですよ。連絡がつかないみたいでスタッフも困ってて」

宮木は首筋を撫でながら答えてから、江澤と妻にうかがうような目を向ける。一瞬、怯むような表情になり、それをごまかすように今度こそはっきりと腕を持ち上げて腕時計を見た。

「すみません、俺、そろそろ行かないと」

つぶやく声音で言って、すばやく立ち去る。

柱の傍らには、江澤と妻と松浦の三人だけが取り残された。

松浦は、妻の横顔を見る。

妻は、宙を見たまま、松浦の方を見ようとはしない。

見られていることに気づいていないのか、気づいていて視線を動かさないようにしているのか、今度は松浦にもわからなかった。

## 2　嶋貫あゆ子

指定された喫茶店は、市場そばのショッピングビルの一階にあった。

土産物屋に囲まれているが、店内はシックな色合いで統一されているからか意外に落ち着いた雰囲気がある。その一番奥の席に座っているスーツ姿の男性に声をかけると、男性は慌てたように腰を浮かせた。

「古永です。すみません、わざわざ来てもらっちゃって」

むしろ時間を作ってもらったのはこちらの方だというのに、古永は恐縮したように頭を下げる。

「ちょっと仕事を抜け出してきたもんで、この辺から離れづらくて」

「お仕事中にごめんなさい」

あゆ子は身を縮めながら、期待と嫌な予感が膨らんでいくのを感じた。突然の連絡にもかかわらず、仕事を抜け出してまで会ってくれるということは、誠のことで何か知っているのではないか。――そしてそれは、あまりいい情報ではないのではないか。

だが、今にも本題に入りそうな気配に反して、古永は「えっと、とりあえず何か飲み物でも」と言ってメニューを差し出してきた。あゆ子は反射的に受け取り、メニューに目を通す。何か温かい物が飲みたい気分ではあったが、コーヒーを飲む気にはなれなかった。寝不足だからか、緊張が続いているからか、先ほどから少し胃が痛んでいる。

「じゃあ……このホットゆずというのを」

メニューを指さして言うと、古永は「ホットゆず、いいですね」と言いながら片手を上げ、やってきた店員に向けて「ホットゆずと、俺はブレンドで」と告げた。

店員が立ち去るやメニューを慣れた様子でテーブルの脇に片付ける。

「そう言えば、私学助成金の署名の件、誠のお母さんに頼まれませんでした？」

「あ、はい。頼まれました」

「何かすみません、うちのがあのお母さんなら顔が広そうだからって調子良く頼んじゃって」

古永は申し訳なさそうに眉尻を下げた。

「うちも子どもの幼稚園から頼まれただけなんですけど、うちのやつ、ついそういうの断りきれずに持って帰ってきちゃうんですよ」

「お子さんがいらっしゃるんですね」

あゆ子はそう返しながら、私学助成金の署名を集めているくらいなのだからそれはそうかと思い直す。古永は「もうすぐ四歳です」と目を細めた。

あゆ子が思わず「あ、うちの甥っ子と一緒です」と答えると、「甥っ子くんかあ」とどこか嬉しそうにうなずく。

「男の子もかわいいですよねえ」

「お嬢さんなんですか？」

「そう、うちは女の子」

それまでよりも気さくな口調で言いながらスマートフォンを出し、待ち受け画面を向けてきた。目を糸のように細めて頬に指をさすようにしてポーズを取った女の子は、とても愛らしく、古永によく似ている。

「わあ、かわいい」

「すみません、親ばかで」

古永は照れたようにスマートフォンをシャツの胸ポケットにしまった。そこに店員がお盆を手に現れて「ホットゆずのお客様」とカップを手にすると、古永は恭《うやうや》しく手のひらであゆ子を示す。

あゆ子は店員がテーブルを離れるのを待ってからひと口ホットゆずに口をつけ、カップをソーサーに置いた勢いで「あの」と切り出した。

「えっと、さっき誠さんのお母さんから、古永さんが誠さんからの電話を受けたらしいって聞いたんですけど」

本当ですか、と続けそうになり、その言い回しは何だか変な気がしてそこで口をつぐむ。すると、古永は持ち上げかけていたカップを口をつけないまま静かに戻した。

「嶋貫さんは、誠の行方を捜していると聞きました」

「そうなんです。一昨日の夜に彼から電話とメッセージがあったんですけど、ちょうどそのとき機内モードにしてしまっていて、朝まで気づけなくて」

「どんなメッセージだったんですか？」

あ、はい、とあゆ子は慌ててスマートフォンを出し、誠からのメッセージを表示して古永へ向ける。古永は微かに険しい顔で受け取り、画面を覗き込んで眉根に皺を寄せた。

「……これは」

「カインっていうのは、彼が主役を務める舞台のことです」

「いや、それはわかっているんだけど」

古永は画面を見つめたままそこまで言い、あゆ子にスマートフォンを返しながら「連絡はこれだけ？」と尋ねてくる。

あゆ子は、はい、と短くうなずきながら受け取った。

「朝になって気づいて、慌てて電話をかけ直したんだけど繋がらなくて……」

「じゃあ、誠に何があったのかは知らない？」

「何もわからないんです。古永さんは、何かご存じですか？」

「いや、俺も……」

古永が、ふいに視線を手元に落とす。それから、自分のその動きに意味をつけようとするかのようにコーヒーカップに手を伸ばした。

その仕草に、あゆ子は直感的に引っかかる。

——この人は、本当は何か知っているのではないか。

「古永さんも誠さんからの電話に出そびれちゃったって聞いたんですけど、古永さんは何時頃かけ直したんですか？」

「俺は……えーと、たしか二十三時過ぎだったかな」

「そのときにはもうかからなかったんですか？」

「そうなんだよ」

嘘だ、と今度は先ほどよりもはっきりと思った。

そう思ったことで、そうだ、と思い至る。

考えてみれば、ただ友達からの電話に出られなかったというだけで、わざわざ実家に電話をかけたりするものだろうか。

「古永さんは、彼はどうして連絡してきたんだと思いますか？」

「いや……それがよくわからないんだよ。実は誠ってあんまり自分から連絡を寄越すタイプじゃないんだよね。久しぶりに飲みにでも行くかっていうのも、大抵俺か、もう一人の仲が良かったやつが言い出して、誠は予定が合えば参加するって感じで。だから電話に気づいたときも、あれ、どうしたんだろう、珍しいなって驚いて」

「それで、気になって実家にもかけたんですか？」

「ああ、うん。そう」

「誠さんは東京に住んでいるのに？」

質問を重ねると、古永はあゆ子をじっと見た。あゆ子は咄嗟に視線をそらしたくなったものの、何とかそのままこらえる。

するとと古永は、ふっと息を吐いて天井を仰いだ。

「……ってのは、やっぱりさすがに不自然だよなあ」

「本当は違うんですか？」

すかさずあゆ子は身を乗り出す。

古永は、いや、違うっていうか、と言いかけて、観念したように「ごめん」と座り直した。

「本当は、電話には出たんだよ」

「え、そうなんですか？」

あゆ子は目をしばたたかせる。何か隠しているようだとは思ったものの、まさか電話に出ていたとは思わなかった。

「それで、誠さんは何て」

「それが……よくわからなかったんだよね」

古永は頭を掻きながら答えた。

「電話に出たのは出たんだけど、結局何の用でかけてきたのかはわからなくて」

「誠さんは何て言っていたんですか？」

「久しぶり、とか、最近どう、とか、そんなんだけで、何だよ珍しいじゃん何か用があるんじゃないのって水を向けても、いや別に用はないんだけどって言うだけで」

あゆ子は眉根を寄せる。

——それは、どういうことなのだろう。

ただ、誰かとしゃべりたくて友達にかけたものの、本題については切り出せないまま切ってしまったということなんだろうか。

「だけど、だったらどうしてさっきは電話には出ていないって言ったんですか」

「いや……それは何となく」

「何となく？」

「……本当に何となくとしか言えないんだけど、あいつの様子がおかしかったから、電話で話したってことは言わない方がいいような気がして」

気まずそうにうつむいている古永を眺めながら、やはり何かに引っかかる。けれど、今度は何に引っかかっているのか自分でもよくわからなかった。

古永は指の爪を撫でながら、いやさ、と弁解するように口を開く。

「さっき誠のお母さんから、誠が行方不明で公演の前日なのに連絡もつかないらしいって聞いて、じゃあ俺はもしかしたら大事な連絡を受けたんじゃないかって気になってきて……俺も、今日何度か誠に電話したんだよ。だけど、何回かけても全然繋がらなくて、一体何があったんだろうって思ったら不安になってきて」

古永の表情は、本当に誠を案じているもののように見えた。それでも、まだ何かを隠しているような気がしてならない。

「古永さんは、誠さんは今どこにいるんだと思いますか」

あゆ子は古永を正面から見つめて訊いた。

古永は考え込むように拳を口に押し当て、「たぶん……家だと思うんだけど」と答える。

「家？　その一昨日の電話のときは家にいたんですか？」

「ああ、その日はルームシェアしている子が友達の家に泊まっていて帰ってこないっていう話で」

「そのルームシェアしている子が知り合いなので連絡したんですけど、なぜかその子とも連絡がつかなくなってしまったんです」

「え？」

古永は見開いた目をあゆ子に向けた。あゆ子は、昨日の朝の時点では連絡がついたんですけど、と続けてからその後の経緯について説明する。

古永は、再び何かを考え込むように宙を見据えた。

「普通に考えたら、さすがにその子も昨日は家に帰ってるよな。公演の直前なんだし」

「だと思うんですけど……それに、どうしてずっと携帯が繋がらないままなのかもわからなくて」

そこで言葉を止めると、沈黙が落ちる。

あゆ子はホットゆずのカップを両手で包むように持った。手のひらと指先にほのかな熱を感じながら、本当に、一体何がどうなっているのだろう、と考える。

今、誠はどこで何をしているのか。

昨日の朝の時点では連絡がついた尾上と、なぜいきなり連絡がつかなくなってしまったのか。

誠は、自分や古永に何の話をしようとしていたのか。

古永とは電話が繋がったというのに、肝心な話は何もしなかったというのはなぜなのか。

そして――明日の公演はどうなってしまうのか。

「……もう、間に合わないんでしょうか」

声が、微かに震えてしまう。

「HHカンパニーが正式にキャスト変更を発表していないってことは、明日の公演までに間に合えば、まだ誠さんが出演できる可能性も残っているんじゃないかと思っていたんですけど……」

「家の場所はわからないんだよね？」

はい、とあゆ子は顎を引いた。

「誠さんのお母さんに教えてもらおうと思ったんですけど、本人が教えていないのに勝手に教えることはできないって」

そっか、と古永は声のトーンを落とす。あゆ子はカップから手を離し、古永さん、と呼びかけながらテーブルに両手をついた。

「誠さんが何の話をしようとしていたのか、本当に心当たりはありませんか」

一瞬、古永は虚をつかれたような顔になった。

だが、すぐに目を伏せ、申し訳ない、と頭を下げる。

「俺があのとき、ちゃんと対応できていれば……」

その表情は、心底悔いているように見えた。

やはり、何かを隠しているように感じたのは気のせいだったのか――それとも、何か知っていてほしいという自分の願望によるものだったのだろうか。

あゆ子は下唇を噛みしめる。

あのとき、ちゃんと対応できていれば――それは、自分も同じだった。あのとき、誠の電話に出られていれば。尾上と連絡がついたとき、せめて家の場所を教えてもらっていれば。誠のお母さんにもっと上手く話ができていたら。

テーブルに置いたままの手を見下ろすと、ニットの袖口から腕時計が見えた。十五時三十二分――とりあえずこれからすぐに東京に戻ったとしても、夕方だ。それに何より、自分はもう、これ以上どこをどう捜せばいいのかがわからない。

「とにかく、明日には公演が始まるってことは、少なくとも明日になればそのルームシェアしている子のことは会場でつかまえられるよね」

古永の言葉に、あゆ子は顔を上げ、また伏せた。

「……たぶん」

たしかに、最悪でも明日になれば尾上とは連絡がつくようになるはずだ。

――だとすれば、もう明日まで待つしかないのだろうか。

古永が、ちらりと腕時計を確認した。

「申し訳ない、そろそろ仕事に戻らないと……」

「私こそお仕事中にごめんなさい」

あゆ子は慌てて腰を浮かせ、背もたれにかけてあったコートを手に取る。古永は名刺入れから名刺を一枚出すと、その裏にすばやく携帯の番号とメールアドレスを書きつけた。

「本当なら俺も東京まで行きたいところではあるんだけど……誠と連絡がついたら教えてもらえないかな」

あゆ子は差し出された名刺を受け取り、はい、とうなずく。何気なく名刺を裏返すと、弁護士事務所という文字が見えた。

「弁護士さんなんですか」

「まあ、新米だけどね」

古永は肩をすくめてみせる。あゆ子はその手堅い印象の名刺を眺めているうちに、ふと誠が「カイン」の主役に抜擢されたとき、自分にはこれしかないから嬉しいよりもホッとした、と言っていたことを思い出した。

ずっとバレエだけで生きてきたという誠――目の前の誠の元同級生が、弁護士という仕事を持っていて、子どもまでいるという事実に、微かに胸が詰まる。

思考を払うように名刺を鞄の内ポケットにしまうと、その中に入っていたスマートフォンの画面に通知が出ているのに気づいた。

差出人の欄に書かれた江澤智輝、という名前が一瞬誰だかわからず、一拍遅れて朝に連絡を取ったHHカンパニーの元団員だと思い至る。

飛びつくようにしてメールを開くと、〈行方がわかったわけではないのですが〉という件名が見えた。落胆しながらも本文に視線を滑らせる。

〈今朝は何もお答えできずすみませんでした。まだ藤谷誠さんの行方がわかったわけではないのですが、ひとまず代役について情報を手に入れましたので、まずは第一報としてご報告しますね。

代役は、藤谷さんとルームシェアをしている尾上和馬という人のようです。いただいたメールにあった尾上さんというのは、この人のことでしょうか？　だとすると、彼と連絡がつかなくなってしまったのは、おそらく代役に決まったためだと思われます。本番まで時間がないので、たぶんずっとどこかで練習しているのではないかと〉

――代役が、尾上。

視界が暗くなるのを感じた。――よりによって。

「どうかした？」

古永の声に我に返った。

「あの、これ」

あゆ子はスマートフォンを差し出しながら、ＨＨカンパニーの元団員の人からの連絡です、と説明する。

古永は画面を覗き込み、眉を小さく動かした。

「……そのルームシェアしている子は、家に帰っていなかったのか」

何をどこから考えればいいのかもわからないのに、胸の中のざわつきがどんどん大きくなっていく。あゆ子は、胸を服の上から強く押さえた。

## 3　藤谷誠

まぶたが重くて、目が上手く開かなかった。

寒い、ともう何度目かに思いながら、足元に落ちたコートをたぐり寄せる気にもなれない。

カチ、と微かな物音がして跳び上がるように振り向くと、時計が〇時を指すところだった。

――公演初日。

何カ月も前から、ずっと意識し続けてきた日だった。自分はその日の朝をどんな気持ちで迎えるのだろう。緊張と不安で押しつぶされそうになっているのか、それともやっとみんなに見せることができるという高揚に武者震いをしているのか。

そのどちらでもないとは、考えてもいなかった。

藤谷誠はゆっくりと上体を持ち上げ、強張った二つの手のひらを見下ろす。

どうしてこんなことになったんだろう、という何度も繰り返している問いが再び浮かんだ。どうして自分は、こんなところで座り込んでいるのか。

拳を握り、手のひらに爪を立てる。

痛みは、まったく感じなかった。やはりこれは夢なのだろうか。だとしたら、なぜいつまでも覚めないのだろう。

手首では、皮膚を削り取られた傷がかさぶたになっていた。数日前、誉田につけられたものだ。

ナイフを握った手をつかまれた光景が、まぶたの裏に映し出される。刃を水平に持て、手首に力を入れろ、ここを狙え、肋骨と肋骨の間だ、ほら、早く刺してみろ。強く揺さぶられてナイフが落ちた瞬間、頬に走った衝撃と熱。ふざけるな、そんなので殺せると思っているのか、やる気がないなら今すぐ消えろ、どこまで失望させるつもりだ――

何度も夢に見るほど強烈で、そのたびに震えが来るほど怖かった記憶が、なぜか今はとても遠い。

腕の重さを感じ、重力に任せて下ろすと、痣《あざ》だらけの膝頭が視界に入ってきた。血の気のない骨張った膝。それを子どものように抱きかかえて小さく丸まる。

もう疲れた、と言葉にして考えた途端、首を支える筋肉からも力が抜けた。顔を上げていることすらつらくなって顎を膝頭に乗せると、その体勢に引きずられるようにして、幼い頃、弟の豪と並んで絵本を覗き込んでいた光景が蘇る。

二人の間にあったのは、誠が言葉を、豪が絵を描いて自作した絵本だった。

ルンルン王子という虹を作るのが仕事の王子がいろいろなものに変身するという話で、誠のお気に入りの物語だったのだが、元の絵本はいつのまにかなくしてしまっていて、どうしても見つからなかったのだ。

母親にまた買ってほしいとねだっても、そんな本は知らないと言って取り合ってもらえず、もう手に入らないからこそ恋しさが募った。そのやり取りに興味を示したのは豪だ。それ、どんな話なの、と訊かれ、誠は記憶を探りながら説明した。

物語は、〈あるところに、虹のルンルン王子がいました〉というお定まりのフレーズから始まる。

人間嫌いでいつもふんぞり返っているルンルン王子の仕事は虹を作ること。

ルンルン王子は毎晩星のキラキラ姫に向かってその日あった嫌なことを嘆いていたが、ある日星のキラキラ姫は、かわいそうなルンルン王子にプレゼントをあげることにする。

それが「何にでも変身できるマント」だ。

ルンルン王子は「お魚はいいなあ。おしごとなんかなくて、いつも、およいでいるだけでいいんだもの」と言って魚になり、小魚をつかまえられずにおなかを空かせると「ちょうちょはいいなあ。おなかがすいたら、花のミツをすえばいいんだもの」と言って蝶々になる。けれどその後もないものねだりを繰り返して猫になったりパン屋になったりする。

だが、パン屋になったところで「王子さまはいいなあ、いつもあたたかい部屋でおいしい食べものを好きなだけ食べていられるし、お金をとられることもないんだもの」と言って王子に戻るのだ。

だが、ここからがこのお話のシビアなところだった。ルンルン王子が久しぶりに城に帰ると隣の国の王様たちがいて「おまえがいない間に、この国はわれわれのものになった」と宣言するのだ。ルンルン王子はマントを取られて地下牢に閉じ込められてしまう。

話すほどに記憶が鮮明になって、わくわくした気持ちまで蘇ってきた。豪も『それで、どうなったの』と急かしてくる。誠は『どうなったと思う?』ともったいぶってから、『太陽のポカポカ大王が来るんだよ』と続けた。

ポカポカ大王が来ると城が暖かくなり、隣の国の王様は暑いと言ってルンルン王子から奪ったマントを脱ぐ。するとマントはルンルン王子のいる牢屋に入り込み、マントを取り戻した王子はハチに変身して針で隣の国の王を退治するのだ。

その物語を絵本として読めないことは悲しかったが、豪に話して聞かせると豪も自分と同じように反応してくれるのが面白かった。ルンルン王子が牢屋に閉じ込められると不安そうに顔を曇らせ、太陽のポカポカ大王が現れると歓声を上げる。

二人で絵本を作ることにしたのは、母親にどんな絵本なのか伝えるためだった。だが、完成させると、もはや本物の絵本を買ってほしいとは思わなくなっていた。

しばらくはその自作の絵本を一緒に読んでいた記憶があるが、やがてそうしたこともなくなり、日本に帰ってくる頃には、誠自身も思い出さなくなっていた。

再び思い出すことになったのはＨＨカンパニーに入団し、美大に進んだ豪と一緒に住むようになってからだ。

豪の作業台の上で、ボロボロになった自作の絵本を見つけたのだ。こんなもの、まだあったのか。誠は驚きながら表紙をめくった。

言葉やシーン、光景のすべてが懐かしかった。ああ、そうだった、と胸が熱くなるのを感じながら読み進めていく。

せっかくだから本物の絵本も探そうとインターネットで調べたが、タイトルも著者名も出版社名もわからず、見つけられなかった。

こうして絵本を持ち続けていた豪ならば何か知っているのではないかと考えたものの、

結局誠が豪にその絵本の話をすることはなかった。

何となく話しそびれている間に、豪が一枚の絵で大きな賞を獲ったのだ。

それは、四つん這いになった裸の女の絵だった。

女は、何かに馬乗りになっている。

半透明のシャワーカーテンの隙間から覗かれていることにも気づかないほど懸命に、一心に。

その両手足は赤く汚れていて、一瞬、物騒な何かを想像しそうになるが、よく見るとその足元にあるのは巨大な赤い絵の具だ。

精巧に描かれた絵の具のチューブからは、鮮やかな赤が絞り出され、白い無機質な床の上には赤い塊が伸びている。汚れているのは両膝と両肘から先──それから、途中で拭いでもしたのか、額だ。

人工的な光に照らされた空間は、安いビジネスホテルのユニットバスのように狭い。切実な表情、特に追い詰められたような目からは、強烈な恐怖と後ろめたさが感じられる。まるで、この絵の具を絞り出してしまわなければ大変なことになるかのような──絵の具を使って、何かをもみ消そうとしているかのような。

けれど、画面の上部、バランスが悪いほどに空いた空間には、無数の線が描かれている。その根元にあるのは小さなシャワーヘッドだ。

そこから、まさに今飛び出し始めた水が、途中まで降り注いでいる。

この一瞬後、水は容赦なく絵の具を洗い流してしまうだろう。一度飛び出した水は、もう後戻りはできない。

絵の中の彼女はそのことに気づいているのかいないのか、視線を上げることもなく、ただ、手元だけをにらみつけている。

何でこんなものを、と思わずにはいられなかった。

豪はなぜ、こんな絵を描いたのか。その疑問に答えるように、豪の白い顔が浮かび上がってきてしまう。

それは、まだ誠たち一家がパリに住んでいた頃、家族旅行でイギリスに行ったときのことだった。豪が探検がしたいと言い出してホテルを抜け出したので、危ないから帰ろうよと声をかけながら止めきれずについていき、やがて自分も珍しい花や虫に夢中になっていると、ふと豪の姿が見えないことに気づいたのだ。

慌てて豪の名前を呼びながら来た道を戻り始めると、お兄ちゃん、という声が霧の中から聞こえた。駆け寄ろうとしてすぐ、足の下がぐにゃりと沈み込むのに驚いて後ずさり、半分くらいの背丈になった豪が地面に沈んでいるのだと理解した。

『豪！』

『お兄ちゃん』

豪は真っ白な顔をしていた。早く助けないと、と思った。このままじゃ、豪が沈んでしまう。

けれど、どうすれば助けられるのかがわからなかった。近づこうとすると、また足が沈み、その先には進めなくなってしまう。

『誰か呼んでくる』

声を張り上げて言い、豪の答えも待たずに踵を返した。ホテルに向かってがむしゃらに走り、あと少しでホテルに着くというところで豪の方を振り返って、豪の姿がどこにも見えないことに気づいた。ここからは見えないだけだろうか、それとも見失ってしまったのか——もし、もう沈んでしまったのだとしたら。

ぞっと足元から震えが這い上がってきた。

もし、これで豪が死んでしまったら。

どうしてそんな場所に行ったのかという話になるだろう。豪が探検したがっていたことは両親も知っているから、豪が自分から勝手に行ったのだということは信じてもらえるだろうが、それでもそれを止められなかったことは責められるに違いない。

そうすればきっと、自分のせいで豪が死んだことになる——

気づけば誠は足を止めていた。

——豪のことを捜していたことにすれば。

豪は一人で出て行って、自分はそれに気づいて捜しに出かけた。けれど、どうしても見つけられなかった。

ホテルとは反対側へ進み、茂みの陰でじっと身をひそめる。心臓がバクバクしていて、膝が大きく震えていた。

お兄ちゃん、という豪の声が耳の奥で響いている。早く助けに行かないと。豪が死んじゃう。唇を嚙みしめながら、けれど足に力が入らなくて立ち上がれない。

結局、豪は完全に沈み込むより前に両親に見つけられて一命を取りとめた。

誠は大声で泣いて、よかった、と繰り返した。本心だった。豪が死んだりしなくて本当によかった。だけどすぐにそれを掻き消すほどの不安が込み上げてきた。これで自分がしたことがバレてしまう。豪と一緒に探検に行ったこと、そこで豪から目を離したこと、豪には誰か呼んでくると言ったのに誰のことも呼ばずに隠れていたこと――自分が、豪を見殺しにしようとしたこと。

何てひどい子だと思われることだろう、と思うと、目の前が真っ暗になった。きっと、お父さんもお母さんも、自分のことを嫌いになる。一生許してくれない。

あんたはどこにいたの、と母親に怒鳴りつけられて、僕は、と答える声が上ずった。

『僕は……僕も、豪がいなくなっちゃったから捜してて』

豪の顔が見られなかった。言わないで、と祈るように思った。どうか、お願いだから、僕の名前は出さないで。

数秒して、そうだったんだ、とつぶやくような豪の声が聞こえた。

『ごめんねお兄ちゃん、心配かけて』

バン、と顔の横を強く叩かれたような衝撃が走った。カッと耳たぶが熱くなり、顔を上げられなくなる。

違うと言わなければと思った。今すぐ、本当のことを白状しなければ。逃げたことも、嘘をついたことも、かばわせて謝らせてしまったことも——本当に謝るべきなのは自分なのだと。

なのに、どうしても声が出なかった。固く強張った唇が動かない。

自分が、たまらなく恥ずかしかった。自分は、自分勝手で、卑怯で、情けない、最低の人間なのだとわかってしまった。

その思いは、それからどれだけ時間が経っても薄れることはなかった。むしろ、ことあるごとに思い返すことで強く揺るぎないものになっていった。友達とバカ騒ぎをしているときも、コンクールで入賞した瞬間も、つき合っている女の子とセックスをしている間も、ふとつま先が冷たい水に触れたように我に返った。

誰が気づかなくても、自分だけは知っていた。

自分は、偽りの評価を騙し取っているだけなのだと。

いっそ誰かに打ち明けてしまえば楽になれるのかもしれない、と何度も思った。けれどそれでも、本当に打ち明けようとしたことはなかったのだ。

唯一――誉田を除いては。

その日、稽古が終わった後に誉田に呼ばれてスタジオの隣の部屋に入ると、誉田は唐突に『次の舞台は「カインとアベル」を題材にしようと思っている』と話し始めた。『主役はカインの方だ。アベルはオーディションで決めようと思っているが、カインは俺が指名するつもりだ』

誉田はそこまで言うと、ぴたりと口をつぐんだ。

そのまま、何のためのものかわからない沈黙が流れる。

誠は、鼓動が速くなっていくのを感じた。

なぜ、誉田はわざわざ自分を呼び出してこんな話を始めたのか。まさか、自分を指名してくれるということなのか。だが、だとしたらなぜ、黙っているのか。

もしかして、自分からやりたいと志願するのを待っているのかもしれない、と考えたのは沈黙が落ちてから数分が経ってからだった。だが、ただやりたいと口にするだけでいいのか。それとも、何かをアピールするべきなのか。

ごくり、と唾を飲み込む音が恥ずかしいほど大きく響いた。そして誠は、唇を開いて息を吸い込み――けれど吐き出す直前で止めた。

自分は今、何を話そうとしたのか。

実の弟を見殺しにしたこと、それをごまかすために嘘をついたこと、弟はそれでも自分をかばったこと――その、ずっと誰にも話さずにきた話を、自分は誉田に話そうとした。

自分がそれだけの経験をした、カインを演じるのにふさわしい人間なのだと誉田にアピールするための材料として。

ずっと、後悔してきたはずの出来事だった。もし時間が巻き戻せるのならやり直したいと、心底願ってきたはずだった。なのに――

『口にするな』

その瞬間、正面から誉田の声がした。ハッとして顔を上げると、誉田が真っ直ぐにこちらを見据えている。

『それは、絶対に誰にも話すな』

誠は、大きく目を見開いた。

自分はまだ、何も話していない。これまで誰にも話したことがなかったのだから、誉田が内容を知るはずがないというのに。

だが、誉田は何かを見通すような目をしていた。

『おまえはよく、踊りに華があると言われるだろう』

誉田が何を話そうとしているのかわからないままに、誠は、はい、とうなずく。

実際、それはよく言われることだった。華がある、何となく目立つ、気づけば目が行ってしまう――

だが、実のところ誠はなぜ自分がそう言われるのかがわからないのだった。

大抵、華があるダンサーというのは、外見が際立って整っていて、自信に満ち溢れているものだ。ただ立っているだけでも目が引き寄せられてしまうような美しさがあり、その上、自分を見てほしいというオーラのようなものが全身から発散されている。

けれど、自分にはそのどちらもない。

『いいか、おまえの華を作っているのは、その沈黙だ』

誉田は、誠を指差しながら言った。

『言えない言葉が内側に渦巻いているから、踊りが饒舌《じょうぜつ》になるんだ』

あの瞬間が人生のピークだったのかもしれない、と誠は思う。

誉田に認められ、主役に抜擢され、これから始まるリハに胸を高鳴らせていた、あの瞬間。

今、誠の頭の中では、三日前の夜に誉田から言われた言葉が反響していた。

『もうおまえは、スタジオに来るな』

誠は、ゆっくりと重たい頭を持ち上げる。焦点が、部屋のどこにも合わなかった。

固く強張った筋肉を、時間をかけて伸ばしていく。

そのまま自分のものではないかのような身体を引き上げると、身体に刻み込まれた動きに支えられて踊り始めた。

## 4 松浦久文

帰宅してすぐ、妻は夕飯の支度を始めた。

松浦がクイズ番組に目を向け続けていると、やがて香ばしい匂いがリビングにまで漂い始める。

ふいに妻が、あら、とつぶやいた。

「卵が切れているわ」

松浦は一度聞き流しかけてから、首をねじって「買ってこようか」と声をかける。

ごめんね、お願いしてもいい、と返されて、自分の直感が正しかったことを悟った。いつもであれば、妻は自ら買い物に行くか、あるもので作れる料理に変更する。一人になりたいのだろう、と思い、それが自分の思いでもあることを自覚した。

妻といると時折、何も言わないことにも、何の表情も浮かべないことにも、意味ができてしまう。

車の鍵を手に家を出て、最寄りの生鮮コンビニではなく国道沿いのスーパーへ向かった。店内を一巡し、卵の他にミント味のガムを入れてレジの列に並ぶ。

しばらくして、列がほとんど前に進まないことに気づいた。

財布を取り出しながらレジを見ると、レジ係の若い女性のネームプレートには〈研修中〉という文字がある。

彼女は、特にカゴに商品を詰め込む作業で苦戦しているようだった。肉のパック、冷凍食品、ボディソープの詰め替え、キャベツ、ソーセージ、アルミホイル、スナック菓子、チョコレート、入浴剤、長ネギ、菓子パン、ぶなしめじ、みかん、歯ブラシ――食品とそれ以外を別のカゴに分けながら、一つ一つが無駄なく無理なく収まるように迷う手つきで詰めていく。途中まで入れてから、何か間違えたと思ったのかいくつかの商品をカゴの外に出し、もう一度詰め直し始めた。

客の男性は自分の後ろの列をこれ見よがしに見やる。彼女は顔を上げなかったが、客が苛ついていることに気づいたようで、ますます動きが慌ただしくなった。だが、動作が増えただけで結果的な速さはあまり変わらない。

何とかカゴ詰めを終えると、ほんの少し肩の力を抜いた様子でトレイの上に置かれていたクレジットカードを手に取った。そこからはスムーズで、むしろこんなにも効率的な動きができたのかと意外に思うほどの速さでレジを操作していく。

男性は財布にクレジットカードとレシートを突っ込み、カゴをひったくるようにして袋詰めの台へと進んだ。彼女が芸術的に仕上げたカゴから次々に商品を取り出し、無造作にビニール袋へと詰め替えていく。

ふとレジ係の女の子に視線を戻すと、彼女はまた難解なパズルに挑戦させられているかのように懸命に次のカゴと格闘していた。それを受け取った客はまた台へ移動してすぐに無造作に袋に移していく。

詰められる、移される、詰められる、移される。商品が整った状態であるのは、ほんの数十秒だけ。

レジの前の台が空き、松浦の番が来た。彼女はカゴに入った二つの商品を見て安堵したような顔をし、直接ビニール袋に入れる。

松浦は会釈をしてレジを離れ、スーパーを出て車に乗り込んだ。

だが、まだ家に帰る気にはなれない。

それがなぜなのかは、考えるまでもなくわかっていた。

今のレジ係の女性が、生きていた頃の穂乃果と同じ年頃だったからだ。

もし、今のが穂乃果だったら。もし、穂乃果がバレエをやっていなかったら。もし、穂乃果が今も生きていたら。

ことあるごとに浮かんできてしまう思いを沈め込むことには嫌でも慣れてきたが、まだ浮かんでいる間は家に帰るわけにはいかなかった。

松浦は、車の窓から店内を眺める。

自分が使ったレジは柱に隠れて見えないものの、他のレジと袋詰めの台はいくつか見えた。不思議になるくらい繰り返し、先ほどのやり取りが続いている。詰められる、移される、詰められる、移される。

ある人はロール状のポリ袋に肉や魚のパックを入れ、ある人はレジ袋に入れられたチラシを抜き取って捨てる。エコバッグに詰めていく人も少なくなく、ポリ袋を大量に巻き取ってレジ袋に突っ込む人も二人見かけた。

年配の男性もいれば、大学生くらいのカップルもいて、子連れの主婦もいれば、ＯＬらしき女性もいる。

そろそろ行くか、とエンジンキーを回したときだった。

ふいに、一人の中年女性が肉のパックのラップを開き始めるのが見えた。

ぎょっとして凝視すると、女性は中身をポリ袋に移し、空になったトレイをトレイ回収ボックスに投げ入れる。濡れた手をコートの裾で拭うような仕草に、松浦は思わず顔をしかめた。

つい数時間前、劇場前で宮木から本物の肉を使った訓練をしていたという話を聞いて同じ不快感を覚えたことを思い出す。

松浦はゆっくりとアクセルを踏み込んだ。

ゲートの前まで来ると、何かを考えるよりも早く手が駐車券を差し込む。ゲートが開き、滑り出すようにして駐車場を出た。

そのまま自宅へと戻る道を進みながら、腹の底で何かが蠢《うごめ》くのを感じる。

もし、主役から降ろされた青年が、本当に誉田規一を殺そうとしたら。

それでももし、本当に誉田規一が命を落とすことになったら。

腹の底の感覚がどんな感情によるものなのかはわからなかった。ただ、自分がそれを歓迎していないことだけはわかる。

そんなことをすれば、その子の人生はめちゃくちゃになってしまう。

『誉田のせいで人生がめちゃくちゃになったんですよ』

江澤の声が頭の中で反響する。

『それまでずっとバレエ漬けで生きてきて、やっとの思いでHHカンパニーに入って、これで夢を叶えたんだ、これからだってときに潰されて』

松浦は家の前で車を停め、シートベルトを外した。車を降りてから卵を忘れたことに気づき、助手席側のドアを開き直してビニール袋をつかむ。

鍵を開けて玄関に入った途端、違和感を覚えた。

その正体がつかめないまま廊下を進み、リビングの扉を開けたところで玄関を振り返る。

――鍵をかけずに出たはずだ。

キッチンにもリビングにも、妻の姿はなかった。

コンロの火は消えているが、部屋に漂う匂いはそのままだ。調理台に置かれたまな板の上にも切られたばかりのキャベツの切れ端が残っている。

ふと、視線がシンクへと引き寄せられた。

――包丁がない。

「和香子《わかこ》」

妻を呼ぶ声が上ずった。

かけた覚えのない鍵がかかっていたということは、妻は家を出たのではないかと思いながら、二階へ上がり、もう一度名前を呼びながら一つ一つのドアを開けていく。

階段を降りる自らの足音が、耳の奥でくぐもって響いた。

チノパンのポケットからスマートフォンを引き出し、着信履歴から妻の名前を呼び出して発信する。

響き始めた発信音が途切れた瞬間、松浦は息を吸い込んだ。だが、言葉を吐き出すよりも早く不通音に変わる。

松浦は画面を見た。切られたのだ、とわかった。

妻は包丁を持って出て行った。そして、自分からの電話に出ずに切った——手の中で画面から光が消えるのと、松浦が玄関へ向かうのが同時だった。

『俺だって、何度も殺してやりたいと思いましたよ。ナイフだって買ったし、スタジオの近くまでそれを持っていったこともある』

江澤が顔を歪めて言うのを聞いたとき、松浦はその言葉自体にはそれほど驚かなかった。

それだけ江澤の絶望が深かったのだろうことは理解ができたし、それでも実際に殺すことはできなかったのだというのもわかっていたからだ。

殺してやりたいと思うことと、そのための準備をすることには大きな差がある。けれどさらにその先、それを実行に移すことは、差があるどころかまったくの別物だ。

おそらく妻も、誉田規一のことを殺してやりたいと思ったことはこれまでに何度もあっただろう。誉田規一のせいで、穂乃果は死んだ。誉田規一さえいなければ、今も穂乃果は生きていた。そう考えるほどに、誉田規一を穂乃果と同じ目に遭わせることにしか区切りを見出せなくなっていくのを、松浦もそばで感じていた。

しかし、妻はそこから準備することへも進まなかった。

そんなことをしても意味がないこともわかっていたのだろう。誉田規一を殺したところで、穂乃果が帰ってくるわけではないのだと。

けれど、もし――

松浦は再び車に乗り込み、エンジンをかけた。

細かな振動を感じながらアクセルを踏み込んでいく。

まぶたの裏に、数時間前に目にした誉田規一の姿が蘇った。その上に、三年前――穂乃果の通夜に現れた誉田規一の姿がぶれながら重なる。

あのときも、誉田規一は足取りに躊躇いを滲ませることがなかった。

ごく当然のように焼香台へ進もうとして――何をしに来たの、と妻が声を震わせた。

松浦が妻の肩に手を置くと、肩は声よりも震えていた。

誉田規一はそこでようやく足を止め、真っ直ぐに妻を見た。

妻が、帰って、と叫ぶと、無表情のまま踵を返す。

一瞬、妻が慌てたように一歩前に踏み出した。

考えるよりも先に身体が引き留めようとしたのだと、松浦にはわかった。そして、その妻の気持ちも。

黄色に変わった信号に我に返ると、既にその下を通り過ぎるところだった。

松浦は全身の毛穴が一気に開くのを感じる。目の奥に鈍い痛みを感じ、指の腹で揉み消そうとするように押した。

だが、余計に痛みは強くなる。

――もし、誉田規一を殺すことが、その青年を止める手段になるのだとしたら。

もはや、浮かんだ考えを消し去ることはできなかった。

そんな考えはおかしい、そんな理屈が通るはずがないと思うのに、目を逸らすことができない。

――先に殺してしまえば、その青年が殺すことはできなくなる。

妻は、ずっとどこかで、そんな大義名分を欲し続けてきたのではないか。

松浦はダッシュボードの時計を見た。

十九時二十三分。

自分が最初に家を出たのが何時だったのか、松浦は上手く思い出せない。妻が家を出てから、どのくらいの時間が経っているのか。

ＨＨカンパニーのスタジオ近くのコインパーキングに車を停めると、辺りは既にかなり暗くなっていた。

松浦は忙しなく辺りを見回しながら出入り口へと向かう。

もし自分が妻で、誉田規一に会おうとしたら、真っ先にここに来るはずだ。たとえば自分が家を出てすぐに出発したのなら、既にここで数十分は過ごしていることになる。その間に、誉田規一が姿を現したのかどうか――

松浦はスマートフォンを取り出し、再び妻に電話をかける。

出てくれると考えたわけではなかった。ただ、もし近くに妻がいて、マナーモードにしていなければ、着信音が響く可能性がある。その微かな音を聞き逃さないつもりで、あえてスマートフォンから耳を離したまま周囲に耳をすました。仕事で音聴棒に意識を集中させるときのように。

どこだ、どこにいる――

だが、耳は着信音らしき音を拾わない。

やはり、妻はここには来ていないのだろうか。

それとも、中へ入ったのか。

松浦は視点をスタジオの出入り口に定めた。

一歩踏み出しながら、一度電話を切ろうと画面に目を落とした瞬間――

電話が、繋がっている。

「和香子」

知らず声がかすれた。

「おい、和香子、今どこにいるんだ」

返事はない。だが、無言の奥には車の走行音や風の音が聞こえる。

松浦はつま先を浮かせたままスマートフォンを握る手に力を込めた。

何か居場所を特定するヒントはないか――

『……できなかった』

消え入りそうに小さな妻の声がした。

松浦は動きを止める。

『できると思ったの。怖いなんて思っていなかった。頭が真っ白になって、身体が勝手に動いて』

ふいごのように妻が息を吸い込む音がする。

『あの男、私の顔を覚えてもいなかった』

松浦は、腹を強く押されたような圧迫感を覚えた。

だが、それは驚きではなかった。

知っていた、と松浦は思う。あの男は、そういう男だ。だけど、だったらなぜ、自分は今さらこんな衝撃を受けているのか。

『反省しているかもしれないなんて、どうして思えたんだろう。謝られるかもしれないなんて――あの男は、自分が殺した相手の母親の顔すら覚えていなかったのに』

松浦は、まぶたをきつくつむる。

『どうしてまだあの男は生きているの。穂乃果は死んでしまったのに。あの子はもう戻ってこないのに』

「和香子」

『チャンスだったのよ。あの男が私に背中を向けて、私が包丁を構えても気づかなくて、今しかないって……』

妻の声が悲鳴のように細くなる。

『なのに電話が鳴った瞬間、私は咄嗟に包丁を隠してた』

――電話。

松浦は目を開けた。

『誰に見られても構わないと思っていた。もうこれ以上失うものなんてないはずだった。なのに……』

妻が、声を震わせながら吐き出す声音で言う。

『どうして、私、』

「よかった」

松浦は心から言った。

これ以上、と続けた先が言葉にならない。

だが、次の瞬間、爆発するような妻の泣き声がスマートフォンから聞こえた。

松浦は再び目を閉じて、その音を聴く。

――もし、自分が電話をかけていなければ、妻は踏み出していただろうか。

否という答えが浮かんだ。

きっと、妻にはどちらにしても無理だっただろう。

けれどそれでも、妻を止めたのがその音だったということが胸に迫ってくる。

そのまま松浦は、妻の声を聞き続けた。

溢れ出る勢いが弱まるまで。

だが、妻に語りかけようと口を開いたところで、ふいに宮木の言葉を思い出す。

――誉田が「殺せ」と言った瞬間に何の躊躇いもなく突進していった――

それは一体、どういう状態なのだろう。

松浦は、再びスタジオの出入り口を振り向いた。

人が人を殺すというのは、どういうことなのか。

この躊躇と恐怖を振り切ってしまうほどの感情とは――それとも、それはもはや感情ですらないのだろうか。

## 5　尾上和馬

誉田がスタジオに入ってきた瞬間、尾上は足元から小さな震えが這い上がってくるのを感じた。

だが、それは単純な恐怖ではない。武者震いだ。

夜通し踊り続けて身体は疲れ切っていたが、それでも高揚の方が強かった。自分はたしかに、何かをつかんだ。もう間に合わないかもしれないと思っていたけれど、何とかギリギリ間に合った。焦燥感にも似た興奮が湧き上がってきて、早く踊り出したくてたまらなくなる。

誉田は一歩一歩、焦れったいほどゆったりした足取りで進んでくる。

尾上はその様を軍人のようだと思い、そう言えば誉田は今回の舞台のために米軍の訓練方法を研究していたらしいと聞いたことを思い出した。自らも前線に赴き、戦闘に命を懸けるからこそ、容赦なく部下を鍛え上げ、少しの瑕疵《かし》も見逃さない軍曹。

それは当然だったのだと今なら思う。なぜならば、部下が戦場で少しでも命令と違うことをすれば、それは部隊全体の命に関わるのだから。

誉田が足を止めた。

尾上は、肌の表面が張り詰めていくのを感じる。

誉田が、音響装置のリモコンをつかんだ。

「一幕の頭から」

短く告げて、尾上の返事を待たずに音楽を流し始める。

尾上は、考えるまでもなく身体が動いていくのを感じながら最初の一歩を踏み出した。

今回の踊りを既存の要素の積み重ねではなく、すべて新しい動きなのだと捉えて初めて感じたのは圧倒的な羞恥だった。

カインの振りを覚えている者、と誉田に問われて手を挙げたことが恥ずかしかった。

自分のどこが、振りを覚えていたというのか。

誉田が苛立つのも当然だった。自分は何もわかっていなかった。この振りを理解し、ものにするには膨大な時間と踊り込みが必要になる。自分はただ、表層を見てわかった気になって、自分の手札を使って踊り癖で振りを埋めていただけだ。

本当にこの腕の角度でいいのか、足を上げる速さはどう見えるのか、指先の表現は、視線の向きは、表情は——一つ一つを吟味し、正しいと思えるものを丹念に選び取っていく。それでもその次の動きを検証していく中でやはり先ほどのものは違ったと思えば躊躇いなく捨て、また一から組み立て直す。

そうして向き合ってみれば、自分の手札はどれも手垢《てあか》にまみれていた。どこかで見たことがある表現、大技の前の不必要な溜め、自分の技術に酔っていることが透けて見えて鼻につき、とてもではないけれど作品の世界に浸ることなどできない。

今ここで、自分の中で何年もかけて積み上げてきたものを壊さなければならないのは必然だったのだと思った。

もはやどこにも道は見えなくて、どちらが前なのかもわからなくなって、たった一人で真っ暗闇の中で立ち尽くすしかなくなるのだとしても。

このまま進んだらもう元には戻れない、というその先にまで行かなければ、戻る場所を壊してしまわなければ、進めない場所があるのだ。

一幕が終わり、太鼓の音が響き始める。尾上は荒い呼吸を繰り返しながら構え直す。どれだけ肉体が疲労していても、自分が嚙み砕いて飲み込んだ動きが自分を支えてくれるのがわかる。これまで、両親にも、村埜にも、そして誉田にも、繰り返し言われてきた言葉の意味が、やっと染み込んでいく。

これが、指先にまで神経を行き渡らせるということなのだ。

尾上は何一つ漏らさないように気を張り詰めながら踊り進めていく。正直なところ、圧倒的に時間が足りなかった。すべての振りを検証し直すには、おそらく最低でも数日はかかるだろう。せめて、もっと早く気づけていれば、と思わずにはいられなかった。

だが、悔やんでももう遅い。とにかく今は、自分が変わり始めているのだということを誉田に伝えるしかない。

尾上はカインの出番を踊りきり、足を止めた。

肩で息をしながら、誉田を振り向く。

誉田は、何も言わなかった。ただ、無駄のない美しい動きでリモコンを手にした右手を持ち上げ、音楽を止める。

スタジオに沈黙が落ちた。

尾上の荒い息遣いだけが響いている。早く呼吸を整えたかったが、全力で踊りきった後ではなかなか収まらなかった。

誉田は、今何を考えているのだろう。これから何を言うのだろう。痛いほどの緊張と高揚に比喩ではなく胸が痛くなる。

誉田が動き始めた。

え、という声が出そうになる。

誉田は、なぜか出入り口へと向かっていた。一体どこへ行くというのだろう。今の自分の踊りに対してのコメントはないのだろうか。

時計を見上げ、時刻がちょうど九時であることに気づく。

ちょうどだと思ったものの、その時刻が何を意味しているのかはわからなかった。今日の公演は十三時からだ。会場入りは十時半。ここから劇場までは車で三十分もかからないから、今出発するのでは少し早すぎる。後を追うべきかどうか迷い、それでもとにかく荷物をまとめようと鞄に駆け寄った瞬間だった。

扉が開く音がして、反射的に振り向いた尾上は息を吞む。

扉の前には、藤谷誠がいた。

「……え？」

間の抜けた声が、喉から漏れる。

一体何が起こっているのかわからなかった。なぜ、ここに藤谷がいるのか。今頃――今さら、何をしに来たというのか。

強張った首が誉田を向く。

誉田は今、どんな顔をしているのか。怒っているのか呆れているのか、それとも無表情なのか。

誉田は、品定めをするように藤谷の全身を眺めた。その視線を藤谷の顔に留める。

藤谷は誉田から視線を逸らさなかった。ただし、堂々と見つめ返しているわけではなく、ただそうして眺められることをあきらめているように見える。落ちくぼんだ目と、こけた頰。どう見ても憔悴《しょうすい》しきっている藤谷は、とてもではないが踊れるような状態には見えなかった。

どこで何をしていたのだろう。尾上は怪訝に思い、そしてもう一度考える。

——今さら、何をしに来たのか。

「いけるか」

誉田が低く言った。

尾上は目を大きく見開く。

なぜ誉田はそんなことを尋ねているのか。いけるかというのは——そこまで考えて、尾上は焦点がぶれていくのを感じる。

——まさか。

そんなはずはない、と反射的に頭が否定しようとする。だけど、特に驚いた表情をするわけでもなく「はい」とうなずく藤谷の姿に、認めざるを得なくなる。

つまり、カイン役をやるのは——

「じゃあ行くぞ」

誉田が藤谷の脇を通り過ぎながら、藤谷の肩を叩いた。

「誉田さん！」

考えるよりも前に声が出る。

今のは何だ。なぜ藤谷の肩を叩いた。どうして俺は——

「え、キャストは変更するんですよね。だって藤谷さんはリハを休んだんだし、だからオーディションをして、俺に稽古をつけてくれて」

声が上ずり、頰骨が引きつる。

「俺はまだまだ踊り込みが足りないですけど、何かつかみかけている気がするんです。本番まであと四時間あるし、それまでもっと踊り込めば、」

「尾上」

誉田が低く遮った。尾上は口をつぐみ、そう言えばオーディションが終わってから誉田に名前を呼ばれるのはこれが初めてだと気づく。

誉田は、尾上を冷えた目で見つめながら口を開いた。

「俺は、キャストを変更するなんて言ったか」

ガン、と後頭部を強く殴られたような衝撃が走った。

え、という声が、今度は上手く喉から出てこない。まさか、そんな、だって——

「……でも、だったらどうして」

恨みがましい声がして、それを出したのが自分だと遅れて理解し嫌になる。それでも止められなかった。

「じゃあ、この二日間は何だったんですか。どうしてカインの振りを覚えている者なんて言ったんですか。タイムリミットは明日の朝だって……そう言ったじゃないですか。

明日の朝、もう一度だけ見てやるって」

「もう一度見ただろう」

誉田は少しも表情を変えなかった。その顔には、気まずさも申し訳なさも迷いも煩わしさも感じられない。

「話はそれだけか」

誉田が答えを待たずに再び歩き始めるのが見えて、思わず「待ってください」と口にしていた。

何を言えばいいのかわからない。だけど、このまま行かせてしまっていいはずがない。

「どうでしたか、俺の踊り」

尋ねる声が震えた。

「昨日から、かなり変わっていると思うんですけど」

つい付け足してしまってから、まさにその昨日、誉田に変化を見つけてもらうために踊る前に自分で解説してみせたことが思い出される。そして、それを完膚《かんぷ》なきまでに否定されたこと。

だが、少なくとも昨日よりは根本的に変化しているはずだ。なぜなら自ら自分のこれまでの踊りを否定して、一から塗り替えたのだから。

誉田が、少しだけ考えるように視線を上に持ち上げる。

尾上は喉仏を上下させた。誉田は何を言うのか。どこを認めてくれるのか。自分はこれから、何を指針にして進んでいけばいいのか。

そして、誉田が言った。

「前の方がまだマシだったな」

一瞬、周りから、音と光が消えた。

数秒後、光の方が先に戻り、それでもまだ暗い光景の中に誉田が見えた。その横に、まるで寄り添うように藤谷が立つ。

ふいに、笑顔に似た形のままで固まった藤谷の顔が蘇った。

今度こそ認めてもらえると確信した表情で誉田を見つめ、誉田に『俺が間違っていた』と告げられて固まっていた顔。

今、自分はあのときの藤谷のような顔をしているのだろうか、と尾上はどこか他人事のように思う。自分でも、今自分がどんな表情をしているのかまったくわからなかった。

鏡を振り向けばわかるのだろうと思うのに、首が固まって動かない。

そうだ、誉田はあのとき藤谷を否定したはずだ。これまで積み上げてきたものを否定して作り上げたものをさらに否定した。――今の自分に対してしたのと同じように。

なのになぜ、誉田は藤谷を連れて行こうとしているのだろう。ダメなんじゃなかったのか。それともあのときの言葉は違う意味だったのか。否定することに意味があったのか。否定されて立ち上がって、否定されて立ち上がって、もう本当にどうにもならないというところまで否定されてなお立ち上がる姿を引き出そうとしているのか。藤谷はそこまでたどり着き、自分はまだそこまで行っていないということなのか。

「何をしている」

気づけば、誉田が目の前に立っていた。

「早く支度しろ。劇場に行くぞ」

何を言われているのかわからない。劇場に行く？

「それともおまえはもう出ないのか」

何にですか、というかすれた声がした。それが自分の声だというのがひどく不思議な感じがする。

「群舞《コール・ド》」

誉田は短く告げ、どうでもいいことを思い出したというように、胸ポケットからスマートフォンを取り出した。半ば放り投げるように尾上に渡し、踵を返す。

手の中の塊は、冷たかった。少し離れた場所からコツ、コツ、という足音が響き始める。

今回の公演で役をもらえたとき、尾上は飛び上がって喜んだ。自分が誉田規一の舞台に出られるということが嬉しくて誇らしくてたまらなかった。

絶対に誉田を失望させることがないように必死でリハに臨み、毎日帰宅してからも家で練習を続けた。藤谷と共同で借りている、壁の一面に大きな鏡が並べられた部屋の中で、藤谷とそれぞれに練習した。主役に抜擢された藤谷を羨ましいと思いながらも、それはどこか心地よい嫉妬であったはずだ。自分もいつかああなってやる。いつかきっとおまえを超えてやる。

なのになぜ、今、自分は群舞という響きをひどい屈辱に感じているのか。

名前のない役の一つ一つがいかに重要かということは理解しているつもりだ。群舞の動きに乱れがないからこそ、その中に溶け込めないカインの動きが際立ってくる。秩序から弾き出されるということの意味を描き出す重要な役割だというのに。

バン、という音がして、自分がいつの間にか後部座席に乗り込んでいたことに気づいた。首を微かに右へ向けると、視界の端に藤谷の姿が見える。

藤谷は何も言ってこなかった。尾上も、何も言う気にならない。

手のひらを見下ろすと、指先が小刻みに揺れていた。本当に、自分はカインの舞台に出るのだろうか。

やがて、劇場が近づいてくる。

たった一日前、カイン役として立っていた場所。そこに、自分は、群舞の中の一人として立つ。

まばゆいほどの光と、溢れ返るような視線の中で。
その、ずっと楽しみに思い描いていた光景が、今はもうまったく想像できなかった。

# 第五章　その前の世界

## 1　皆元有美

発信音が留守電に切り替わったところで電話を切った。

もはや繋がらないことを予想しているのに、それでも留守電の音声を聞くたびに身体の芯が少しずつ冷えていくのを感じる。

昔、豪の姿を盗み見ながら電話をかけたことがあった。いや、正確には初めから盗み見るつもりだったわけではない。ただ、たまたま市立図書館で豪を見かけたので、こっそり出口まで回ってからかけてみたのだ。

館内で電話をし続けることはできないだろうから、きっと外に出てくるだろう、そうしたら姿を見せて驚かせてやろうと思っていた。

だが、電話に出た豪に『今どこにいるの』と訊くと、豪は『別に、家だけど』と答えた。一瞬、見間違いだったのかと思ってガラスの窓から中を覗き込む。

やはり、中にいたのは豪だった。棚の前で本の背を眺めながら電話をしている。

『今、電話して大丈夫？』

有美は慎重に豪の横顔を見つめながら尋ねた。豪は問いには答えず『何か用？』と尋ね返してきた。有美は自分が図書館の外にいるとは言い出せなくなって『ううん、別に』と言葉を濁す。豪は『何だよそれ』と笑ってから、『あ、トイレ』と短く言って一方的に切った。

有美は切れた電話を握りしめながら、豪の姿を見続けた。特にトイレに行くわけでもなく、ゆったりと本を引き出して開いている姿を。

これまでにもこうやって嘘をつかれていたのだろう、と有美は思った。けれど本当は、もっと前からどこかでそれを知っていたような気もした。

有美は鞄の中から二人分のチケットを取り出し、開場時間を確かめてから劇場前を見渡す。

老夫婦らしき男女、長い脚をブーツに包んだ若い女性、有美よりも少し年上くらいの女性の二人組、パンフレットを胸の前で大事そうに抱えた大学生くらいのグループ——豪の姿は、どこにも見えなかった。まだ来ていないだけなのか、それとも自分が見落としてしまっているのか——あるいは、来るつもりはないのか。

豪の部屋でチケットを見つけてすぐ、有美はスマートフォンでＨＨカンパニーの公演について調べた。

あの男たちが言っていた通り、舞台芸術というところには藤谷豪という名前があり、さらに主役のカイン役のところには藤谷誠という名前があった。

そう言えば、豪は兄の公演であのモデルの女を見つけたのだったと思い出す。

望月澪《もちづきみお》――画家としての藤谷豪を知っている人ならば、誰でも知っているであろうミューズ。

〈何枚描いても、彼女を描ききれたとは思えない。わからないからこそ執着してしまう。彼女は特別な存在なんです〉

有美は、作業台に置かれた二枚組のチケットを見つめた。

豪は、これに誰を誘うつもりだったのだろう。

今日、これから会ったときに誘ってくれるのか、それとも――望月澪と行くつもりなのか。

そう考えた途端、みぞおちが絞られたように縮こまった。

どう考えても、あの女と行く方が自然だ。

同じ表現者として、豪を魅了し続けてきた女。

そもそも豪が今回コンテンポラリーの舞台芸術に関わったのは、彼女の表現に近づくためだったのではないか。

有美は奥歯を噛みしめながらチケットをつかんだ。二枚とも鞄に入れ、そのまま顔を伏せて豪の部屋を出る。

――豪は、私の仕業だと気づくだろうか。

豪はどんな口調で電話をかけてくるのだろうと思うと、心臓が高鳴るのを感じた。それが緊張によるものなのか、期待によるものなのか、自分でもよくわからない。豪は怒るだろうか、呆れるだろうか、面倒だと思うだろうか。

そのどれであっても、少なくとも自分が豪の感情に影響を与えられるのだということに救われる気がして、そんな自分がさらに嫌になる。

――私は、どうして、こんなに面倒くさくて弱いんだろう。

いつからこんな人間になってしまったのだろう。

『何でだか俺がつき合う女の子って、みんな心が弱いんだよね』

煩わしそうに口にされた豪の言葉が蘇った。

けれど結局、豪からは電話もメッセージも来なかった。まるで何もなかったかのように時間だけが過ぎ――そして今、開場時間が過ぎた。

有美は、だらりと腕を下ろす。

自分は一体、何をやっているのか。こんなものに、何の価値があったというのか。豪は関係者なのだから、チケットなどなくても中に入る方法はいくらでもあるはずだ。それなのに、まるで人質を取ったみたいにチケットを握りしめていた自分があまりにも滑稽で、情けなくなる。

もう帰ろう、と有美は自分に言い聞かせるように思った。そして今度こそ、豪とは完全に関係を断つのだ。

チケットを握りしめて鞄に突っ込み、踵を返す。数歩進んで、やっぱりここで捨てていってしまった方がスッキリするのではないかと目線でゴミ箱を探した瞬間だった。

あ、という声が喉の奥から漏れた。

その声に弾かれるようにして、目の前の女がうつむかせていた顔を上げる。

女の長いまつ毛が、花開くように上がった。その化粧気のない、それでも自分より美しい顔を目の当たりにした途端、喉に何かが詰まったように言葉が出てこなくなる。

この女に会ったら言おうと思っていたことが、たくさんあったはずだった。豪と別れるならせめて、最後には豪とではなくこの女と話したいと思っていた。

結局のところ豪とはどういう関係だったのか。豪に描かれるというのは、どういう気持ちがするものなのか。自分に対しては、どんな思いを抱いていたのか。

豪の言う通り、わからないからこそ執着してしまうのかもしれないという気がしていた。女同士で腹を割って本当のことを教え合い、嫉妬していたことも嫉妬されていたことも伝え合えるとしたら、それが一番楽になれる方法ではないか、と。

豪に振り回される苦しさと愉悦は、きっと実際に振り回されたことがある人間にしかわからない。

友達に豪のことを話すと、誰もが別れた方がいいとあっさり口にした。それ、絶対そのモデルの女ともやってるでしょ。私だったらそんな男無理。今幸せじゃないならこれからだって幸せになんかなれないよ。別れるなら早い方がいいって。他にもいい男はいくらでもいるよ？　どの言葉も圧倒的に正しいからこそ言い返すことができず、けれど従うこともできなかった。

アドバイスしてくれた人は、やがてなぜこんなに正しいアドバイスに従わないのかと苛立ち始め、自分は正しさになんて何の意味もないのだということを伝えられずに余計に追い込まれていく。

だけど、きっと彼女なら。

今、このタイミングで会えたということが、まるで天から差し伸べられた糸のようだと思うのに、唇が、喉が、強張って動かない。

それは、目の前で立ち尽くしている望月澪の目が、すべてを拒絶するように濁っているからだった。もう何も見たくない、聞きたくない、誰も自分に触れないでほしい――そう、徹底的に自分の世界から他のものを締め出そうとしているかのような無表情。

一瞬、胸の内から様々な感情が飛んだ。

「どうしたの」

問いかけてから、そんな自分に驚く。それでも有美は「何かあったの」と続けていた。

望月澪は答えなかった。

ただ、濁ったままの目を有美に向けてくる。

その、どう見ても何かあったとしか思えない様子に、ふいに有美は彼女が劇場の中の方から歩いてきたことに思い至った。

豪の部屋で目にした巨大な絵が、その姿に重なるようにして浮かぶ。

望月澪が描かれていない絵――それを見て、二人の間に何かあったのではないかと考えたこと。

もしかして、彼女は今日、ここで初めてあの絵を目にしたのではないか。

だからこそ今、こんなにも傷つけられたような顔をしているのではないか。

有美は、自分が急速に白けていくのを感じた。

被害者面をして、受けた傷を隠そうともしない女に、失望と憤りを感じる。

なぜなら、その惨めさと屈辱は、ずっと自分が味わってきたものなのだから。

有美は、視線を望月澪から外して劇場へと向けた。

――豪は、これからどうするつもりなのだろう。

もうこの女の絵は描かないつもりなのか。だとしたら何を描くのか。もし、もう他の女の裸は描かないのだとしたら――私は。

これで本当に終わりにするのだという決心が、またしても揺らいでいた。

結論を出すのは、あと一回、豪と向き合って話してからでも遅くないのではないか。

やっぱり私は、彼をあきらめるべきじゃないんじゃないか。

だって私だけは彼から――

「あなたは、豪から沼の話を聞いたことがある？」

ほとんど挑むような声音になった。

もう自分には、これしかしがみつくものがない。

この女になくて、自分にあるもの。

他のどの女にも与えられなかったもの。

「沼の話……」

望月澪が、つぶやくような声音で復唱する。

視線が、記憶を探るように微かにさまよった。けれどふと、何かを見つけ出したように止まる。

――この女も、あの話を知っている。

冷たいものを無理矢理大量に飲み下させられたように、塊のような冷たさがゆっくりと下へ下へと落ちていく。

自分だけが、豪からあの沼の話を打ち明けられたのだと思ってきた。だから、何人の女が豪から離れていこうとも、自分だけはそうしたくないと思った。

けれど本当は、私だけではなかった。

――どちらに先に話したのだろう。

そう思ってしまった瞬間、地獄だと思った。

私はこれからも、ずっとこんなことを考え続けなければならないのだろうか。競い続けなければならないのだろうか。

もう無理だ、と叫ぶように思う。これ以上ここにいたら、私はきっとダメになる。本当にもう、どこにも行けなくなってしまう。

だけど同時に、私しか、とどこかで考えてもいる。

幼い頃のひどい経験をたやすく使ってしまう豪の歪みと危うさ。それを受け入れてあげられるのは、私しかいないんじゃないか。

いつの間にか、望月澪の姿は消えていた。

帰ったのか――それとも、もう一度中に入ったのか。

有美は焦点の合わない目を入り口へ向けて、追うように一歩、足を踏み出す。

帰るんじゃなかったのか、という声が頭の中で響いていた。それでも吸い込まれるように、左右の足が順番に動いていく。右、左、右、左。私は、何をしようとしているのだろう。

「ただいま手荷物検査をさせていただいております」

入り口に立った女性が声を張り上げているのが聞こえた。

「大変お手数をおかけしますが、鞄の口をお開けいただいてお進みくださいませ」

有美は、足を止める。

咄嗟に鞄を挟んだ脇を締め、肋骨に当たった固い感触に呼吸が止まった。

――もし、これを見咎められたら。

鞄の口から中を覗き込むと、一昨日買った包丁が箱のまま入っている。自分が金物市でこれを買ったということ、そのまま持ち歩き続けていたことが、妙に現実感がないまま事実として浮かび上がる。

やっぱり帰ろう、と再び言葉にして考えた。どちらにしても、もうここにいる意味などないのだから――そう思いながら、けれど足は前に進んでいる。

――もし、このまま通れてしまったら、これを使ってもいい。

ふいに、そんな考えが浮かんだ。

何度も何度も繰り返し設定し直してきた、天に身を任せるようなルール。通れるわけなんてない、と有美は思う。だって、こんなにもはっきりと鞄の中で浮いているのだから。

だからきっとここで止められる。――止めてくれる。

視界がグラグラと揺れていた。豪はどこにいるのだろう。どうして豪は連絡をくれないのだろう。豪にとって私は何なのだろう。私はこれから、どうすればいいの。

列が進み、係員が失礼します、と言って有美の鞄に手を伸ばした。あ、という声が出そうになる。

有美は固く目をつむった。これで終わりだ。これで終わりになってくれる。

「はい、ありがとうございました」

目を見開き、係員を見る。

けれど係員は、既に次の人の荷物をつかんでいた。

――気づかれなかったのだ。

その意味が、遅れてついてくる。そして、つい数秒前に自分が作り出した新たなルール。

もし、このまま通れてしまったら、これを使ってもいい。

有美は、肩にかけた鞄が重さを増すのを感じていた。

## 2　嶋貫あゆ子

入り口で二つ折りのチラシを受け取ってすぐ、隅に寄るのももどかしくチラシを開いた。

本当に主役は誠ではなく尾上に代わったのか、もしそうだとしたら、その理由はどう説明されているのか。

挟まれていたキャスト表を引っ張り出し、〈カイン〉という文字を探す。

〈カイン　藤谷誠〉

——え？

あゆ子は大きく目を見開いた。

これは、どういうことなのだろう。

誠は降板になったのではなかったのか。

咄嗟に周囲を見回し、パーテーションに掲示されているキャスト表に駆け寄る。だが、そこにも今日にしたのと同じ名前が書かれているだけだった。

——だったら、あのメッセージは何だったのか。

あゆ子は混乱したままスマートフォンを取り出し、誠からのメッセージを確認する。

〈カインに出られなくなった〉

そして、元HHカンパニー団員の江澤智輝から受けた連絡。

〈代役は、尾上和馬という人のようです〉

一体何が起こっているのかわからなかった。昨日、江澤から連絡を受けた後に、やはり誠が出るということに決まったのだろうか。

思考が上手くまとまらない。公演直前のこのタイミングで出られるはずがないと知りながら、それでもこらえきれずに誠に電話をかけた。

だが、スマートフォンからはこれまでと同じように機械音声が流れてくる。あゆ子は唇を嚙みしめて電話を切った。とにかく出演できることになったのならよかった、と思うのに、だったらどうして連絡をくれないのだろう、という思いも浮かんできてしまう。

あんな連絡を最後に音信不通になったりしたら心配することくらい、簡単に想像できるはずだ。一度でもスマートフォンの電源を入れれば、何十件もの不在着信に気づくだろうし、と考えかけて、全身から力が抜けていくような感覚にしゃがみ込みたくなる。

おそらく、電源は一度も入れていないのだろう。それが誉田という芸術監督の指示によるものなのか誠の意思によるものなのかはわからないが、何にしても予定通り公演に出られるということは、自分が金沢にまで行っていろいろな人に連絡を取って大騒ぎしたことはすべて無駄で無意味だったということになる。

あゆ子は耳の裏が熱くなっていくのを感じた。

何なのよそれ、と泣きたい気持ちで思う。けれど泣くよりもさらに顔全体が熱くなった。これじゃあ私が馬鹿みたいじゃないの。

何となくそのまま席に着く気にはなれなくて、廊下まで伸びているトイレの列に並ぶ。列のすぐ前に立っていた女性が明らかにバレエをしているのだろうとわかるような体型と姿勢をしていて、あゆ子は急に内股気味に立っていた自分の姿勢の悪さが恥ずかしくなった。

下腹部に力を込めて背筋を伸ばすと余計に自分のコントロールされていない肉体が際立って感じられるようになる。あゆ子はショルダーバッグの紐《ひも》を握り、顔を伏せた。

結局のところ、誠と自分とでは住む世界が違うのだろう。

徹底的に身体を鍛え上げ、節制した生活を送り、作品のことを一番に考え、そのせいで他のことが疎《おろそ》かになっても気にしない——そして、それを自分が理解できないということ。

どんなときにも、誠の頭の中には踊ることがあった。他のことにどれだけ心を動かしているように見えても、それに支配されることはなく、逆に踊りのことで頭が一杯になってしまえば、それ以外は簡単に閉め出された。

ずっと、気づかないふりをしてきた。誠にとっては踊りこそが一番だろうけれど、それがすべてではないはずだと思おうとしてきた。

けれど、本当はすべてだったのではないか。

食べるのも、眠るのも、人と話すのも、セックスをするのも、怒るのも悲しむのも喜ぶのも驚くのも傷つくのも――すべてが、踊りのためだったのではないか。

あゆ子はそこまで考えて、自分がずっと前からそれを感じ取っていたことに気づく。

誠は、外食に行ってメニューに並んだ美味しそうな料理の写真に歓声を上げても、実際に頼むことは決してしなかった。でも太るから、というひと言で却下し、サラダや豆腐を選んで淡々と口に運んだ。

ストイックですごいと思っていた。こういう意思の強さがあるから、これほどのダンサーになれたのだろう、と。

だけど、だから誠と食事をするときはいつも窮屈だった。どれだけ美味しい料理であっても、誠の前でそれを食べることは自分の自制心のなさを晒すことでしかなかった。

誠が食べるのをやめれば、自分もお腹一杯だと箸を置かねばならなかった。

誠は、これは自分の問題だからあゆ子は気にせずに好きなだけ食べていいと言ったが、そんなことはできるはずがなかった。

だって、誠は明らかに節制せずに食べること自体を軽蔑していたのだから。

——軽蔑。

その言葉は、妙にしっくりと胸に落ちた。そうだ、きっと誠はどこかで私を——私たちを蔑んでいた。

あらゆる出来事や感情を咀嚼《そしやく》することもなく、ただ日々を受け流して生きていることを。

あゆ子はトイレの個室に入って下着を下ろしながら、だらりと緩んだ自らの太腿をぼんやりと見る。みんなに連絡しないと、と思うとひどく憂鬱になった。

状況を説明して、謝る。その文面をどう作ればいいのかわからなくて、まずは姉に報告しながら相談しようと考えた瞬間、ふいにそのことが恥ずかしくなる。

——思えば自分は、たった一人で何かと向き合おうとしたことなどあっただろうか。

いつだって、困ったらすぐに姉に頼ってきた。答えが出せない問いは、そのまま姉に投げかけてしまえばよかった。

いや、そもそも自分で答えを出そうとしたことなどどれだけあったたか。

頭上で、急かすようなブザー音が鳴り響いた。開演五分前を告げるアナウンスが始まり、あゆ子はのろのろと腰を上げてトイレットペーパーで股を拭く。

顔を伏せたまま手を洗い、チケットを確認しながら席に着いた。オペラグラスを出すと、場内アナウンスで注意事項が流れ始める。

緞帳《どんちょう》が上がったままの舞台上には、大きな絵が飾られていた。あれが、誠の弟が描いたという絵だろうか。

荒涼とした野原に二人の裸の男が立っている——どこか不穏な絵だ。

やがて再びブザー音が鳴り、照明がゆっくりと絞られるように落ちていく。

手元さえ見えない暗さの中で、あゆ子はぎゅっと拳を握りしめた。自分が、これから始まる舞台をどんな気持ちで見ればいいのかがわからない。

プワァン、という弾けるような音と共に高らかな音楽が流れ始めた。あゆ子がゆっくりと顔を上げるのと同時に、舞台袖から一人の男が現れる。

——誠。

上半身は裸、下半身には黒いシンプルなパンツを穿《は》いた誠は、重力を感じさせないほどの軽さで高く飛び上がり、空中でまるで彫刻のように美しくくっきりとしたポーズを決めた。その柔らかく、軽快に弾む楽しげな動きのすぐあとにアクロバティックな動きが続き——さらに、その技術を誇るような晴れがましさとは一転し、別の男が舞台上に現れて穏やかな踊りを始める。

歌うようなステップ、何かを愛おしげに抱きとめる仕草、祈りを捧げるポーズ。

だが、突然音楽のトーンが重たいものに変わり、二人は同時に動きを止めた。すぐに誠ではない方の男が再び軽やかな踊りを披露し始める。誠も慌てたようにもう一度先ほどと同じ踊りを繰り返すが、今度は誠にはスポットライトが当たらない。そしてなぜか、誠は先ほどよりも妙に踊りづらそうに見える。

――どうしたんだろう。

あゆ子は唾を飲み込んだ。

これは、こういう演技なのか。それとも、やはりどこかを痛めたりしているのか。けれど誠は危ういながらも踊りを止めない。跳躍に次ぐ跳躍、こんなに激しく動き続けて大丈夫なんだろうか、と心配になってくる頃、少しずつ太鼓の音と誠の踊りがずれ始める。

――ああ、また。

あゆ子は拳を握りしめた。

会場全体のエネルギーがどこかに閉じ込められて歪んでいくように感じる。このままこの瞬間に砕け散っても構わないというような切実さと、息苦しいほどの暗い高揚感。もう無理だという叫びが聞こえてくる気がするのに、それでも否応なく踊りは進んでいく。

その揺れ続ける細い糸のような危うさに呼応して、不規則に明滅する照明。

これは、予定通りなのだろうか。それとも、誠が失敗しているのか――突然誠が床に崩れ落ち、あゆ子は悲鳴を上げそうになる。

一瞬、視界が暗転した。

一拍遅れて、舞台の中心に熱が灯るように赤みがかった光が現れる。

滲むように赤が広がり、やがて舞台全体を覆い尽くす頃、全身を痙攣させた誠が、何かに怯えたように身体を縮めながら起き上がった。

再び動き始めるが、今度は右腕が明らかにおかしい。

右腕だけが異様に動き、それに振り回されて身体が動く。けれど身体が動き始めると今度は右腕だけが止まっているように見え、どちらがおかしいのかわからなくなっていく。

誠の姿を追うように移動する同色のスポットライト。その一段濃い赤が誠から離れ、もう一人の男へ向かう。

男が、ゆっくりと誠に近づき始める。

そのあまりに無邪気な足取りを、あゆ子は咄嗟に止めたくなる。だが、男はさらに誠に近づく。

男が進み、誠が後ずさる。それを何回か繰り返したところで、ふいに誠がしゃがみ込む。

男が、ようやく足を止めた瞬間だった。

誠が鋼の矢のように飛び出し――男の身体が宙を舞う。

床に転がった男は、驚愕の表情をカインに向けた。胸を押さえて背中を丸め、首だけをカインに伸ばす。

力なくくずおれる男の姿を目にして、最初にあゆ子が自覚した感情は、後ろめたさだった。見てはならないものを、見てしまった。自分はこうなることを知っていたはずなのに、止められなかった。そう思ってから、舞台を見ているだけの人間である自分がそんなことを考えたことに驚く。

誠は両手を呆然と見下ろしたまま、身じろぎもしない。ただ、場には速度を増した太鼓の音だけが響き続けている。その急き立てるような音に、あゆ子は居ても立ってもいられないような焦燥感を覚えて、胸を押さえる。

いつの間にか、太鼓の音と自身の鼓動が一致していることに気づいた。そして、そう気づいたことで、逆説的に自分が座っている場所と舞台上には距離があるのだということを思い出す。

唐突に太鼓の音が止んだ。詰めていた息を漏らしながら、腕を下ろす。

それを合図に、拍手が沸き起こる。受けたばかりの衝撃と感動を共有する空気が生まれる。

だが、すぐに観客は気づかされることになる。その空気の中に肝心のカイン本人が入っていないことを。

彼はどんな声も音も耳に入っていないかのように、動かない。表情も変えない。太鼓の音が再開することもなく、ただ空白の時間だけが流れる。演出にしてはあまりに長すぎるその「間」に、もしかして何かハプニングが起こっているのだろうかと不安になる。

あゆ子は手にしていたオペラグラスを覗き込み、上手く姿を捉えられなくて顔を上げてからもう一度オペラグラスを見た。

場が微かにざわめき始めたところで、ようやくカインがゆっくりと腕を下ろす。その、様々な感情を塗り重ねた結果、色が判別できなくなってしまったような無表情。観ているこちらまでもが痛みを感じるほどの、内へ内へと向かう情念。

やがて、カインを取り囲むように、他の団員たちが舞台上に現れる。全員が揃って同じ動きをする群舞だ。

けれど、カインだけがその動きについていけない。初めは微妙な差だ。ほんの少し、振り向くタイミングが、足を上げる角度が、他の人たちとずれている。カインは必死に周りに合わせようとするが、懸命に周りを見るほどにカインの違いは明確になっていく。

少しずつ、カインの違いに気づく者が出てくる。この男は何だろう。何かが違う。やがてカインが両手で額を隠すと全員がカインを向いて足を止める。

気づけばあゆ子は泣いていた。

自分が何に激しているのかもわからないまま、わななきそうになる唇を噛み、嗚咽《おえつ》を必死にこらえる。

舞台上では、全身が裸に見えるような肌色の衣装に身を包んだ人々が踊り始めていた。ひと組ひと組、男女がペアになって踊り始め、それはやがてセックスを連想させるような濃密な動きになっていく。

絡み合い、忙しなく腰を動かすなまめかしい動きは、どこか滑稽でたまらなく淫靡《いんび》だ。見ていていいのか戸惑いながら、そんなふうに意識すること自体が恥ずかしく思われてくる。

その中の一人の女性がカインに近づき、誘うように踊り始めた。カインもまた、ぎこちないながら官能的な踊りを披露し始める。

あゆ子は、胸を服の上から押さえた。

後頭部に手を添えるのは、誠があゆ子にキスをするときと同じ動きだった。そして誠は、いつもあゆ子にしているのと同じように首を小さく傾け、顔を近づけていく。

あゆ子は慌てて誠から視線を外した。それでもまぶたの裏からは、たった今目にした光景が消えない。愛情や衝動に突き動かされてしているのだと思っていた動きが、表現の手札として存在していたのだということ。

あてどなくさまよっていた視線が、舞台上の絵に吸い込まれて止まった。

暗い、焦げ茶色の画面の中で歩いている二人の裸の男の絵だ。

藤谷豪のホームページ上で見た絵とは、かなり雰囲気が違う。誠の実家の土産物屋で目にしたポストカードのイラストともまるで違った。

狂気を感じさせる男の前には、あどけない表情で振り返る男がいる。もう一人の男の手には鋭い刃物が握られていて、それは無視できないほどの存在感を放っているのに、もう一人の男はその意味がわからないというように一向に意に介していない。

その不自然さを訝《いぶか》しく感じて手元のチラシに視線を落とすと、そこには〈人類初の殺人〉という文字があった。

ああ、とようやくあゆ子は理解する。

この絵に描かれている世界では、まだ殺人というものが存在していない。だからこの男はそんなものを想像することすらできず、だからこんなにも無防備な表情をしているのだ。

舞台の上では、既に男が殺されたというのに、背後にある絵はまだその前の世界で止まっている。

それが、何だかひどく不思議な気がした。

――一度知ってしまったら、二度と知らなかった頃には戻れないのに。

## 3 尾上和馬

一瞬、自分がどこで何をしているのかわからなくなった。

まぶしさに足が止まり、一拍遅れて本番中だと我に返る。

振りが飛んだのだ、と自覚すると同時に、それでも勝手に身体が動いているのではないかと期待した。だが、目の前で他の団員たちが揃って右へずれるのが見えて、自分の足だけが完全に止まっているのがわかる。

急速に血の気が引いた。

しまった、と思い、早く、と考える。早く、早く、振りに戻らなくては。何事もなかったように再開しなくては。そう思うのに、次の動きがまったく出てこない。

悪い夢のようだった。本番が近づくと、自分のみならず多くの団員が見るという悪夢。なぜかいきなり舞台に立つことになっていて、なのに振りがまったくわからない。忘れてしまったのではなくそもそも知らない振りで、早く覚えなければと思うのにもはや振り写しをしてもらう時間はなく、見よう見まねでついていこうとして失敗しているうちに、公演が始まってしまう。違う、こんなのは自分の実力じゃない、こんな振り、ちゃんと練習していれば——そう歯がみしながら目覚めて胸を撫で下ろすというところまでがお決まりで、団員に話せば誰もが「あるある」と口にする。なぜそんな夢を見るのかがわかりやすすぎるほどの悪夢だ。

ああ、そうだこれはいつもの悪夢だ、と尾上は思う。こんなことが現実で起こるわけがない。こんなふうに、舞台上で固まってしまうなんて。

これまで立ってきたどんな舞台でもコンクールでも、一度としてこんなことはなかった。たとえ振りが飛んでも、身体はいつも勝手に動いていたからだ。

何度も何度も繰り返し身体に叩き込んできた動きを、頭が見失っても身体は覚えている。そうであるために、徹底的に踊り込むのだから。

たった数分のために、何千時間もを費やす。だから本番はいつもあっけないほど一瞬で終わる。本番ではもはや次の振りがどうだったかなどと考えることはなく、爆発するような音楽と光と視線に圧倒されても困ることはない。

——それなのに。

どう考えても、この二日間でカインの振りを叩き込み直したせいだった。それまで全身に刻み込んでいた群舞の振りを無理矢理引き剝がし、完全に一度カインの振りに切り替えてしまった。

そうでなければ、たった二日間で振りを身体に馴染ませることなどできるはずがない。惜しみなく塗り替え尽くしたところで元の振りを踊れと言われても、踊れるわけがなかったのだ。

尾上は下手ギリギリまで近寄った流れの中で、逃げるように舞台袖へ転がり込んだ。一気に周りが暗くなり、首をねじって舞台上を向いた瞬間、自分がとんでもないことをしたのだと理解する。

振りが飛び、すぐに挽回《ばんかい》することもできずに舞台から逃げ出した。

そんな、バレエ教室の発表会に出るアマチュアですらやらないことを、この自分がしたということ。

だが、それでも舞台上から自分が消えるべきだというのはたしかだった。

こんな状態で舞台上に居続けていいはずがない。こうして光の中から逃れた今もなお、振りを完全には思い出していないのだから。このまま無様な姿をさらし続けて舞台を台無しにするくらいなら、消えた方が何十倍もマシだ。だから、むしろ悔やむべきなのは——なぜ、舞台に上がる前にそんな自分の状態を把握できなかったのかということだった。

カイン役を踊れないのだとわかった時点で、今回の公演はあきらめるべきだった。それなのに中途半端にしがみついたりしたから——その先が上手く考えられずに、光り輝いた舞台を見る。

藤谷の身体が高く舞い上がった。その軌道が最高点に達した瞬間、伸ばされた四肢の先からふっと体重が消えていく。

藤谷は音もなく着地し、右手を顔の前に上げた。数秒間手のひらを見つめ、重力に任せるように下ろす。ただそれだけの動きなのに、その軌道の一つ一つが光の粉でもまぶしたように輝いて見える。

——どうして、俺はこんなところにいるんだろう。

尾上は自らの右の手のひらを見下ろした。薄暗く淀んだ空気の中に沈んだ、骨張った手。

そのとき、ふいに視界の端で動くものを捉えた。反射的に顔を向け、そこにいた人間に全身が強張る。

誉田だった。

いつも、初演のときには客席で全体の見え方に目を光らせている誉田が、舞台袖にいる。

時間が止まったような気がした。

今、自分は誉田の目にどう映っているのか。誉田は今、何を考えているのか。本番で失敗したことを怒りに来たのか、それとも、少しは悪かったと思っているのか。

誉田は無言で尾上の前まで進んできた。座り込んだままの尾上は誉田を見上げる形になる。誉田の腕が頭上に伸び——髪を強くつかまれた。

頭皮に走った鋭い痛みに声にならない悲鳴が漏れる。髪の毛が引き抜かれる音が聞こえ、かばうように頭を押さえた瞬間、払うように舞台と反対側へ引き倒された。

「邪魔だ。出ないのならどいていろ」

誉田は低い声で言い、躊躇いなく踵を返す。

尾上は四つん這いになった姿勢のまま、その背中が遠ざかっていくのを見た。首がぎこちなく動く。見開いた目に、床が映る。その上に落ちた数本の髪の毛に焦点が合う。

——言うことは、それだけか。

胸に何かで強く押さえつけられているような圧迫感を覚えた。苦しさにたまらず息を吸い込むと、吐き出し方がわからなくなる。

今のは何だ、どうして俺は、おまえのせいで、ひどい、これからどうしたら、許せない——まとまらない思考と感情が頭の中でバラバラに乱反射し、何かがどこかで破裂しそうになる。

音が遠い、耳に水が詰まっているような感じがする、ここはどこだ、俺は何を——

「尾上さん！」

右の肩が斜め後ろに引かれた。

「どこに行くんですか。大丈夫ですか」

矢継ぎ早に訊かれる言葉の意味が頭に上手く入ってこない。

どこに行くのだろう。大丈夫――何が？

「ちょっと尾上さん、落ち着いてくださいよ」

こいつは誰だっただろうか。落ち着く？　自分の身体を見下ろすが、別に動いているところはない。落ち着いているではないか。

「そっちは舞台ですよ」

前を見ると、たしかに身体の前面にはひどく明るい空間が広がっている。

「こんな状態で戻るのは無理ですよ。ちょっと落ち着いて、仕切り直してから……」

「わかってるよ」

手を振り払って身体を反転させながら、そうだ、俺はわかっている、と思う。こんな状態で踊れるわけがない、こんなところにいたら邪魔だ――

『邪魔だ。出ないのならどいていろ』

誉田の声が蘇り、足が止まる。

「尾上さん！」

慌てた声がしたと思うと、反対側から腕をつかまれた。とにかく外へ、という声がして、両脇を抱えて引きずられる。いつの間にか周りにいる人の姿が増えている。誰の名前も出てこない。

これでもう今日は舞台に出られない。これじゃまるで自分が錯乱したみたいだ。本番中に失敗した上に錯乱したとなれば、もう出させてもらえなくなるだろう。

「離せよ」

尾上はできるだけ落ち着いた声に聞こえるようにと意識しながら言った。

「自分で歩ける」

「だけどおまえ……」

戸惑った表情で返されて、左腕をつかんでいた男が先輩だったと気づく。すみません、取り乱しました、と顔を伏せながら言うと、やっと腕をつかまれる力が緩んだ。

「ちょっと楽屋に戻ってます」

尾上は低く言いながら廊下に繋がる扉へ手を伸ばす。今度こそ完全に腕が離れた。すみません、ともう一度謝ってから薄く開いた扉の隙間をすり抜ける。

白い人気《ひとけ》のない廊下は、すぐ隣で公演が行われているとは思えないほど無機質に見えた。どん、どん、という太鼓の音は響いているものの、それすら単調な音の刺激にしか思えない。

廊下を半分まで進んだところで、足が止まった。全身から力が抜けて、足を動かせなくなる。

この数日間は何だったのだろう。

この数カ月間、この数年間、自分のこれまでの人生は――

もはや、数日前の自分に戻れるわけがなかった。明日以降の公演にも、それ以降の公演にも、出られる気がしない。

――これまで積み上げてきたものが、すべて、無駄になった。

壁を一枚隔てた舞台から、空気が震えるほどの拍手が聞こえてきた。終わったのだ、と尾上は焦点の合わない目を壁へ向ける。

ブラボー、という声が聞こえ、拍手の音がさらに大きくなった。タイミング的にカーテンコールに藤谷が出て行く頃だ。

尾上は、ただ呆然とその音を聞いていた。大きくなったり小さくなったりを繰り返しながら延々と続いていく拍手――再び足を引きずるようにして楽屋へ向かい、着替えてから劇場を後にする。

気づけば尾上は、「カイン」の評判を検索していた。リアルタイム検索をし、観客の感想の中にバレエ評論家の檜山重行の速報レビューを見つける。

大抵どの公演でも、初演の直後に檜山がアップする文章が、プロの評論家が上げる最初の批評だった。誉田も一目置いている檜山の批評。とても詩的で、熱量と臨場感のある檜山の言葉で自分の踊りについて表現してもらえる日を、ずっと楽しみにしていた。

その檜山が、今日、自分の踊りを目にした。そう思うと、どう考えても最悪の踊りしかできなかったというのに自分の名前を探してしまう。

彼の目には自分はどう見えたのか——だが、並んだ文字の中に尾上という名前はどこにもない。群舞についてすらほとんど触れられておらず、繰り返し出てくるのはカインという三つのカタカナばかりだった。

内容はほとんど頭に入ってこない。ただ、檜山が有り余るほどの言葉を使ってカインについて何かを書いていることだけが伝わってくる。

——もし、自分がカインとして舞台に立てていたら。

考えるだけで叫び出しそうになった。

カインとしてなら、振りが飛ぶこともなかったはずだ。カインとしてなら、確実に檜山に踊りを見てもらえた。

——ここにいるべきなのは、自分だったはずなのに。

視界に映るもののすべてが、妙に輪郭が濃く見えた。作り物のように線がはっきりしすぎていて、まるで映画のワンシーンのように現実感がない。

周りの音が遠くなり、代わりに、殺せ、という誉田の声が頭の奥で響いていた。だが、それは自分が言われていた言葉ではない。藤谷が繰り返し言われていた言葉だ。そう言えば、結局自分は一度もそんな訓練さえさせてもらえなかったのだと、今さらながらに思い至る。

時間がないからだと思っていた。とにかく本番に間に合わせねばならないから、藤谷とは違うやり方なのだと。

だけど、そうではなかった。

誉田は、自分を使うつもりなど初めからなかった。ただ周囲を騒がせないためだけのダミー、ゲネを回すためだけの場見《ばみ》り要員が欲しかっただけで、誰でもよかった。

――そして、そのためだけに、自分はキャリアをめちゃくちゃにされた。

いつの間にか尾上は、家の前に立っていた。自分がどうやって帰ってきたのか、まったく覚えていない。電車に乗った記憶も、降りた記憶もなかった。

もうダメだ、という言葉が降ってくるように聞こえた。

自分の人生は終わった。挑戦さえさせてもらえないまま、可能性すら奪われた。――それも、単なる気まぐれで。

右の手のひらが、何かを求めるように動いた。握りしめる形になり、そこに何もないことに戸惑うように再び開く。

刃を水平に持て、という誉田の怒鳴り声が反響していた。手首に力を入れろ、ここを狙え、肋骨と肋骨の間だ、ほら、早く刺してみろ、ふざけるな、そんなので殺せると思っているのか――

アベルを刺し殺す瞬間、カインの目には何が見えているのだろう、と何度も考えてきた。人を殺したいと思い、刃物を手にし、それを相手に向かって突き立てるとき、その人間の頭の中には何があるのだろう、と。

予想した答えは、きっと激しい殺意があるのだろう、というものだった。許せないという怒り、苦しみを与えてやりたいという憎しみ、相手がこの世に存在し続けることへの嫌悪が、命を奪うことへの恐怖や躊躇を振り切った瞬間、身体が動くのだろうと。

だが、思いのほか、感情は虚ろだった。

上手く物事が考えられず、感情らしい感情は浮かばないのに、頭の中のどこかが冷静に、自分が包丁を取りに帰ってきたのだと理解している。自分はきっとこのまま家に入り、キッチンから包丁を抜き取って劇場まで取って返すのだろう。そして、何の会話を交わすこともなく、背後から忍び寄っていって誉田に突き刺す。場所は肋骨と肋骨の間。手首に力を入れて刃を水平に。

鍵を開け、ドアノブに手をかける。

これでようやく楽になれるのだと思った。もうこれ以上期待しなくていい。失望されなくていい。誉田が自分以外の誰かに時間を費やしているところを見ずに済む。

扉を開けると、生ゴミが腐ったようなひどい臭いがした。ああ、そうだ、と痺れるように上手く働かない頭の片隅で考える。まさか三日も帰ってこなくなるとは思いもしなかったから、ゴミもすべてそのままだった。

そう考えながら玄関に足を踏み入れ、臭いがきつくなったこととあまりの空気の冷たさに眉根を寄せる。

何だか奇妙な違和感があった。けれど、それが何かを考えるだけの気力が湧かない。靴を脱ぎ、廊下のフローリングにつま先を乗せると、すくむような冷たさが伝わってきた。コートの前をかき寄せながら廊下を進む。

そのまま普段通りにリビングのドアを開けて電気をつけた瞬間、目の前に現れた光景に、思考が完全に真っ白になった。

リビングの中心に、腹に包丁が刺さった藤谷の弟が倒れていた。

## 4　藤谷誠

水分を多く含んだ重たい雪が、絶え間なく降っている。

誠は低く陰気な空を見上げながら、そう言えばここに帰ってくるのはどれくらいぶりだろう、と考えた。けれど特に本気で答えを探る気にもならず、ぼんやりと列を見渡す。

——そう言えば、葬式も久しぶりだ。

だが、みんな黒い服を着ているのに、傘が色とりどりなため、妙に華やかな列になってしまっている。豪くんらしいね、と誰かが言う声がして、そうだろうか、と疑問に思い、涙雪、という声がどこかから聞こえて、そんな言葉があっただろうか、と引っかかった。

本当にねえ、まだ若いのに、こんなひどい、どうして誠くんは——無数の声の中に自分の名前が混ざり始め、自分は今沈鬱な表情ができているだろうかと考える。

豪のモデルをしていた望月澪という女性が逮捕されてからも、自分が共犯者として疑われていることは知っていた。そうでなければ、三日間も通報しなかった理由がわからないと誰もが思っているということも。

それを煩わしく思いながらも、同時にそれも当然だろうなと他人事のように思いもする。三日間もの間、救急車も警察も呼ばずに死体と同じ部屋に居続けたと言われれば、誰もがなぜそんなことをしたのかと疑問に思うことだろう。そして、おそらく本当のことを答えたところで、誰も納得するまい、と。

だが、実際に自分は望月澪とは何の関わりもないし、彼女が何を思って豪を殺したのかなんて知りもしないのだ。

ただ、女に刺されて死ぬなんてどこまでも豪らしいなと静かに思うだけで。

公演三日前のリハから帰ってきてリビングの電気をつけ、最初に倒れている豪を見たとき、誠はぎょっとしたものの、すぐにこれは誉田の差し金なのではないかと考えた。舞台上に設置する絵の確認か何かで会ったついでに、誉田が訓練の一環として豪に協力するように頼んだのではないか。

だからまず感じたのは猛烈な恥ずかしさだった。

まるで昔の彼女と今の彼女が自分に隠れて知り合いになり、自分のセックスについて品評しているかのような――あいつ独りよがりでしょう、昔からそういうところがあったんですよ――話を持ちかけたのであろう誉田にも、引き受けたのであろう豪にも腹が立ち、絶対に相手にするものかと顔を背けかけた瞬間、誉田の『俺が間違っていた』という言葉が蘇った。

誉田は、自分が目指していた方向性と違うところへ向かってしまったことを感じて、やり方を変えることにしたのではないか。何とかして公演の直前に化けさせられないかと願って。

誠は首を戻し、倒れている豪を敢えて直視した。

腹に包丁らしきものが刺さり、血まみれになって倒れている豪。できるだけ目の前の光景に衝撃を受けなければ、と自分の心の中の変化を懸命に探る。実の弟が刃物で刺されて倒れているところを見たら何を感じるか。――いや、違う。これは自分が今刺したものだ。衝動的に刺してしまって、動かなくなってしまった弟を見下ろして、状況が上手く把握できずにいる。

自分に言い聞かせるように考えると、柄が斜めに伸びているのが見えて、刃を水平に持て、という怒声が脳裏に響いた。手首に力を入れろ、ここを狙え、肋骨と肋骨の間だ、ほら、早く刺してみろ――

震えた手が汚れた柄へと伸びる。

そうだ、死んでいるはずがない。人間はこんな刺し方じゃ死なないはずだ。だって、曲がっている。言われた場所からもずれている。誉田は、こんなやり方じゃ殺せないと言っていたはずだ。まくし立てるように考えを浮かべて、人を殺してしまったばかりの人間の思考をなぞっていく。

柄へ伸ばしかけた手が、触れる直前で止まった。くぐもって模様を失った紙の上に墨汁が広がるように、殺せ、という声が響く。

考えろ、屈辱を感じろ、どうしてこんなことになったのか、こいつさえいなければ、どうして俺が、こいつのせいで――脳内で乱反射する声のどこまでが言われた言葉なのかがわからなくなる。

気づけば、両手を見下ろしていた。その固く強張った手の形を目にした途端、自分がもう幾度となくこの体勢を取ってきたことに思い至る。

HHカンパニーの「カイン」において、アベルを殺してしまった後のカインは、この体勢のまま立ち尽くす。音楽が止まり、舞台上で他に動くものがない中で一分間。観客が不安を覚えるほど、ただ延々と静止画のような光景を見せ続けるシーンだ。

その間、自分はどんな表情をしていればいいのか。それが、ずっとわからなかった。人を殺してしまった直後の人間は、どういう表情をするものなのか。

自分がしてしまったことに驚き、その取り返しのつかなさに慄く。けれどきっと、そこにあるのは単純な恐怖だけではない。手に生々しく残る感覚への衝撃、本当に死んでいるんだろうかという疑念、あるいは、暴力によって命を奪い取ったことへの暗い興奮もあるかもしれない。

近づいて確かめたいのに、足が動かない。逃げ出してしまいたいのに、身体が、指一本動かせない。

どこへ隠れようとも、神はすべてを知っている。

内側で渦巻き続ける、嵐のような感情。それを表現するのに許されるのは、固まったままの体勢と、表情の変化だけ。

腕の角度、指先の形、背中から首へかけての線、足の位置、髪の毛の乱れ、目の動き、唇の開き、呼吸の速度。一つ一つを吟味しながら選び取っても、誉田には、陳腐だ、と言われた。どこかのドラマで観てきたようなのを考えなしに真似するな、おまえにはオリジナリティってものがないのか、ありものを使うな、徹底的に想像しろ。

手のひらに焦点が合わなくなり、その奥に広がる赤が浮かび上がってくる。鈍麻した耳には、自身の鼓動だけが響いている。その音と絡み合うように響き続けていた太鼓の音は、もうない。自分がこの手で止めたからだ。

肌の表面を覆う汗が冷えていく。眼球が乾く。息を吸うごとに濃い血の臭いが――ふいに、首筋が強張った。

そう言えば、この臭いはさすがにリアルすぎないだろうか。リハに本物の肉を持ち込んでいた誉田ならそこまでしかねないという思いと、そもそも豪はここまで忠実に誰かの命令に従う男だったか、という疑問が同時に湧く。

おい、という声が喉に絡んだ。

『豪、いいかげんにしろよ。小芝居だってのはわかってるんだよ』

豪の脚を揺する。豪は、何すんだよ、とも言わず、ただ物理的に与えられた力に反応しているように小さく揺れた。

『豪』

呼びかける声が上ずっていく。

『もうやめろよ』

動かない豪に向かって語りかけている自分こそが芝居がかっている気がして、口をつぐみながら豪の顔をのぞき込む。

豪は、目を開いたままだった。そこには光がなく、まばたきもしていない。

──まさか。

その先の考えが言葉にならなかった。

視界がぶれ始め、自分が後ずさっていることを遅れて自覚する。

いつの間にか手にはスマートフォンを持っていた。

自分は一体、どこに連絡をしようとしているのだろう。

救急車を、という言葉が浮かんだ。だが、指が画面の上で泳ぐ。

暗転した画面にこびりついた皮脂を見つめながら、どうしてここで、と思考が進み始めた。

もし誉田の差し金でないのなら、なぜ豪はこんなところにいるんだ。

殺せ、という誉田の声が再び反響する。

自分はここ数カ月、人を躊躇いなく殺せるようにという訓練を受けていた。弟の才能と比べられ、もっと憎めと誉田にけしかけられていた。おまえは弟のせいで顧みられなかった。弟はすべてを手に入れ、おまえはその残りかすしか手にできなかった。弟が手に入れたものは、おまえの手には入らない。弟がいる限り、おまえの道は開けない。おまえは不当に奪われている——そう繰り返し説き伏せられていた、その自分の部屋で、弟が誰かに殺されたとしか思えない様子で死んでいる。

——自分は何もやっていない、と主張して、誰が信じてくれるだろう。

全身の毛が一斉に逆立つ。

弟が死んだのはいつなのか。その時刻はどの程度正確にわかるのか。たとえば、自分がリハが終わってから途方に暮れて川面を眺めていた馬鹿みたいな時間。リハが上手くいかなかったから、何となく真っ直ぐに家に帰る気にはなれなくて一人で時間を潰していたなんてことを、誰が言葉の通りに受け取ってくれるのだろう。

今日は尾上は帰らないと言っていた。自分はそのことを知っていた。誠は鼓動が速くなっていくのを感じながらキッチンへ入り、包丁の棚を開ける。

——一本ない。

そのなくなった一本がどこにあるのかは、考えるまでもなかった。

誠は奥歯を強く嚙みしめながら、あゆ子に電話をかけた。とにかく誰かに話したかった。俺じゃない。俺は本当に驚いている。どうしたらいいかわからない。だが、発信音すら響かなかった。

留守電に切り替わる直前に、通話を切ってその場にしゃがみ込む。もし、逮捕されてしまうことになったりしたら。

逮捕、という単語に気が遠くなる。

自分は何もやっていないのだから、きちんと警察が調べれば疑いが晴れるはずだ――本当に？

誠はすがるようにスマートフォンをつかみ、古永の連絡先を電話帳から呼び出す。弁護士の古永なら、こういうときにどうするべきか知っているのではないか。自分が今すぐやるべきこと、やるべきでないこと、疑われないための方法、疑いを晴らすための方法を。

発信ボタンをタップして耳に押し当て、乾ききった唇を舐める。まずはどう説明しよう、古永にも疑われたらどうしようもない、とにかく自分は無実なのだと説明して、それで――

『もしもし』

電話の先から、古永の声が聞こえた。慌てて、藤谷だけど、と返すと、おお、と古永が声を弾ませる。

『どうした誠、珍しいじゃん』

『いや……元気にしてるかなと思って』

『おお、元気元気。何、今実家に帰ってきてるとか？』

そういうわけじゃないんだけど、と答えるとそこで会話が止まった。不自然な沈黙に、焦りが湧いてくる。

『おいおい何だよ、どうかしたか？　何か言いづらい話？』

いや、と咄嗟に否定しかけた瞬間、視界の端に豪の姿が入ってきて、古永、と呼びかける声が無様に揺れた。

『どうしよう、俺……』

『誠？』

その案じるような声を聞いたらもうダメだった。

俺じゃないんだよ、と吐き出すように話していた。だけどこのままじゃ俺が疑われるのかもしれない、もうすぐ公演だって始まるのに、もし逮捕されることになったりしたら、何でこんなことに、俺じゃないんだ——誠、と一喝するように名前を呼ばれて肩が大きく跳ねる。

『とりあえず落ち着け』

古永は諭す口調で言い、まずは状況を教えてくれ、と低く続けた。

『逮捕ってことは、何かまずいことが起きているんだな？』

『まずいことっていうか豪が……』

『豪くんが何かしたのか？』

『違うんだ、豪がやったんじゃなくて……』

その先が上手く出てこない。

『豪が……』

『わかった、豪くんは悪くないんだな。信じるから落ち着いて話せ』

古永は慣れているような声音で言った。

『どうするかは俺が考えるから、とにかく何があったのかを話すんだ』

『何があったのかわからないんだよ。だけどこれじゃどう考えても俺が疑われる……』

『俺が？　豪くんじゃなくて誠の話なのか？』

『俺は何もやってない』

『わかってるよ、落ち着けって。今は家にいるのか？　一人なのか？　ルームシェアの相手は』

『尾上は今日は友達の家に泊まるって』

『豪くんは一緒じゃないんだな？　おまえに危険はないのか？』

『危険……』

——そうだ、考えてみれば豪を殺した人間がどこかにいるはずなのだ。

スマートフォンを耳に当てたまま、すべての部屋を確認していく。

『ひとまず警察に通報しろ。な？』

『でも、もしそれで逮捕されたりしたら……』

考えるよりも早く、反論する言葉が飛び出していた。

『大丈夫だよ。豪くんもおまえも何もやってないんだろ？　ちゃんと警察が捜査をしたらそんなことはわかるから』

でも、という言葉が再び口をついて出る。

『本当の犯人が見つかるまでに時間がかかってしまったら……』

『え？』

『公演は、どうなるんだ』

一瞬、沈黙が落ちた。

一拍遅れて、そうか古永は俺が主役だということを知らないのか、と気づいて『俺が主役なんだよ』と続ける。

すると、さらに一拍置いてから古永が言った。

『……おまえ、何を言ってるんだ？』

その声には、戸惑いと呆れが混ざっていた。

『今はそんな話をしている場合じゃないだろう。逮捕される心配をしているってことは何か犯罪絡みの話なんだろ？　だったら、』

咄嗟に電話を切っていた。そのまま震える親指を二つ重ねるようにして電源ボタンを長押しする。

どうして、古永になんて連絡してしまったのだろう。

そんな話？　公演のことが？　俺が一体、どれほど本気で――違う、おかしいのは俺だ。

実の弟が死んだというのに、自分の公演のことしか考えられない自分。悲しみよりも何よりも、何でよりによって今なのかとしか思えない自分。

誠は膝を抱えて身体を丸めた。

とにかく、もう一度あゆ子に、と再びスマートフォンの電源を入れる。けれど、至急連絡が欲しい、という文面を作って送信しようとしたところで、この文面が後で問題になることはないだろうか、と不安になった。

ささくれを噛んで引き剝がす。思いのほか大きく剝がれて血が滲み、無造作に服の裾で拭ってから、この血が後で何か問題になったら、と腕が止まる。

誠は顔を歪めながら時計を見上げた。二十二時四十九分――公演まであと二日。

首をねじって、先ほどから全く変わらない場所で倒れている豪を横目で見た。

――とりあえず、公演が始まるまでは隠せないだろうか。

どこかに運んで、隠して――そこまで考えて、ゾッとした。

自分は一体何を考えているのだろう。そんなことをしたら、本当に自分が犯人みたいではないか。

誠はもう一度スマートフォンをつかみ、あゆ子へのメッセージ画面を開く。

〈カインに出られなくなった〉

送信し、ほんの少し息をついた。

これなら詳しいことは書かなくても非常事態なのだとわかるはずだ。そう自分を励ますように考え、しばらくしても既読がつかないのを見て、そうだ繋がらないのだったと思い出す。

と、そのとき、スマートフォンが震え始めた。

思わずびくりとしてスマートフォンを取り落としそうになり、画面に表示された古永の名前に息が止まる。

もう電話に出る気にはなれなかった。出れば通報しろと諭されるだけだ。自分の異常さを指摘されるだけ——そのまま電話が切れるまで待ち、不在着信、という文字が出たところで詰めていた息を漏らす。

背中を丸めて頭を掻きむしった。自分は何をやっているんだろう。これからどうするつもりなのか。

ハッと顔を上げ、浮かんだ名前に絶望的な気持ちになる。

――もし、本当に公演に支障をきたすことになったりしたら。

誠は震える指を動かして、誉田の番号を表示した。とにかくかけたとしても出ないかもしれない。そう自分に言い聞かせながら、という事実を作るためだけに発信ボタンをタップする。

スマートフォンを耳に当てると、発信音が響き始めた。

一回、二回、三回――これでもう切っていい、と耳からスマートフォンを浮かしかけた瞬間、『はい』という誉田の声が聞こえた。

肩が大きく跳ねる。

『あ、あの、藤谷ですけど』

『何だ』

言い終わらないうちに返されて、どっと汗が噴き出た。それでも誠は何とか吐き出すようにして説明を始める。家に帰ったら弟が倒れていたこと。おそらく死んでいること。自分がやったわけではないこと。自分の家の包丁が使われているらしいこと。弟は女関係にだらしないところがあったからそういうのかもしれないと続けたところで、『藤谷』と遮られた。

『そのことは誰かに話したか』

『え……いえ』

答えながら、古永にしてしまった電話が蘇る。だが、何となくそう言い出せずにいると、『家はどこだ』という声がした。ひとまず答えた途端、今から行く、と続けられる。

『ここにですか？』

『誰にも話すなよ。人が来ても誰も家に入れるな。三十分で行く』

誉田は一方的に言って電話を切った。

呆然とスマートフォンを見下ろしているうちに、胸の内に微かな安堵がこみ上げてくる。誉田が来てくれることに安堵を抱いたのは初めてだった。これで、とにかく誉田がどうするかを決めてくれる。

きっかり三十分後に家のチャイムが鳴った。

誠は全身を縮め、音を立てないように玄関まで進んで覗き穴に目を当てる。誉田の姿が見えて、思わず悲鳴を上げそうになった。寸前で飲み込んで痛いほどに早鐘を打っている胸をつかむように押さえる。

はい、と扉のすぐ前だけに聞こえるような声量で言ってから鍵を開けた。誉田は挨拶もせず目も合わせず、無言で中に押し入ってくる。

『どこだ』

『あ、はい、こっちです』

すばやく靴を脱いだ誉田を先導する形でリビングまで進み、豪の姿が見えたところで足を止めた。誉田は構わずに誠の横を通り過ぎて豪の傍らに立つ。

その場に片膝を立ててしゃがみ込み、数秒間豪を眺めてから立ち上がった。

『ここはおまえと弟の家なのか』

誉田は冷えた目で部屋を見回す。

『いえ……尾上とルームシェアしていて』

舌打ちが聞こえた。思わずびくりとして誉田を見るが、表情は特に変わっていない。

『だったらどうしてここで死んでいる』

『わからないんです。俺もさっき帰ってきたらこうなってて……』

誉田は顎をしゃくるようにしてエアコンを示した。

『冷房をつけろ』

『え、冷房ですか？』

誠は目を見開く。暖房をつけていなかった室内は既に手がかじかむほど寒い。聞き間違いかと思いながらもエアコンを手に取り、設定を冷房に変えてからつけると、エアコンは唸るような音を上げながら冷風を吐き出し始めた。

『もうおまえは、スタジオに来るな』

誉田が短く告げる。

ハッとして顔を向けると、『ここに尾上が帰ってこられないようにする』と続けられた。

その言葉がどういう意味なのかわからない。尾上を帰ってこられないようにするとは、どうやるのだろう。

『あの、公演は……』

『おまえはここで練習をしていろ』

誉田はそれだけを宣言するように告げると、誠の答えも待たずに部屋を出て行った。誠は、先ほどよりもさらに冷えた部屋の中で、弟の死体と共に取り残される。

何が何だかわからなかった。だが、とにかく誉田の言う通りにするしかない。

そして、誠は誉田の言う通りにし続けた。

弟の死体がある部屋で生活しながら時間が過ぎるのを待つ。気がかりは古永のことだったが、古永はとりあえず通報はしないまま様子を見てくれることにしたのか、突然警察が踏み込んでくるようなこともなかった。

鏡の前で練習を続けながら、自分はおかしいのだろうと何度も思った。けれど、いつまでも上手く実感が湧かなかった。これは悪い夢なのではないか。目を覚ませば、すべて元通りに戻っているのではないか——

『それでは参列者の皆様にご焼香いただきます』

単調な声音のアナウンスに我に返った。

母親のすすり泣く声が聞こえる。その背中を支えようとするかのように豪の父親が手を伸ばした途端、母親が身をよじりながら振り払った。まるで、恋人と喧嘩した十代の女の子が相手に自分の怒りを思い知らせようとするかのように。

そのまま母親が泣きながら席に戻ってしまうと、豪の父親はその場に取り残された。その痴話喧嘩とも言えないような光景を前に、誠は、みっともないな、と吐き捨てるように考える。

それは、豪の父親に対してでも、二人に対してでもなく、ただ母親だけに向けられた感情だった。

豪の父親と離婚した後の母親は、前にも増して情緒不安定になった。ペラペラと機嫌良く話し続けていたかと思いきや、突然泣き出し、どうせ全部私が悪いんでしょう、と怒鳴り始める。

何がきっかけだったのかもわからなくて反応できずにいると、どうして黙っているの、言いたいことがあるなら言えばいいじゃないと地団駄を踏み、かと思えば、お母さんはあなたたちのことが一番大事なのよ、と抱きしめられた。

あなたたち、とは言うものの、母親が特に絡んだのは豪の方だった。豪の好物を作りたがり、豪の部屋を勝手に漁《あさ》り、豪が怒ると泣いてすがる。

気味悪がった豪が母親と距離を置こうとするとさらに悪化し、やがて豪が母親のあしらい方を身につけると母親も落ち着いた。

豪の父親は、焼香台の前で立ち尽くしていた。

考えてみると、かなり久しぶりに見る姿だ。わざわざフランスから来たのだろうか、と思い、まあ息子の葬式なら当然か、とも思う。大きな身体は昔よりは少し萎んだようだったが、それでもこの場では場違いな印象を受けるほど大きい。身体に合う喪服がなかったのか、布がはち切れそうに張っている。

豪の父親は、祭壇を見つめたまま動かなかった。会っていなかったとしても息子の死はショックなものなんだろうか、と考えていると、豪の父親は首をねじって司会者を見る。

その困惑を貼り付けた横顔に、ただ焼香のやり方がわからないだけなのだと誠は気づいた。母親がほとんど焼香らしい焼香をしないで席に戻ったものだから、手本を見ることもできなかったのだろう。

ふいに誠は、目の前の男に強い親近感を抱く。

この場で一番自分と近いのはこの男だという気がした。血が繋がらない、幼い頃の一時期一緒に暮らしたことがあるだけの豪の父親。

『二つまみ香を落としてからお手を合わせくださいませ』

司会者が助け船を出すように言っても、豪の父親は日本語が上手く理解できないのか動かなかった。誠は立ち上がって隣でやってみせてから、そう言えばさっき母親には手を伸ばす気にはなれなかったなとまた思う。

豪の父親は忙しない手つきで香を落としてから手を合わせると、ほとんど何も語りかけていないのではないかと思えるような速度で顔を上げた。誠に顔を向け、礼を伝えるように小さく会釈をする。親切な他人に向かってするように。

会食の時間が始まると、再び部屋のあちこちで自分の名前を囁く声が聞こえるようになった。

誠はあぐらをかいて畳の縁《へり》を眺めながら、こういうとき豪だったらどうするだろう、と考える。死んだのが自分で、兄弟の葬式に出ているのが豪だったら。

豪はきっと、目の前の寿司を躊躇いなく食べているだろうな、とまず思った。好物のマグロだけを立て続けに食べて、もし親戚の誰かが話しかけてきたら適当に兄との思い出をそれらしく語ってみせる。その理解しやすい姿に、周りは安堵するのだろう、と。

だが、自分にはそれはできない。だからこそ、周りは落ち着かないままなのだろう。一体兄弟の間に何があったのか。弟の死を悲しまないなんて、やはりどこかおかしいのではないか。そう思われても仕方ないのだろう、と他人事のように思う。だって、自分でも思っているくらいなのだから。

ふいに、視界の端で母方の親戚の誰かが近づいてくるのが見えて、咄嗟に誠は席を立った。そのまま足早に廊下へ出る。

廊下の空気は部屋の中よりも冷えていて、ぶるりと震えると同時に尿意を覚えた。誠はトイレへ向かいながら、やっぱり今日の夕方には東京に帰ろう、と考える。

あの家で、母親と豪の父親と三人で寝泊まりするところなど想像もできなかった。第一、母親ももう自分の顔など見たくもないだろう。誠はそう思いながら、自分がそのことに何の衝撃も受けていないことにほんの少し驚く。

ただ、今はすべてが億劫だった。詮索されること、儀式に参加しなければならないこと、逃げ回っていなければならないこと。

——早く、稽古に戻りたいというのに。

そう考えて、稽古、という言葉に、ああ、そうだ、という脱力するような実感が湧いてくる。

もう、公演は終わったのだ。

この一週間、とにかく無事に公演を終えることしか考えられなかった。逆に言えば、それ以外のことは考えずにいられたのだ。

うつむきながらドアを開けた瞬間、人影が見えて反射的に身構えた。目の前の人物も身構えたことがわかって、一瞬後に豪の父親だと気づく。

豪の父親は気まずい空気をごまかそうとするように、よお、と片手を上げた。

「さっきは助かったよ」

誠は小さく会釈を返しながらトイレに足を踏み入れる。そのまま豪の父親の隣に並んでチャックを下ろすと、妙な居心地の悪さを感じた。早く立ち去りたかったが、こういうときに限って上手く小便が出てこない。

「いつまでいるの」

黙り込んでいるのも余計気詰まりな気がしてそうフランス語で尋ねると、豪の父親はホッとしたように「明後日くらいまではいるつもりだよ」と答えた。

「誠は？」

「俺はもう帰るよ」

再び沈黙が落ちる。

そこでやっと小便が出てきて、その微かな解放感に息が漏れた。

豪の父親は一足先に用を足し終えたようでチャックを上げる音が聞こえたが、立ち去る気配を見せない。

「大きくなったな」

突然しみじみとした口調で言われて不快感を覚えた。だが、顔を向けると豪の父親は無理してそうした声を出したことを後悔しているように苦虫を噛み潰すような表情をしていたので、誠は「おかげ様で」と答える。

小便が止まるのを待ってチャックをしめ、手を洗ってからトイレを出た。誠の父親もついてきたが、このまま立ち去ろうと思ったところで、今戻ればあのさっきの親戚の誰かの相手をしなければならなくなるのだと気づく。

――だとすれば、自分と同じように自らの立ち位置をつかみきれずにいるこの人と話している方がまだマシなのではないか。

誠が足を止めると、豪の父親はその隣に並んだ。そのまま、二人で廊下に飾られた無難な風景画を眺めるような構図になる。

何かを話すべきだろうかと思ったものの、特に話したいことはなかった。豪とのエピソードを思い出そうとしても、何も浮かばない。東京で一緒に暮らしていた間も、会話はほとんど交わさなかったし、その前は顔を合わせることすらなかった。

子どもの頃はそれなりに仲が良い兄弟だったはずなのに――ふいに、脳裏に虹のルンルン王子の絵本が蘇る。

「そう言えばさ、『虹のルンルン王子』って絵本知ってる?」

誠は何となく尋ねてから、そうだ、と思った。

――もしかして、あれはフランスで出版された絵本だったのではないか。

「ルンルン?」

豪の父親は怪訝そうに訊き返してきた。

誠は「『虹のルンルン王子』」と繰り返す。

「俺が子どもの頃に何度も欲しがっていた絵本なんだけど」

だが、豪の父親は視線をさまよわせてから眉尻を下げた。

「悪い、わからない」

それで会話が終わった。

再び落ちた沈黙の中で、まあ、それもそうだよな、と誠は思う。フランスの絵本だとしても、当時特に育児に参加していたわけでもないこの人が覚えているわけがない。

そう思った瞬間、豪の父親が「ああ」と思い出したような声を出した。

「あれだろう。絵本じゃなくて、誠が子どもの頃に見たっていう夢の話」

「夢？」

声が裏返る。

「まさか」

「いや、本当だよ。ああ、そうだ思い出した。それでいくらせがまれても買ってやることができなくて困ったんだ」

視界が急速にぼやけていくのを感じた。

まさか、と思うのに、否定しきることができない。なぜなら、そう言われてみれば元の本をめくった記憶がなかったからだ。

そして、今となっては自分が豪の絵本に描かれていた色しか思い出せないということ。

だからだったのだ、と思うと、妙に腑に落ちるものがあった。

いくら探しても見つからなかったのは――存在しない本だったから。

腹の底で、何かが蠢《うごめ》くのがわかった。

誰とも共有できないはずの、自分が見ただけの夢――けれど豪は、それを完璧に再現した。

あの豪の絵に描かれていた光景は、たしかに昔自分が目にした光景と同じだった。

ふいに、誠はどうすればいいのかわからなくなる。

豪がいなくなったところで、自分の人生には何の変わりもないはずだった。むしろ喪失感も悲しみも感じないことの方に罪悪感を覚えてさえいた。それなのに――

誠は弾かれるようにして祭壇を振り向く。

込み上げてくる感情が、何なのかはわからなかった。ただ一つわかるのは、これで取り返しがつかなくなったということだ。

――豪とはもう、二度と言葉を交わすことができない。

# 5　皆元有美

改札を出てすぐ前の道には、自動販売機とコインロッカーがずらりと並んでいた。大きく書かれた〈１００円〉という文字が目に飛び込んできて、そのくっきりとした原色の集まりを視界から締め出すように左右を見回すと、駅前とは思えないほど細い道の脇には背の低い民家が続いている。

有美はスマートフォンで地図を確認し直して右へ曲がり、伏し目がちに突き当たりまで進んだ。突然道幅が広くなったと思った途端、空やその先の光景を塞ぐような高架と土手に圧迫感を覚える。

けれど高架を背にすれば目の前に広がるのは何の変哲もない住宅街で、その間に延びている歩道を歩いていると奇妙なバランスの悪さを感じた。不安にも似た落ち着かなさが、本当に景色によるものなのか先入観ゆえなのかはわからない。

この街に何があるのかを知らなければ、きっとこんなふうに感じることもない――そう考えかけた瞬間、〈保釈保証金立替えいたします〉という看板が見えて足が止まった。

有美は、ショルダーバッグの紐をつかんでいた手に力を込める。無意識の内に脇も締めていたのか、雑誌がたわむ音がバッグの中から微かに聞こえた。

ここに来るまでの電車の中でも繰り返し眺めてきた週刊誌のページが、脳裏に浮かび上がる。

〈「今さらそれを、あなたが言うのかと思いました」〉

望月澪の証言として記述された箇所は、そうした一文で始まっていた。

けれど、その後に続いている文章をいくら読んでも、有美には意味がよくわからなかった。

彼女はずっと、自分が欲しいものを手に入れていたはずだった。豪から求められ、崇められ、唯一無二の存在として扱われていた。

なのに――

豪が殺されたというニュースを最初に知ったとき、有美はいつものようにダイニングテーブルでカップスープを冷ましていた。

立ち上る湯気を見つめながら、荒れた手の甲をぼんやりと眺める。

体がひどくだるかった。頭が重くて、指先に力が入らない。疲れた、と言葉にして考えると、余計に疲労感が襲ってきた。

もし昨日、豪が劇場に来ていたら自分はどうしていたのだろう。

どうもしていないだろう、という答えがすぐに浮かんだ。きっと、普段と同じように笑っていたはずだ。豪といる時間を気まずいものにしたくなくて、せめて今日くらい、とすべてを先延ばしにして。

何も言わないままに舞台を観て、豪の絵について語れない代わりに舞台について語っていたのだろう。――いや、それとも舞台についても語れなかっただろうか。

有美は唇の端を自嘲気味に歪める。

結局のところ、自分には芸術というものがよくわからないのだ。何がすごくて、何はすごくないのか。どこを見て、何を感じ取ればいいのか。

わからないからこそ、何か深いものを感じ取っているかのような顔をし続けてきた。何もわかっていないことに気づかれないように、つまらない人間だと思われないように――だが、今になってみれば、豪にはすべて見抜かれていた気もする。

いつの間にかスープからは湯気が立たなくなっていて、口をつけるとお湯を入れすぎたのか味がひどく薄かった。中学生の頃に痩せたくて必死に食べ続けたダイエット食品のような味がする。

一気に飲む気をなくしてシンクに流した瞬間だった。

何気なくつけっぱなしにしていたテレビから「フジタニゴウ」という響きが聞こえて、ぎょっと振り返る。

画面に映っていたのは、見知らぬアパートの外観だった。

〈東京都小平市在住の自営業　藤谷豪さん(26)〉というテロップが流れ、人違いだという考えと、まさか、という思いが同時に浮かぶ。

年齢は同じ、東京都小平市在住でもある。だけど豪は自営業というのだろうか？

そう考えた途端、初めて客と不動産屋のスタッフとして会ったときの会話を思い出した。

最近パン工場でバイトしてるんですけど、と豪は話し始めた。

『裏返っているパンを元に戻したり延々とバナナの皮を剝いたりするんですよ。そういう機械を作るよりも人がやる方がまだ安いんでしょうね。だけど、自分がやる必然性はどこを探しても見つからない。手軽に惨めな気持ちになれますよ』

惨めな気持ちになりたいの、というのは、つき合うようになってから訊いたことだ。

だが、豪はそんなわけないだろ、と答えるだけで、結局なぜそのバイトをしているのかは口にしなかった。

有美はスマートフォンと財布だけを手に家を飛び出した。

こんなのは嘘だ。これが豪のはずがない。

豪に電話をかけながら駅まで向かい、流れてきた機械音声にほとんど怒りにも近い焦燥感を覚えながらタクシーを拾った。こんなことなら家の前の道で拾えばよかったと思い、違うたぶん電車の方が速いと思い直す。それでも降りることはせずに豪の家の前まで行くと、そこには特にマスコミの姿もなかった。

やはり、別の藤谷豪なのだ、と息を吐きながら階段を上っていく。チャイムを鳴らしても応答がなく、また鍵を使って入ってしまうかどうか迷いながらスマートフォンのニュースを開くと、豪の死体は兄の家で見つかったと報じていた。

〈兄はHHカンパニーのバレエダンサー、藤谷誠氏〉という文字が見えて、息を呑む。

まさか、ともう一度考えていた。そんなのは何かの間違いだ。そんなはずがない――自分に言い聞かせるように思うのに、脳裏には豪の言葉が反響していた。

『兄ちゃんが「誰か呼んでくる」って言って元来た道を引き返し始めたんだけど、それからいくら待っても全然帰ってこなくてさ。じっとしていても少しずつ沈んでいくのがわかって、ああ、これは死ぬのかもしれないなって』

あんな子どもの頃の話、今さら関係あるはずがない。

気づけば、有美はその場にしゃがみ込んでいた。

唇がわななくように震え、上手く呼吸ができない。自分は、豪と兄の間に複雑な関係があることを知っていた。

だとすれば、自分には何かができたのではないか。震えが止まらなくて、どうすればいいのかわからなかった。自分はもしかしたら、彼の運命を変えられる最後の砦《とりで》だったのではないか。

だが、ほどなくして殺人容疑で逮捕されたのは豪の兄ではなく、望月澪だった。


ずっと、あの女さえいなければと思ってきた。

誰よりも豪の近くにいて、豪の心をつかんできた女。

だが、だからこそ、豪を殺したのがあの女ということだけはあってはならなかった。

だって——どうして、豪を殺したのが私ではなく、あなたなのか。


週刊誌の記事によれば、彼女が豪からモデルの解雇を言い渡されたのは事件の三カ月ほど前のことだったという。

そして事件当日、彼女は一方的な解雇の交換条件として、ある絵の譲渡を求めた。

〈storm〉——有美が最初に目にした豪の絵だ。

今やどの展覧会でも作品が完売する藤谷豪が、唯一手放さずにいた初期の代表作。

けれど豪は、彼女に対してその譲渡を承諾した。

その絵が置かれていた昔の住まいへ彼女を連れて行き、そこで、殺された。

有美は、拘置所にいる彼女に対して面会申請を出すことにした。どうせ拒絶されるのだろうと思いながら申し込み用紙に記入し――だが、予想に反して面会が叶うことになった。

有美は病院の待合室を連想させる角張ったソファに腰掛けながら、いつの間にか握りしめていた拳をぎこちなく開いた。

細かな皺が寄った番号札がもがくように広がる。その中心に書かれた八という数字が読み取れたところで「八番の方」という単調な声が耳朶《じだ》を打つ。

弾かれるように席を立ち、足早に受付へ向かった。番号札をカウンターの上に置くと、制服姿の女性は「時間は十五分間です」とだけ告げて目線で扉を示す。

十五分間――たったそれだけの間に、どんな言葉をかければ、彼女は本当の話をしてくれるのか。

有美は薄灰色の扉へと歩み寄り、拳を振り下ろすようにノックをしてから、ゆっくりとドアノブを回した。

部屋の中心には、穴の空いた透明のアクリル板があった。

映画やドラマで目にしたことがある光景のせいか、奇妙な夢を見ているような感覚になる。

自分がこんな場所にいるのだということが、ひどく不思議な気がした。一瞬、どちらが外なのかわからなくなる。

やはり、豪を殺して逮捕されたのは自分なのではないか。私は、それを受け止めることができていないだけなのではないか。

だが、現れた望月澪の傍らには、刑務官の男性が立っていた。彼女がアクリル板の前まで進み出てくる間もその目は彼女を監視するように見ている。

パイプ椅子に腰掛けた望月澪は、劇場で目にしたときよりもさらに痩せたように見えた。その憔悴しきった様子に、たった今自分が考えかけた妄想がありえないとわかる。

やはり、逮捕されたのは彼女の方なのだ。

「会ってもらえるとは思わなかった」

語りかける声が喉に絡んだ。

望月澪は唇をほんの少し開く。

「私も、あなたから面会申請が来るとは思わなかった」

だが、そこで彼女が口をつぐむと、有美も言葉が出てこなくなった。

目の前の女性は、人を殺したのだと思うと、自分がいかに甘かったかを思い知らされる気持ちになる。

自分はあんなふうに包丁を買って持ち歩いていたけれど、結局のところ本当に使う気などなかったのだと認めざるを得なくなる。箱から出して柄を握りしめ、豪に向かって突き出すことなど、少しも考えたことはなかったのだと。

だが、この女性は実際にそれをやったのだ。

人が人を殺すということ。

その、自分が決して越えられなかった一線を、彼女は越えた。

そこには、一体どれだけの感情があったのか。そうでもしなければ解けないほどの結びつきが、二人にはあったというのか。

ずっと、本当のことが知りたいと思ってきた。二人は、どういう関係なのか。彼女は一体何を考えているのか。

あの日、二人の間で何があったのか。

ニュースや記事などではなく、直接顔を合わせて話を聞けば、答えがわかると思ってきた。けれど、本当にそうなのだろうか。

自分ならば決して越えないであろう線を越えてしまった人の気持ちなんて、自分に本当に理解できるのか。

そう思うと、何を訊けばいいのかわからなかった。だが、このまま何も訊かずに帰っていいのか――

「ニュースとか記事とかで、事件について読んだんだけど」

有美がかすれた声で切り出すと、望月澪が虚ろな目を向けてきた。その反応に励まされる形で、有美は「でも」と続ける。

「結局、よくわからなかったの。だから、本当のことを教えてほしいと思って」

「本当のこと？」

望月澪が、ゆらりと揺れるように首を傾ける。

有美は身を乗り出した。

「どうして豪を殺したりしたの。あなたと豪はどういう関係だったの」

結局のところ、こう訊くしかないのだと思った。これが一番知りたいことで、これ以外に知りたいことなどない。

ふいに、女同士で腹を割って本当のことを教え合い、嫉妬していたことも嫉妬されていたことも伝え合えるとしたら、それが一番楽になれる方法ではないか、と考えたことが蘇った。

豪に振り回される苦しさと愉悦は、きっと実際に振り回されたことがある人間にしかわからない——だが、あのときもう既に彼女は決定的なことをしてしまった後だった。

望月澪が唇を開いていくのが、妙にゆっくりと見えた。

有美は喉仏を上下させる。彼女は一体何と答えるのだろう。果たして、真相は何だったのか。

だが、望月澪は静かに答えた。

「私はずっと、あの絵を守りたかった」

予想外の返答に、有美は眉根を寄せる。

「どういうこと？」

望月澪は、もう唇を閉じていた。

「守りたかったって、何から？」

有美が問いを重ねても、それ以上は答えようとしない。ただ、光のない目を宙へ向けている。

――絵を守りたかった？

有美は言葉を反芻した。何を言っているのだろう。意味がわからない。

「だって……」

視界が暗く狭くなっていく。

「あなたは、絵を壊そうとしたんでしょう？」

〈「殺そうと思って包丁を手に取ったわけではありません」〉

週刊誌には、そんな証言が取り上げられていた。

〈目の前の絵を壊すために包丁を握り、彼に訊いたんです。

「私のものになったのなら、これを壊すのも私の自由でしょう」と〉

「時間です」

刑務官が低く言い、望月澪の腕を引くのが視界の端に映った。

有美は立ち上がってアクリル板に手をつく。だが、上手く焦点が彼女に合わない。

「ちょっと待って！　まだ何も、」

ドアが開く音が、少し離れた場所で響いた。


受付で荷物を返されると、脱力感が込み上げてきた。

自分は一体、何をしにここまで来たのだろう。

なぜ、何もわからないままなのだろう。

スマートフォンで時間を確認すると、十一時を少し回ったところだった。

午前半休を取った日は、十三時までに出勤すればいいことになっている。けれど、今は昼食を摂る気にはなれなかった。

何をどう考えればいいのかもわからないままに電車に乗り、職場へと向かう。

出勤時間よりも一時間早く着き、制服に着替えて窓口に座った。しばらくして入ってきた男性に向けて、いらっしゃいませ、こちらへどうぞ、と声をかける。

有美の前に座ったのは、三十代半ばくらいの男性だった。

「いらっしゃいませ」

口角を上げてもう一度口にした瞬間、乾いた唇が引きつる感触がする。

男性から受付票を受け取り、指先でなぞりながら情報を確認した。すぐさま頭の中にいくつかの物件が浮かぶ。

「そうですね、こちらの条件ですと」

ファイルから物件情報の紙を引き抜き、まずは二つ男性の方へ向けて並べてから、席を立って別のファイルを取りに行った。

席に戻ってファイルをめくる手が、自分のものではないように思えた。

何一つ、変わっていなかった。

物件情報を説明し、新たに出てくる要望に合わせて別の物件情報を案内し、いくつかに絞り込み、鍵の手配をする。客を車に乗せて物件まで運び、中へ通して物件をチェックする客を横目に見ながら、自分でも物件の状態を確認する。

四件目の物件は、築十一年の七階建てマンションだった。エレベーターで四階へ上がり、合鍵を使って扉を開ける。閉め切られていた部屋特有のこもった空気の中に足を踏み入れ、客の前にスリッパを並べた。後に続く形でリビングの奥まで進んだところで、客が「ここって、音とかどうなの」とぼそぼそした声で訊いてくる。

「そうですね、こちらは上の階もお隣も、お住まいになっているのはお子さんのいないご夫婦ですし、それほど騒音は……」

「そういうことじゃなくてさあ」

微かに苛立ったような声に遮られた。

「やっても大丈夫かって話だよ」

客は、有美から視線を外したまま言った。

「俺、結構デリヘルとか呼ぶからさあ」

ちらりとうかがうような目を向けてくる。

特に驚くようなことではなかった。よくあることとまでは言わないが、これまでにも経験がないことではない。

こちらが動揺して恥ずかしがる様子を見たいだけなのだろう。

それでも有美は、部屋の壁が迫ってくるような錯覚を覚えた。玄関までの距離を確認したくなり、首の筋に力を込めてこらえる。

そうですね、とできるだけ先ほどと同じ声音になるように気をつけて言いながら、書類に目線を落とした。微笑みを浮かべてから、顔を上げて男を見る。

「こちらは鉄筋コンクリート造ですし、」

ちっ、という音に、喉が詰まった。

一瞬、身体の下半分の感覚がなくなり、頬が引きつる。

「失礼しました」

そう言って頭を下げることで、強張りが取れた。

「気になるところですよね。でも、先ほども申し上げたようにお隣はご夫婦ですが、以前こちらにお住まいだった方からは特段そうしたお話は出ておりませんので、それほど気にしなくても大丈夫なのではないかと」

頬骨を意識的に持ち上げて言うと、男は気まずそうに「ならいいけど」とつぶやいてキッチンへ向かった。

有美は笑顔の形をした顔を男に向けたまま、いつもの手順をなぞっていく。部屋を出て鍵を閉め、車内で客と談笑しながら店へ戻り、物件を押さえる。

休憩時間に更衣室に入り、ベンチに腰を下ろしてようやく、腹の奥に黒く冷たい何かが沈み込んでいるのを感じた。もう何度も同じように飲み込んでは、決して消えることなく積み重なっているもの。

仕事なのだから、と思おうとする。けれど、そうではないのだと、本当は知ってしまっている。

『何でだか俺がつき合う女の子って、みんな心が弱いんだよね』

ふいに、豪の声が蘇った。

そしてそのとき、とてもひどいことを言われたのだと感じながら、『豪は優しいから』と媚びた自分。

なぜ、自分はあのとき言い返さなかったのだろう。

――なぜ、自分は、さっきもあの男に媚びたのだろう。

答えはすぐに浮かぶ。

怖かったからだ。

物件内は密室で、男がどんな人間かもわからない。もし男が何かをしようとしたら、自分は逃げられないかもしれない。

とにかく男の苛立ちを収めたくて、そのためには媚びるしかないような気がした。

――だけど、実際に暴力を振るわれたわけではなかったのだ。

力によって抵抗を封じられたわけではなく、なのに、その前に自分から降伏した。自分で、男を許し、男に服従することを選んだ。

まるで、共犯者のように――そう考えた瞬間、身体の内側から何かが溢れ出してくるのを感じた。

面会室で目にした望月澪の顔。

豪の個展に来て、〈storm〉の前で何十分も立ち尽くしていた男に、彼女がされたこと。

そして、『パッと見、怪我している様子もなかった』という豪の言葉。

彼女も、暴力によって抵抗を封じられたわけではなかった。

全力で抗い、殴られて、それでも足掻き、さらに手足を押さえつけられて、もうどうやっても抵抗できない状況に追い込まれたのではなく、その前に男に服従することを選んだのではないか。

だって、目の前の男が本気になれば絶対に力ではかなわないことを、知っているから。

それは、予感ではない。普段は意識しないようにしていても、決して覆ることはない事実だ。

だからこそ、暴力の片鱗を感じ取るだけで、身がすくむ。抗うことなど考えられなくなる。

けれど、実際に暴力を振るうよりも前におとなしくなったということは、時に別の意味に解釈される。

媚びた——まさに、自分自身が感じたように。

その男が、直前まで見ていたのは、〈storm〉だった。

有美はロッカーを開け、鞄から週刊誌を取り出す。

ページを開くと、〈storm〉が目に飛び込んでくる。

暗いがらんどうの部屋、踊る裸の女性――もう、その女性は、暴力にねじ伏せられているようにしか見えない。

腹の奥の冷たい何かが、全身へ広がっていく。

彼女にとって、この絵は、その後どんなものであり続けたのだろう。

〈負けた、と思いました。彼女のムービングポーズは、それ自体が既に表現として完成されていた。自分の表現の中に彼女を取り込んで解釈しようとするのに、気づけば彼女の表現に引きずり込まれていたんです〉

豪と戦い、脅かしてさえいた彼女。

ただ一方的に写し取られるのではなく、彼女自身も生み出していたからこそ、あの絵はあれだけのエネルギーを持っていた。

激しい嵐の中で、それに揺らぐことなく自らの足で踊っていた、唯一無二のミューズ。

けれど、その輪郭が揺らいでいく。

信じてきたものが――自分自身が。

『私はずっと、あの絵を守りたかった』

彼女の声が、耳の奥で反響する。

彼女がなぜ、ひどい出来事と結びついているはずのあの絵にそれほどこだわったのかわからなかった。

なぜ、沈黙を選んでまで、あの絵を守ろうとしてきたのか。

けれど——だからだったのではないか。

あの出来事が明るみに出れば、もう誰からもあの絵は、暴力にねじ伏せられている女性にしか見えなくなってしまうから。

〈「今さらそれを、あなたが言うのかと思いました」〉

週刊誌のページが、視界の中で滲んでいく。

きっと、この記事を読んだ誰も、理解していない。

どうして豪を殺したのか、という問いへの彼女の答えを。

〈「絵を壊せなかったから」〉

彼女は、この絵を壊すために包丁を手に取った。

それは、こんなものがなければ、という思いからだったのか。それとも——それでもすがりついてしまう自分を、壊してしまいたかったからなのか。

壊してしまえば、自由になれる。

けれど、壊してしまえば、残らなくなってしまう。自分の輪郭、豪と共に生み出してきたという証が。

もう二度と、新たに生み出せないのだとしたら——それは、決して失えないものなのに。

『私のものになったのなら、これを壊すのも私の自由でしょう』

そう口にしたときの彼女の目に映ったものが、有美には見える気がする。聞こえていた音が。

響き始めた甲高い耳鳴りの中で、有美は思い出す。包丁を手に、劇場に入ったときに考えたことを。

きっとここで止められる。——止めてくれる。

けれど豪は、彼女を止めなかった。
包丁を手に、絵へと近づいていく彼女を、黙って見ていた。
そして、彼女が絵の前に立つ。
動かない彼女の背中へ向けて、豪が言う。
『いいよ』

# エピローグ

煙を吸い込んだ瞬間、身体の内側が求めていたものを歓迎するように開き、また瞬時に縮こまるのを感じた。

行き場を失った煙がそれでも肺の中を往生際悪くさまよい、やがて吐き出す息と共に絞り出されていく。ひと息目でわずかな隙間はすべて満たされ、既に身体のどこも受け入れようとしていないことがわかるのに、松浦はふた息目を深く吸い込んだ。

胸の中心に息苦しさと吐き気を覚え、おくびが出そうになるのをこらえながら重い空を見上げる。雲の影ばかりがくっきりと暗い。

吐き出した煙は、行方を見届ける間もなく宙に消えた。

伸びてきた灰を灰皿に落とし、また流れの中で煙草を口にくわえる。振り返るまでもなく、視界の端には階段横でスマートフォンをいじっている妻の姿が映っていた。

江澤から妻に、尾上和馬に会いに行くことになったのだけれど一緒にどうか、という連絡が来たのは三日前のことだった。

カイン役の藤谷誠の行方がわからなくなったことで代役に抜擢されたという尾上は、けれど直前になって元の役に戻された。その混乱のためか初日の舞台上で振りを間違えるミスを犯し、翌日の公演から休んで実家に帰っていたらしい。

アパートの荷物を回収するために上京するという情報を聞きつけた江澤が、すかさず連絡を取ったのだという話だった。

待ち合わせ場所である荻窪駅前に江澤の姿が現れたのは、松浦が胃の上をさすりながら続けざまに三本目の煙草に火をつけたときだった。

松浦は迷わずに火を揉み消し、指先についた灰をスラックスの尻にこすりつけるようにはたきながら喫煙スペースを出る。

周囲を見回していた江澤はまず松浦を見つけ、それから妻を見つけた。

「おはようございます」

江澤は前回と同様、昼過ぎという時間に構わない挨拶をすると、スマートフォンへ目を向けて「とりあえず向かいましょうか」とひとりごちる口調で言った。

そのまま歩き始めた江澤の斜め後ろに、妻と松浦がついていく形になる。

沈黙は数秒ほどで、妻が「そう言えば」と切り出した。

「その尾上くんっていう子には、何て言って連絡を取ったの」

江澤は前を向いたまま「別に、いつもと同じですよ」と答える。

「自分がHHカンパニーの元団員だということを伝えて、今回の件について知って居ても立ってもいられなくて連絡したんだって言うんです」

いつもと同じ、という言葉に、居ても立ってもいられなくて、という言葉がそぐわない。

実のところ江澤にとってはどちらの感覚の方が強いのだろうと思いながら角を曲がると、見覚えのある建物が見えてきた。

ニュースでも何度か目にした古いアパートだ。

事件直後にはマスコミの取材で騒がしかったことが影響しているのか、ほとんどの窓がカーテンまで閉め切られている。その中で唯一、むしろ冬場としては珍しいほど大きく開け放たれた窓があった。

「あそこですね」

江澤は小さくつぶやく。

道の反対側へと回り込み、奥まった玄関の前まで進んでから足を止めた。松浦がひと息つくより一拍早く、江澤がチャイムに指を伸ばす。

ヴー、という音が響いた。

その低く不快感を伴う音は、家のチャイムというよりも舞台の開演ブザーを連想させる。

はい、という低い声がして、ドアが開いた。

中から現れたのは、ジーンズに黒いタートルネックニットを合わせた細身の男だった。これが尾上和馬だろうと思うものの、ＨＨカンパニーのホームページに載っていた溌剌《はつらつ》とした笑顔とはかなり印象が違う。

「もうダイニングテーブルとかも運び出しちゃったんで落ち着かないんですけど」

尾上は物憂げな様子で言いながら、中へと促すようにまず自分が戻った。

江澤が「いや、こっちこそ引っ越し中に押しかけちゃって」と言いながら足を踏み入れ、妻と松浦も後に続く。

室内は、外観よりも随分と広く感じた。

大きな家具が既に取り除かれているためか、床がほとんど白に近いような色のフローリングだからか、あるいは、一面の壁が鏡張りになっているからか。松浦は不躾にならない程度に室内へ視線を滑らせながら、もうほとんど荷物が残っていないということは、ルームメイトであった藤谷誠は先に引っ越して行ったのだろう、と考える。

妻が「来る間に少し冷めちゃったかしら」と言いながら鞄から取り出したのはペットボトルの緑茶だった。

尾上と江澤は礼を言いながら受け取り、鏡を背にしてあぐらをかく。

「どうも、改めまして江澤です」

江澤が言いながら自分の分のペットボトルを乾杯をするように尾上に近づけると、尾上はほんの少し戸惑うような表情をしてから「尾上です」と言ってペットボトルをぶつけた。

その奇妙な挨拶に乗り遅れた松浦は、手持ち無沙汰に蓋を開け、温かいというよりはぬるい液体を喉に流し込む。

「今回は、本当に災難でしたね」

江澤がお悔やみを言うような、神妙ではあるもののどこか形式的な口調で言うと、尾上は、災難、と口の中で転がすように繰り返した。

「いや、災難っていう言い方は軽すぎるかな。人生をめちゃくちゃにされたわけですし」

江澤は言い直したが、それでも尾上はピンと来ていないようにペットボトルの口を見つめている。

だが、数秒して、まるでそこに書かれている答えを読み取るかのように「そうなんですよね」とつぶやいた。

「俺は、自分が選ばれたんだと思って必死に食らいついていったつもりだったけど……結局、俺だったのは、ただ俺が藤谷さんのルームメイトだったからで」

「本当にひどい話だと思いますよ。こんなとばっちりで振り回されて」

「だけど俺は本当に抜擢されたと思っていたんですよ。チャンスをつかんだと思ったんだ」

尾上が、江澤の言葉を遮るようにして続け、ペットボトルを握りしめる。

「でも誉田さんは初めから役を交代させるつもりなんかなかった。ただ、死体が見つかって騒ぎが起きたら迷惑だから、死体を公演日まで隠すために俺を家に帰らせないようにしただけだったんですよね」

尾上は、自分に言い聞かせるように低く言った。

松浦は目を伏せる。やはり来るべきではなかったのではないか、という気がした。妻を一人で行かせることはできないと思ってついてきてしまったが、そもそも来ること自体を止めるべきではなかったか。

「だけど、不思議なんですよ」

尾上の声がして顔を上げると、尾上は力ない表情を浮かべていた。

「どうして誉田さんは、わざわざ俺を家に帰さないという方法を選んだのか」

トン、とペットボトルが床に置かれる音が響く。

「もしあの日、普通に帰って死体を前にしていたとしても、俺は誉田さんに黙っていろと命令されていたら通報しなかったと思うんです」

「……もし、それで罪に問われることになるかもしれないとしても？」

江澤が尋ねると、尾上は江澤へ顔を向けた。

「江澤さんだったら通報したと思いますか？」

江澤が言葉を失ったように黙り込む。

尾上は再び手元に視線を落とした。

「少なくとも、あのときの俺には誉田さんの言うことは絶対でした。誉田さんに逆らうことなんて考えられなかったし、死体が見つかって大騒ぎになることで公演が中止になるかもしれないとしたら、そんなことは俺も避けたかった。だって、主役ではないにしても役をもらえていたんだから。――だったら、こんな回りくどいことをするより、俺を黙らせていた方が早かったと思うんです」

「だけど、あの男からすればそこまでの確証はなかったんじゃないか」

「俺が自分に従うかどうか信じられなかったってことですか？」

「まあ、実際のところ五分五分だろう。最初は従ったとしても、どんどん罪の意識は大きくなっていく。本当にこんなことをしていいんだろうか。これは、後でどんな問題になるのだろう――藤谷には死体が見つかることで自分が疑われかねない恐怖も、初めての主役をふいにするわけにはいかないという決意もあっただろうが、さすがに君にはそこまでの動機はない」

江澤は一度言葉を止めると、あるいは、と顎を撫でる。

「カイン役を務める男が、たまたま本物の弟の死に直面することになったという千載一遇のチャンスを逃したくなかったのか」

松浦は妻の顔を見た。

妻は、どこか狼狽《うろた》えるような表情を江澤に向けている。

江澤は尾上の方へ微かに身を乗り出した。

「津波の表現が不謹慎だとされた『オルフェウス』は、誉田自身が津波によって妻を亡くした当事者であることが知れ渡ると一転して、最愛の妻を亡くした男が悲痛な思いと鎮魂の祈りを込めて完成させた切実な作品だという評価に変わった」

尾上が目を見開いていく。

「そして、松浦穂乃果さんがまるで役柄の運命をなぞるようにして亡くなると、その直後に上演された『for Giselle』は本物の死の舞踏を表現した伝説の舞台として話題になった」

尾上が江澤の言葉に促されるようにして松浦と妻を向いた。

けれど視線が絡んだのは一瞬で、すぐに尾上の視線は宙をさまよい始める。

「あの男は、作品が現実とリンクすることで話題になるというのに味をしめたんじゃないかな」

それは、江澤自身がブログの中で書いていた言葉だった。

そして、妻が松浦に何度も読み聞かせてきた言葉。

「結局のところ、あの男は、話題性という作品の質とは関係ない裏技を使うことでしか成功を勝ち取ることができない偽物なんだよ。あいつが芸術のためだっていう大義名分をつけていることには何の正当性もないんだ。ただの暴力衝動や気まぐれ、憂さ晴らしに過ぎない」

江澤がひと息に言い募った。

表情を固まらせている尾上へ向けて、「だから、あの男に何を言われたんだとしても、自分を責める必要なんてないんだよ」と説き伏せるように口調を和らげる。

「本当にただのとばっちりなんだから」

だが、尾上は宙を見据えたままだった。

声が聞こえているのかどうかもわからないような表情で何かを考え込んでいる。

「……逆だったんじゃないかな」

ふいに、尾上はつぶやく声音で言った。

「逆？」

江澤が訊き返すと、「もし」と言いながら江澤を見る。

「本当に弟を殺したかもしれない人間がカイン役をやるってことで話題作りをしようと

したんだとしたら、事件が明るみに出るのが遅すぎませんか」

　――遅すぎる？

　松浦は妻を見た。妻も、松浦に戸惑い交じりの視線を返してくる。

「だって、初日の公演を見た人の評価で元々の作品の価値がバレてしまうじゃないですか」

「主役が逮捕されて公演が中止になったりしたら困ると考えたんじゃないか」

　慌てた口調で言い返したのは江澤だった。

「結局すぐに容疑者が逮捕されたからよかったけど、あの時点ではどうなるかわからなかったんだから」

「だったら、今度は暴露するのが早すぎます」

　尾上は静かに反論する。

「絶対に公演を中止させたくなかったのなら、公演の最終日まで隠していなければおかしい。初日の公演が終わったタイミングなんて中途半端です」

「それは、さすがにそんなに長くは隠し通せないから……」

「誉田さんがその気なら、もっといろいろ方法はあったはずでしょう。それこそ、ただ俺を黙らせるだけでよかったんだし、いっそのこと死体をどこかに隠してしまうことだってできた」

「いや、それは……」

「あのタイミングが、ギリギリの譲れないラインだったんじゃないでしょうか」

尾上はかぶせるように言った。

江澤と松浦、妻を見回すように視線を動かしていく。

「初演が終わって——檜山さんの速報レビューが出るまで」

「速報レビュー?」

松浦が思わず訊き返すと、尾上は顎を引いた。

「話題性を利用したかったんじゃなくて、絶対に話題性に邪魔されたくなかったんじゃないでしょうか」

だってそうでしょう、と松浦を見る。

「初演を逃せば、二度と本当の評価を知ることができなくなる」

短く息を呑む音が、江澤の方から響いた。

「俺だったら嫌だって思ったんです」

尾上が言葉を探すようにして続ける。

「体験したことだからリアリティがある、当事者だから扱う資格がある、切実さが違う——そんな、作品本体とは関係ないことに助けてもらわなければ評価されないんだとしたら、それは作品の敗北です」

尾上は太腿の上で拳を握った。

「誉田さんは絶対に手を抜くことを許さないんですよ。一秒たりとも、たった一つの動きであっても、何気なく無自覚にやることを許さない。徹底的に表現を探り続け、作品を作り上げていく」

拳を緩めながら手のひらを見る。

「だからこそ誉田さんは『オルフェウス』が当事者にしか作りえない心の叫びだと絶賛されたとき、愕然としたんじゃないかと思うんです。奥さんが亡くなっても必死にリハを続け、それこそ死にもの狂いで完成させた作品自体の純粋な評価を受けることができなくなったんだから」

だけど、と言い返す江澤の声はかすれていた。

「だったらあいつは、どうして今回の舞台で主役の実の弟の絵を使ったりしたんだ」

江澤は口にしてから、自分の言葉に励まされるように、そうだよ、と続ける。

「それこそがあいつが話題性に頼ろうとしたという証拠じゃないか」

「誉田さんは、藤谷さんの弟の絵を使うということを宣伝に使ったことは一度もないですよ」

「だけど、リハでは繰り返し弟と比べてけなしたんだろう。それに、死体を隠しておきたいだけなら君を家に帰さないだけでもよかったはずなのに、わざわざ弟の死体と過ごさせたのは役柄と同じ心理に追い込もうとしたからじゃないのか」

一瞬、尾上は江澤を憐れむような目つきをした。

「それは追い込みますよ。そうやって追い込まれる中で、ありものじゃない表現を見つけていくんだから」

松浦は、身体が冷たくなっていくのを感じる。

脳裏には、穂乃果の練習日誌に殴り書きされていた言葉が蘇っていた。

〈どうしてバレエなんて始めてしまったんだろう。適性も才能もないのになぜ続けてしまったんだろう。

なんで私はこんなに弱くてずるくてつまらない人間なんだろう。

こんなもののために今までの人生を費やしてきてしまって、もう取り返しがつかない。

私のせいでみんなが迷惑している。

もう消えてしまいたい〉

そして、「for Giselle」のパンフレットに載っていた誉田規一の言葉。

〈元々踊りが好きな少女として登場するジゼルの方が死の舞踏に追い込まれるとしたら、と考えました。踊りが大好きな人間が、踊り続けさせられる中でどんどん踊りを憎むようになっていくって、面白いじゃないですか〉

「……穂乃果が」

妻は、宙を見据えたまま声を震わせた。

「穂乃果が死ぬまで追い込まれたのは正しかったって言うの」

尾上が小さく息を呑む。

穂乃果は、と続ける妻の声がぶれた。

「あのジゼルの役みたいに、踊りを憎むよう仕向けられて、絶望させられて死んでいったの」

松浦は目をつむった。

けれど、自分の内側のどこを探しても衝撃は見つからない。そのことで、認めざるを得なくなる。

自分は、知っていた。

江澤の考えの中にある欺瞞《ぎまん》を――それに妻がすがりついていたことを。

妻は、ただ、誉田規一のことを偽物だと思い続けていたかったのだ。

誉田規一を本物だと認めてしまえば、穂乃果が降板させられていたことも、認めなければならなくなってしまうから。

誉田規一に見放された穂乃果は、本当に実力がなかったことになってしまうから。

それでは、あまりに穂乃果がかわいそうだ。

「それは違うんじゃないでしょうか」

尾上は急いたように言った。

松浦が視線を向けると、萎縮したように「俺は松浦穂乃果さんには直接会ったことはないから、本当のところはわからないですけど」と目を伏せてから、でも、と顔を上げる。

「彼女がそれでも練習を続けていたのは、ただ、あきらめていなかっただけなんじゃないでしょうか」

そこで一度言葉を止め、小さく息を吸い込んでから続けた。

「何とかして役を取り返したくて、実力さえ示せればそれが可能だと信じていたから」

ガン、と頭を強く殴られたような衝撃が走る。

――穂乃果は、あきらめていなかった。

妻の嗚咽が、隣で響いた。

松浦は、焦点が合わない目を宙へ向けたまま、声の方へと腕を伸ばす。

手のひらに、震える熱が触れた。

その予想以上の熱さに、松浦は込み上げてくるものを感じる。

穂乃果は、絶望の中で死んでいったのだと思っていた。人生を懸けてきたバレエを憎み、自分を否定し、すべてを後悔しながら最期を迎えたのだと。

――けれど。

それでも穂乃果は、最後まで希望を持って戦っていたのだ。

ふいに正面から、ああ、と尾上が声を漏らすのが聞こえた。

松浦が顔を上げるのと、尾上が「そうか」と続けるのが同時だった。

「……可能だったんだ」

尾上は、自らの手のひらを見下ろす。

「あの朝、誉田さんを満足させる踊りができていたら、俺は本当に主役を手に入れることができていたのかもしれない」

その骨張った指が、内側へ折り込まれていく。

「俺はただ、負けただけ」

噛みしめるような声音には、不思議と悲壮感はなかった。腕が下ろされる動きと連動したように顎が上がり、顔が前を向いていく。

その視線の先を確かめるように、松浦も窓へと顔を向けると、窓枠に区切られた外の景色はひどく明るかった。そこに背を向けている妻の表情は、逆光になっていてよく見えない。

妻が、ゆっくりと顔を上げる。頰に風を感じた瞬間、視界の端でカーテンが大きくはためくのが見えた。

# ＨＨカンパニー公演「カイン」

――バレエ評論家　檜山重行

〈――薄闇の中で、カインがゆっくりと顔を上げる。

現れるのは、静かな無表情だ。それを意外に感じたことで、自分が彼の表情を結末から逆算して予想していたのだと気づかされる。彼はこのあとアベルを殺してしまうのだから、さぞ激烈な感情に支配されているのだろうと。

だが、カインはアベルを見ることもせず、ただ黙々と舞う。一つ前のシーンで神に捧げものをする際に見せた舞とまったく同じ動きを、一つ一つ丹念に繰り返していく。一体自分の何がいけなかったのかと探ろうとするように。

獲物を狩る鳥のような鋭い動き、時間が止まったかのように感じられる滞空時間、着ならした絹を思わせる柔らかく滑らかな着地、力強いのに荒々しさを感じさせない正確な回転、宙に大輪の花を描くダイナミックな跳躍――それらが先ほど目にした動きと要素としては同じものだからこそ、受ける印象の違いに落ち着かなくなる。

違いはどこから来るのか。背後に流れている音楽が華やかなファンファーレから殺伐《さつばつ》とした太鼓の音に変わっているためか。スポットライトがアベルの方に当たったままだからか。それとも――と明確な答えを見出せずにいるうちに違和感が大きくなり、違和感そのものに振り回されるようにしてカインが床に倒れ込む。

動かなくなったカインを急き立てる太鼓の音。

けれどカインは身体を起こそうとはしない。ただ、右腕だけが何者かに引き上げられるかのように不自然に持ち上がっていく。

そのまま腕につられて上体が起き、足をもつれさせながら立ち上がる。

ぎこちなく踊り始めたカインは、勝手に動く自身の身体に戸惑うように足を止め、そこで初めてアベルを見る。

視線のバトンを受け取って踊り始めるアベル。アベルの振りは先ほどとまったく同じだ。歪みがなく、健やかで、伸び伸びとした舞。

脚を高く上げたままリズミカルに回るアラセゴン・ターンに太鼓の音が合わさり、その調和に促されるようにして客席からも手拍子が沸き起こる。

しかし観客自らが手拍子をすることで、その後急速に乱れ始める太鼓の音に戸惑うことになるのだ。

太鼓の音とアベルの回転がずれ、タイミングをつかめなくなった手拍子はおずおずと消える。それでもアベルは意に介することなく踊り切り、華々しくポーズをとったところで、カインが再び踊り始める。

思うように動かない右腕と格闘するような踊りは、もはや太鼓の音とはまったく合っていない。右腕を抱えて床にのたうち、かと思えば今度は右腕だけが独立したように踊り始める。

右腕をとらえ、ねじ伏せようともだえ、背中をのけぞらせながら倒れ込み、見えない何かに弾かれたように転がったまま飛び上がる。身を丸めて痛みに耐え、右腕を斜め上へと伸ばし——その指の先にいるアベルがくるりと振り返る。

乱れのない足取りでカインへと歩み寄るアベル。アベルは躊躇いなくカインに手を差し伸べ、カインはその手をまじまじと見つめる。

後ずさるカイン、追うアベル。

カインは転がるようにしてアベルから遠ざかり、観る側が安堵した途端、ふっと全身から力が抜けたようにだらりと座り込み、ふらつく動きで立ち上がる。

そして、その弱々しい動きから一転し、勢いよくアベルへ突進するのだ。

気づけば全身に鳥肌が立っていた。

これは、本当に振付として決められていた動きなんだろうか。演技で、ここまで迫真の表現ができるものなんだろうか。

無論、それが誉田規一の狙いなのだろうから、そう思わされてしまった時点で完敗である。

「カイン」の初演から丸五年、当時主役の藤谷誠が見せてくれたあまりに切実な踊りに、もうこの舞台の主役を務めることができるのは彼を措《お》いて他にいないであろうと思われたが、今回、尾上和馬は予想を大いに裏切ってくれた。

ここに来るまでに、彼が見たものは何だったのだろう。それこそが、この舞台をここまでの高みに引き上げたのだと思うと、感に堪えない〉

## 主要参考文献


・『戦争における「人殺し」の心理学』（デーヴ・グロスマン著、安原和見訳、ちくま学芸文庫）
・『踊る男たち　バレエのいまの魅惑のすべて』（新藤弘子、新書館）
・『バレエコンクール審査員は何を視るか？』（安達哲治、健康ジャーナル社）
・『バレエ101物語』（ダンスマガジン編集部編、新書館）
・『バレエの現代』（三浦雅士、文藝春秋）
・『物語としての旧約聖書（上）人間とは何か』（月本昭男、NHK出版）
・『聖書美術館〈1〉旧約聖書』（毎日新聞出版）
・『リアリズム絵画入門』（野田弘志、芸術新聞社）
・『脳は美をいかに感じるか』（セミール・ゼキ著、河内十郎監訳、日本経済新聞出版社）
・『美貌のひと　歴史に名を刻んだ顔』（中野京子、PHP新書）
・『〈人型〉の美術史　まなざしの引力を読む』（中村英樹、岩波書店）
・『写実画のすごい世界』（月刊美術編、実業之日本社）
・『写実絵画のミューズたち』（別冊太陽　日本のこころ256、平凡社）


この他、多くの書籍を参考にしました。
また、次の公演、作品等に特にインスピレーションを受けました。


・「バランシンからフォーサイスへ　近代・現代バレエ傑作集」（スターダンサーズ・バレエ団／

東京芸術劇場プレイハウス、二〇一七年三月二五日）
・「ジゼル」（ボリショイ・バレエ団／東京文化会館、二〇一七年六月四日）
・「ジゼル」（Ｋバレエ カンパニー／東京文化会館、二〇一七年六月二三日）
・「アクラム・カーン版ジゼル」（イングリッシュ・ナショナル・バレエ団、カルチャヴィル、二〇一八年）
・「ダンサー、セルゲイ・ポルーニン　世界一優雅な野獣」（アップリンク、二〇一七年）
・「ノア」（マランダン・バレエ・ビアリッツ、二〇一七年）
・「窓」（橋本大輔、二〇一七年、油彩、キャンバス、Ｆ一〇号）
・「出す」（横田晶洋、二〇一七年、油彩、木製パネル、Ｆ五〇号）
・「スペインの現代写実絵画－バルセロナ・ヨーロッパ近代美術館（ＭＥＡＭ）コレクション」（ホキ美術館、二〇一九年）

さらに、本文中のバレエに関する部分は、スターダンサーズ・バレエ団常任振付家・鈴木稔氏、日本女子体育大学教授・松澤慶信氏、上ノ空代表・横里隆氏、曽根陽子氏に、絵画に関する部分は、油彩画家の塩谷亮氏、中尾直貴氏、宮本絵梨氏、日本画家の山口暁子氏、春風洞画廊の赤田清氏、「月刊美術」編集長・若林正臣氏に貴重なお話をうかがいました。

お世話になった皆様に、心より感謝申し上げます。

なお、本文中の記述内容に誤りがあった場合、その責任はすべて著者に帰するものです。

芦沢央

# 解説　冷淡な神に選ばれたい私たち

角田光代

タイトルにあるカインとは、旧約聖書に登場するカインとアベルの兄弟であり、この小説の舞台となるダンス・カンパニーで演じられる新作のモチーフである。

カインとアベルは、神さまが創った最初の人類、アダムとイブから生まれた兄弟である。二人で同様に神さまに捧げものをしたのに、神さまは弟の捧げものばかりよろこぶ。それに嫉妬した兄のカインは、弟を呼び出して殺してしまう。アベルの姿が見えないことを神さまがカインに問いただすと、カインは知らないと答える。神さまの怒りに触れたカインは、だれからも殺されないよう神さまにしるしを刻印されたのろわれし者となり、その地を追放される。

それに基づいた演目を上演するのは、世界のカリスマと呼ばれる誉田規一率いるＨＨカンパニーである。小説は、複数の人物たちの視点によって紡がれていく。

主役に抜擢された藤谷誠、彼の恋人である嶋貫あゆ子、彼のルームメイトである尾上和馬、誠の父親違いの弟、藤谷豪の恋人である皆元有美。さらには、かつてHHカンパニーの主役に抜擢されながら、降板させられ、自主稽古中に亡くなった松浦穂乃果の父親、久文の視点もそこに混じる。

クラシック・バレエにもコンテンポラリー・ダンスにもまったく縁のない私には、バレエ用語もテクニックの名称もまったくわからず、その動きを思い浮かべることもできないのだが、この小説はそんなことはいっさい感じさせず、読者にその踊りの激しさや静けさやうつくしさをありありと感じさせながら進む。そうさせる理由のひとつは、小説の冒頭からまったく途切れることなく貫かれている、緊迫感のせいだろう。

主役を演じるはずの誠が音信不通になった。とはいえ何日も連絡がつかないわけではない。前の晩にメールを送ってきたきり、恋人のあゆ子が電話をかけなおしても出ない。それだけのことなのに、読み手はすでにざわざわとした不穏な緊迫感のなかに放り投げられ、緊迫感に幾度も叫び出しそうになりながらも、読みやめることができずに、何が狂っているのかわからない世界へと一気に進まざるを得なくなる。

だから、この小説をあえて分類するならば、牽引力の非常に強いミステリーといえるのだけれど、でも本作のいちばんの凄みは、たんなる謎解きを超えた――もっといってしまうならば、謎そのものがどうでもよくなるくらいの、物語の重厚さ、含有するテーマの複雑性にあるように思う。

小説のいちばんメインの筋は、カイン役である藤谷誠の失踪である。彼がどこにいるのか、彼の代役をまかされる（かに思えた）尾上は、弟の豪は、その失踪に何か関係しているのか。読み手ははらはらしながら謎を追う。

しかしそれ以外にも、じつに多くのテーマがこの小説には含まれている。それぞれ一編ずつの長編小説の核になりそうな深いテーマが、それを抱えた人たちの声で語られる。まず、藤谷誠と豪、二人の兄弟間の、まさにカインとアベル的な関係。弟を褒めそやす母と、何を考えているのか、息子の豪にもわからなかったフランス人の父親という、解体して久しいいびつな家族。

娘を失ったものの、法的な加害者を見つけることができずに、誉田規一とHHカンパニーの動向を調べ続ける母親と、そんな妻をどうすることもできず見つめ続ける父親、松浦久文の苦悩。

カリスマ誉田規一に見出してほしい、認めてほしい、自身の才能をあますところなく引き出してほしいと、くるおしく願う尾上和馬はじめ、多くの表現者たち。

誉田の度を外れた厳しい指導に音を上げ、あるいは彼によって自尊心を粉々にされ、彼の元を離れたものの、どうしても精神的に離れられない江澤のような人たち。

ずば抜けた才能の持ち主と交際することによって、自身の凡庸さを思い知らされ、それゆえに対等なつきあいができないでいるあゆ子や有美。

才能や性差といった、錯覚も含めあらゆる意味での大きな「力」の前で、卑屈になり、媚びざるを得ない立場の人たち。

そして、「取り返しのつかないこと」にさいなまれる人たち。久文の妻は、夫は娘が倒れたときに飲み会にいっていたことを忘れることができないし、それによって久文もその日のことを忘れることができない。また、東北出身のあゆ子は、東日本大震災のときに実家にいなかったことに責めさいなまれている。そして誠もまた、終盤、取り返しのつかない事態にはじめて気づかされる。

これだけ多くのことが、誠の失踪というメインストーリーに付随している。ただ付随しているだけでなく、その本筋をふっと忘れてしまうくらい、生々しい肉声で語られていく。その肉声の強さが、小説に張り詰める緊迫感を作り出してもいる。

しかしながら、それぞれの肉声で語られるものごとは、わかりやすい解決を見ない。母と、再婚したフランス人の父とのあいだに何があったのかを誠は最後まで知らず、その父がどんな人であったのかもとらえられない。よって読者も、藤谷家がどんなふうないびつな家族であったのか、具体的には知り得ない。

あゆ子と誠が、この事件をまたいでどのような関係になるのかも、想像することができない。いや、公演に打ちのめされたあゆ子が、はたして誠を今までどおり恋人としてみられるのかどうかも、わからない。そもそもあゆ子と誠がどのような交際をしていたのかも、読み終えたあとではわからなくなってくる。

そして私には何より、終盤の、望月澪の声がうまく理解できず、非常に戸惑った。しかしながら、その解決のなされなさ、理解できなさは、小説の欠点ではけっしてない。わかろうとしてもわかり得ないのが私たちの生きる現実であり、わかったつもりになることでふいに損ねることもあり得るのが、他者との関係性である。だから私たちはいつも、取り返しのつかない何かに向き合わされる。作者は、私たちの生きるそんな現実の生々しさを、この小説において再構築しようとしたのだと私は思う。豪と澪の関係を、私は有美と同様に理解できないけれど、でも彼らのあいだにあったのが愛でも絆でもなく、狂気に近いものであったことはわかる。さらに終盤で、有美が懸命に思考し理解しようとすること——ぜったいに力ではかなわないと感じ取ることによって、私たちは恐怖し、闘うことをやめて、服従し媚びることを自ら選ぶ、それがどういうことなのか、深く考えざるを得なくなる。

ここまでたくさんのテーマと問題提起を含有しつつ、もうひとつ重要なテーマがこの作品を覆っている。それは芸術とは何か、言葉をかえれば、人智を超えるという意味合いで、神とは何か、という非常に大きなものだ。

これだけ多くの登場人物に生身の声を与えながら、作者は誉田規一という人間にだけ、それをしていない。彼らの声によって誉田規一という人間は立ち上がるが、彼の声を私たちは聞くことがない。何を望み、何を求め、何を失い、何に苦しみ、何を目指しているのか、彼は語らない。誉田規一の声も感情も描かれていないため、小説の核の部分がまるで空白のように感じられる。この空白こそが、芸術とは、神とは何であるのかというテーマに通じている。

もし誉田規一の心情がほんのわずかでも描かれていれば、読者はそこに彼の「人間味」を見るだろう。そして人間味を見てしまったら、彼独自の制作方法は、ある種、常軌を逸したハラスメントともとらえられかねない。しかし誉田の存在を空白としたことによって、この小説は、ハラスメントか否かという点で読者が立ち止まるのを防いでいる。この小説で、誉田の位置はそれこそ人智の及ばない領域にある。彼が何ものをも犠牲にしても追い求める舞台の完成度を、カンパニーのだれもが思い描くことはできない。それこそが神の領域にあるからだ。

神さまが、なぜアベルの捧げものを喜び、なぜカインのそれに見向きもしなかったのか、聖書に説明はない。私たちそれぞれが解釈することはできるけれど、神さまの本意はわかりようがない。深い理由があるのかもしれないし、もしかしたら気まぐれかもしれない。私自身はキリスト教徒ではないので、キリスト教における神さまの概念とは異なると思うのだけれど、でも、歳を重ねるにつれて、神さまというのはもしかしたらものすごく気まぐれで冷淡な面もあるのではないかと思うようになった。熱心に祈れば聞き入れてくれるということもないし、信仰のあかしを行動で示したとしても、かならずしもそれに応えてくれるわけでもない。善き人がとんでもない方法でいのちを奪われ、理不尽な苦しみを私たちは試練ととらえることしかできない。

それでも私たちは神さまに——神的なものに、選ばれたい。生きていることを認められたい。神さまも見過ごすほど自分はちっぽけな存在であると、どうしても思いたくない。

神さまを、芸術とも才能とも言い換えることができることに、この小説を読んでいて気づかされた。どんな分野にせよ、それらにかかわることになったならば、喉から手が出るくらい私たちはそれを欲するし、それらに選ばれたい。しかしそれらは冷淡で気まぐれで、努力に報いるとはかぎらない。願いの強さに応えない。どんなに「媚び」ても通用しない。気まぐれに選んだふりをしたり、他者を選んだりして、私たちを翻弄する。

しかしながら、そんなふうに人間を翻弄する宗教も芸術も、もとをただせば人間のためにある。人間に見向きもされなければ、成立しないという皮肉な矛盾がある。この小説の冒頭とラストに評論が置かれることによって、神の領域を目指す芸術家の作品をジャッジするのは、神ではなく、人間なのだと読み手は思い出す。作品は、神ではなく人間に捧げられている。そうして私は理解できなかった望月澪の言葉に、もう一度耳をすませることになる。彼女が何におびえ、何に抵抗したかったのか。「もう誰からもあの絵は、暴力にねじ伏せられている女性にしか見えなくなってしまう」。そうではないことをたとえ神さまが知っていたとしても、人間が「そう」判断すれば、そのように定着してしまう。彼女の悲痛な叫びが、読み終えてからようやく私の胸に響く。

神とは何か、芸術とは何かと突き詰めながら、それらを受け取るのは、あるいは拒否するのは、濁とした現実を生きる私たちだと気づかせる。誠と豪の行方ではなく、それこそがこの小説最大の謎解きなのではないかと、私は衝撃を持って思う。

小説内に「沼」の話が出てくるけれど、まさに、この小説そのものが、底の知れない沼のようだ。読みはじめたら、逃げられずに沈んでいく恐怖を快楽にかえて、読み耽るしかない。

（作家）

単行本・二〇一九年八月　文藝春秋刊
ＤＴＰ制作　言語社

文春文庫

カインは言《い》わなかった

定価はカバーに
表示してあります

2022年8月10日　第1刷

著　者　芦《あし》沢《ざわ》央《よう》
発行者　花田朋子
発行所　株式会社　文藝春秋

東京都千代田区紀尾井町 3-23　〒102-8008
TEL 03・3265・1211㈹
文藝春秋ホームページ　http://www.bunshun.co.jp

落丁、乱丁本は、お手数ですが小社製作部宛お送り下さい。送料小社負担でお取替致します。

印刷・萩原印刷　製本・加藤製本

Printed in Japan
ISBN978-4-16-791916-0

（　）内は解説者。品切の節はご容赦下さい。

赤川次郎
赤川次郎クラシックス
**幽霊列車**
山間の温泉町へ向う列車から八人の乗客が蒸発。中年警部・宇野は推理マニアの女子大生・永井夕子と謎を追う――。オール讀物推理小説新人賞受賞作を含む記念碑的作品集。（山前　譲）
あ-1-39

赤川次郎
**幽霊記念日**
英文学教授の息子の自殺の原因とされた女子大生が、その偲ぶ会の会場となった学園で刺された。学部長選挙がらみの事件で学園中が大混乱に陥った。好評「幽霊」シリーズ第七冊目。
あ-1-16

赤川次郎
**幽霊散歩道《プロムナード》**
オニ警部宇野と女子大生の夕子がTVのエキストラに出演中、殺人事件と首吊り事件が発生。無理心中か、はたまた真犯人はいるのか？　騒然とするスタジオで名コンビの推理が冴える。
あ-1-17

赤川次郎
**幽霊協奏曲**
美貌のピアニストと、ヴァイオリニストの男。因縁の二人が舞台で再会し、さらに指揮者が乱入？　ステージの行方は……。「後ろ姿の夜桜」「夕やけ小やけ」など全七編を収録。
あ-1-46

赤川次郎
**マリオネットの罠**
私はガラスの人形と呼ばれていた――。森の館に幽閉された美少女、都会の空白に起こる連続殺人。複雑に絡み合った人間の欲望を鮮やかに描いた、赤川次郎の処女長篇。（権田萬治）
あ-1-27

阿刀田　高
**ローマへ行こう**
忘れえぬ記憶の中で、男は、そして女も、生きたい時がある。あれは夢だったのだろうか。夢と現実を行き交うような日常の不可解を描く、大切な人々に思いを馳せる珠玉の十話。（内藤麻里子）
あ-2-27

我孫子武丸
**裁く眼**
法廷画家が描いた美しい被告人女性と裁判の絵がテレビ放送された直後、彼は何者かに襲われた。絵に描かれた何が危険を呼び込んだのか？　展開の読めない法廷サスペンス。（北尾トロ）
あ-46-4

（　）内は解説者。品切の節はご容赦下さい。

有栖川有栖
**火村英生に捧げる犯罪**
臨床犯罪学者・火村英生のもとに送られてきた犯罪予告めいたファックス。術策の小さな綻びから犯罪が露呈する表題作他、哀切でエレガントな珠玉の作品が並ぶ人気シリーズ。（柄刀　一）
あ-59-1

有栖川有栖
**菩提樹荘の殺人**
少年犯罪、お笑い芸人の野望、学生時代の火村英生の名推理、アンチエイジングのカリスマの怪事件とアリスの悲恋。「若さ」をモチーフにした人気シリーズ作品集。（円堂都司昭）
あ-59-2

青柳碧人
**国語、数学、理科、誘拐**
進学塾で起きた小6少女の誘拐事件。身代金5000円、すべて1円玉で?!　5人の講師と生徒たちが事件に挑む。「読むと勉強が好きになる」心優しい塾ミステリ！（太田あや）
あ-67-2

青柳碧人
**国語、数学、理科、漂流**
中学三年生の夏合宿で島にやってきたJSS進学塾の面々。勉強漬けの三泊四日のはずが、不穏な雰囲気が流れ始め、ついには行方不明者が！　大好評塾ミステリー第二弾。
あ-67-4

天祢　涼
**希望が死んだ夜に**
14歳の少女が同級生殺害容疑で緊急逮捕された。少女は犯行を認めたが動機を全く語らない。彼女は何を隠しているのか？捜査を進めると意外な真実が明らかになり……。（細谷正充）
あ-78-1

秋吉理香子
**サイレンス**
深雪は婚約者の俊亜貴と故郷の島を訪れるが、彼には秘密があった。結婚をして普通の幸せを手に入れたい深雪の運命が狂い始める。一気読み必至のサスペンス小説。（澤村伊智）
あ-80-1

明日乃
**お局美智　経理女子の特命調査**
地方の建設会社の経理課に勤める美智。普段は平凡なOLだが、会社を不祥事から守るため、会長から社員の会話を盗聴する特命を負っていた――。新感覚〝お仕事小説〟の誕生です！
あ-83-1

（　）内は解説者。品切の節はご容赦下さい。

池井戸 潤
**株価暴落**
連続爆破事件に襲われた巨大スーパーの緊急追加支援要請を巡って白水銀行審査部の板東は企画部の二戸と対立する。日本経済の闇と向き合うバンカー達を描く傑作金融ミステリー。
い-64-1

乾《いぬい》 くるみ
**イニシエーション・ラブ**
甘美で、ときにほろ苦い青春のひとときを瑞々しい筆致で描いた青春小説——と思いきや、最後の二行で全く違った物語に！「必ず二回読みたくなる」と絶賛の傑作ミステリ。（大矢博子）
い-66-1

乾 くるみ
**セカンド・ラブ**
一九八三年元旦、春香と出会った。僕たちは幸せだった。春香とそっくりな美奈子が現れるまでは。『イニシエーション・ラブ』の衝撃、ふたたび。究極の恋愛ミステリ第二弾。（円堂都司昭）
い-66-5

乾 くるみ
**リピート**
今の記憶を持ったまま昔の自分に戻る「リピート」。人生のやり直しに臨んだ十人の男女が次々に不審な死を遂げて……。『イニシエーション・ラブ』の著者が放つ傑作ミステリ。（大森 望）
い-66-2

石持浅海
**殺し屋、やってます。**
《650万円でその殺しを承ります》——コンサルティング会社を経営する富澤允。しかし彼には、殺し屋という裏の顔があった…。殺し屋が日常の謎を推理する異色の短編集。（細谷正充）
い-89-2

伊東 潤
**横浜１９６３**
戦後の復興をかけた五輪開催を翌年に控え、変貌していく横浜で起きた女性連続殺人事件。日米ハーフの刑事と日系三世の米軍ＳＰが事件の真相に迫る社会派ミステリ。（誉田龍一）
い-100-3

内田康夫
**汚れちまった道**（上下）
「ポロリ、ポロリと死んでゆく」——謎の言葉を遺し、萩で行方不明になった新聞記者。中原中也の詩、だんだん見えてくる大きな闇と格闘しながら浅見は山口を駆け巡る！（山前 譲）
う-14-22

（　）内は解説者。品切の節はご容赦下さい。

内田康夫
**氷雪の殺人**
利尻富士で、不審死したひとりのエリート社員。あの日、利尻島にわたったのは誰だったのか。警察庁エリートの兄とともに謎を追う浅見光彦が巨大組織の正義と対峙する！（自作解説）
う-14-24

内田康夫
**贄門島《にえもんじま》**（上下）
二十一年前の父の遭難事件の謎を追う浅見光彦は、房総に浮かぶ美しい島を訪れる。連続失踪事件、贄送り伝説——因習に縛られた島の秘密に迫る浅見は生きて帰れるのか？（自作解説）
う-14-25

歌野晶午
**葉桜の季節に君を想うということ**
元私立探偵・成瀬将虎は、同じフィットネスクラブに通う愛子から霊感商法の調査を依頼された。その意外な顛末とは？　あらゆる賞を総なめにした現代ミステリーの最高傑作。
う-20-1

歌野晶午
**春から夏、やがて冬**
スーパーの保安責任者・平田は万引き犯の末永ますみを捕まえた。偶然の出会いは神の導きか、悪魔の罠か？　動き始めた運命の歯車が二人を究極の結末へと導いていく。（榎本正樹）
う-20-2

歌野晶午
**ずっとあなたが好きでした**
バイト先の女子高生との淡い恋、美少女の転校生へのときめき、人生の夕暮れ時の穏やかな想い……。サプライズ・ミステリーの名手が綴る恋愛小説集は、一筋縄でいくはずがない!?（大矢博子）
う-20-3

冲方　丁
**十二人の死にたい子どもたち**
安楽死をするために集まった十二人の少年少女。全員一致で決を採り実行に移されるはずのところへ、謎の十三人目の死体が!?　彼らは推理と議論を重ねて実行を目指すが。（吉田伸子）
う-36-1

江戸川乱歩・湊　かなえ　編
**江戸川乱歩傑作選　鏡**
湊かなえ編の傑作選は、謎めくパズラー「湖畔亭事件」、ドンデン返し冴える「赤い部屋」他、挑戦的なミステリ作家・乱歩に焦点を当てる。（解題／新保博久・解説／湊　かなえ）
え-15-2

（　）内は解説者。品切の節はご容赦下さい。

江戸川乱歩・辻村深月　編
## 江戸川乱歩傑作選　蟲
没後50年を記念する傑作選。辻村深月が厳選した妖しく恐ろしい名作。恋に破れた男の妄執を描く「蟲」。四肢を失った軍人と妻の関係を描く「芋虫」他全9編。（解題／新保博久・解説／辻村深月）
え-15-3

折原　一《いち》
## 異人たちの館
樹海で失踪した息子の伝記の執筆を母親から依頼された売れない作家・島崎の周辺で次々に変事が。五つの文体で書き分けられた目くるめく謎のモザイク。著者畢生の傑作！（小池啓介）
お-26-17

折原　一
## 侵入者　自称小説家
聖夜に惨殺された一家四人。迷宮入りが囁かれる中、遺族から調査を依頼された自称小説家は、遺族をキャストに再現劇を行い、犯人をあぶり出そうと企てる。異様な計画の結末は!?（吉田大助）
お-26-18

折原　一
## 死仮面
仕事も名前も隠したまま突然死した夫。彼が残した「小説」には、謎の連続少年失踪事件が綴られていた。DV癖のある前夫に追われながら、真実を探す旅に出たが……。（末國善己）
お-26-19

大沢在昌
## 闇先案内人（上下）
「逃がし屋」葛原に下った指令は、「日本に潜入した隣国の重要人物を生きて故国へ帰せ」。工作員、公安が入り乱れ、陰謀と裏切りが渦巻く中、壮絶な死闘が始まった。（吉田伸子）
お-32-3

恩田　陸
## まひるの月を追いかけて
異母兄の恋人から兄の失踪を告げられた私は、彼女と共に兄を捜す旅に出る。次々と明らかになる事実は、真実なのか――。恩田ワールド全開のミステリー・ロードノベル。（佐野史郎）
お-42-1

恩田　陸
## 夏の名残りの薔薇
沢渡三姉妹が山奥のホテルで毎秋、開催する豪華なパーティ。不穏な雰囲気の中、関係者の変死事件が起きる。犯人は誰なのか、そもそもこの事件は真実なのか幻なのか――。（杉江松恋）
お-42-2